3.1.19
$ 23,99
Span

WITHDRAWN

Elogios para *La luz entre los mundos*

«Una perspectiva extremadamente encantadora y dolorosa acerca de encontrar tu propio mundo. ¡Me encantó este hermoso libro!».
—Melissa Albert, autora de *La puerta del bosque, bestseller* del *New York Times,*

«Subyugante e inolvidable».
—Sara Holland, autora de *Everless, bestseller* del *New York Times*

Con esa prosa exuberante y lírica, este libro cautiva tu corazón y no lo libera hasta la última frase impresionante».
—Amy Ewing, autora de La joya, *bestseller* del *New York Times*

«Una historia luminosa, contada con hermosura trascendente y gracia, esta es una inquietante e inolvidable oda a la esperanza, el amor y la pérdida. Nunca volveré a ser la misma después de leerla».
—Margaret Rogerson, autora de *Un encantamiento de cuervos, bestseller* del *New York Times*

«Esta historia romperá tu corazón y lo volverá a unir otra vez».
—Sarah Glenn Marsh, autora de la serie El reino de los caídos

«Finalmente, un libro "después de *Narnia*" que equilibra la esperanza y la pérdida, el extrañar y el pertenecer. Se trata de regresar al mundo real, pero es mágico».
-Erin Bow, autor de *The Scorpion Rules*

«Cautivadora y bella, esta historia de amor para hermanos, para la creencia en lo mágico, para descubrir dónde perteneces».
—Lori M. Lee, autora de la serie Gates of Thread and Stone

LA
LUZ
ENTRE LOS
MUNDOS

PENSARON QUE SU HISTORIA HABÍA TERMINADO.
APENAS HABÍA COMENZADO.

LAURA E. WEYMOUTH

HarperCollins *Español*

Editora-en-Jefe: *Graciela Lelli*
Traducción: *Ana Belén Fletes Valera*
Adaptación del diseño al español: *Grupo Nivel Uno, Inc.*

ISBN: 978-1-41859-863-1

Impreso en Estados Unidos de América

18 19 20 21 22 23 LSC 7 6 5 4 3 2 1

Dedicado a todas las niñas perdidas.
Ojalá encontréis el camino a casa.

EVELYN

SEPTIEMBRE, 1949

1

ESTAMOS ENTERRANDO A OLD NICK EN EL JARDÍN TRASERO.
Estamos solo Jamie y yo, llueve y por su postura ahí de pie, con la cabeza
gacha y los hombros tensos, sé que está preocupado.

—Puedes llorar, Ev —me dice, cogiéndome la mano. Nadie me ha suje-
tado la mano así durante tanto rato y casi me pongo a llorar, porque él siempre es muy bueno conmigo. Pero si algo he aprendido en la vida es que tengo
que ahogar las lágrimas y sonreír.

Jamie no me mira a los ojos. Tiene la vista fija en la tierra removida y da
golpes con el zapato a un terrón. La tierra da contra el lateral de metal corru-
gado de nuestro refugio Anderson, de los tiempos de la guerra, y Jamie hace
una mueca de dolor. Una vez oí que Philippa y él le preguntaron a mamá y
papá si lo iban a quitar. Era ya tarde y todos pensaban que estaba enfrasca-
da en mi libro. Mis hermanos siempre andan cuchicheando a mis espaldas
llenos de preocupación, aunque ya tengo dieciséis años, solo dos menos que
Philippa. Se preocupan más por mí que mis padres, pero a pesar de sus
intentos, nunca llegaron a llevarse el refugio antiaéreo de allí. Sigue al fondo
del jardín, lleno de margaritas ahora, para recordarme lo que fue en su día.

Consigo sonreír sin ganas y me pregunto que será eso que tanto preocupa a mi hermano. Más que la muerte de nuestro perro, una de las últimas

3

criaturas que me recordaba tal y como era antes del bombardeo, cuando todavía era una niña a la que no le faltaba nada. Lo que sea, le preocupa incluso más que saber que la próxima semana tiene que volver a la universidad. Cuando él vuelva a la universidad y Philippa se vaya a Estados Unidos, sí que estaré sola de verdad. Los tres hemos estado siempre juntos, él en St. Joseph, el colegio de chicos que está cerca del nuestro, y Philippa al otro lado del pasillo en la residencia del colegio femenino al que íbamos las dos. Ahora seré solo yo, Evelyn Hapwell, una niña atrapada entre dos mundos, que, por fin, podrá hacer lo que le dé la gana.

Conozco el miedo secreto que inspira mi sonrisa en Jamie y Philippa, una preocupación que ellos jamás reconocerán ante el otro, ni siquiera ante ellos mismos. Les da miedo verme sonreír a pesar del dolor porque significa que me niego a darme por vencida. Mientras que ellos se han resignado a un destino que yo no aceptaré nunca. Los dos han escrito el final de nuestra historia compartida, derrotados bajo el peso de una conclusión que ellos consideran inevitable. Las grietas se ceban en ellos; las fallas, las fisuras, puntos en los que han empezado a resquebrajarse.

Y les preocupa porque yo siempre estaré completa, no puede ser de otra manera. Creen que un día también me romperé como ellos y estallaré como una bomba porque me niego a ir resquebrajándome poco a poco. Es posible. Pero cada mañana al despertar contemplo el amanecer y escucho a los pájaros cantar, y sé que hoy no será ese día. Mi historia, aún no ha terminado.

Las palabras de Jamie quedan suspendidas en el aire mientras sus cálidos dedos se aferran a los míos. Me mira y yo le devuelvo la mirada.

—No lloraré hasta que llegue a casa —contestó. Mis palabras son una plegaria, una promesa, y requieren una fe tan intensa que me abrasa la lengua.

—Ay, Ev —mascula Jamie, echando a andar hacia la casa con paso firme, los hombros caídos.

Lo que no ve, lo que tanto Philippa como él son incapaces de ver, es que cuando mis palabras queman, dejan un reguero de cenizas en mis labios.

La esperanza no consigue que la separación sea menos amarga.

No suaviza el dolor de la pérdida.

Es una especie de dolor en sí misma, pero me rompería si no lo sintiera.

—¿Tienes todo lo que te hace falta para ir al colegio, Ev? —pregunta mamá mientras desayunamos. Papá, Jamie y ella no dicen nada de Old Nick. Hablan con mucho cuidado, como si sus palabras se me fueran a clavar como cuchillas si no fueran cautelosos. No hace falta que se esfuercen. Jamás he sido tan frágil como ellos creen.

—Solo me hacen falta unos cuantos calcetines más —contesto mientras me como la tostada—. Pero ya lo he guardado todo. Podemos parar a comprar unos pares de camino a la estación.

—Menos mal que ya está racionada porque al ritmo que gastáis la ropa no sé qué haría —comenta mamá con un suspiro.

—Yo llevaré a Ev a la estación —se ofrece Jamie.

Sigo bebiéndome mi té con la mosca detrás de la oreja. Mi hermano ya debería estar de camino a la universidad. Estudia derecho en el Christ Church College, en Oxford, con una beca. Lo miro fijamente, pero él no me devuelve la mirada. Sabe que sé que debería estar en otra parte en ese momento. No me gusta nada todo esto. No me gusta que me traten como si fuera una figurita de cristal fino solo porque un perro callejero que un día se me pegó a los talones haya muerto a tres días de que empiecen las clases, solo porque Philippa se haya ido a estudiar a Estados Unidos y todo un océano como el Atlántico nos separe.

Al menos nadie sabe que tengo la culpa de que se haya marchado. Los suspiros, los gestos de comprensión y el trato amable me habrían sentado mucho peor si lo supieran.

Mamá y papá se miran. Están hechos con el mismo molde, los dos tienen el pelo de un vulgar color castaño y las arrugas de sus rostros dejan ver su preocupación, como un par de sujetalibros angustiados. No les hace falta hablar para entenderse. Ojalá pudiera entender lo que significa la ceja enarcada de papá o el breve temblor en los labios de mamá que para ellos es como una conversación.

—Gracias por ofrecerte, James —le dice papá a mi hermano para a continuación alargar el brazo por encima de la mesa y meterme algo en la mano—: Por si necesitas alguna cosa en el camino, Patito.

Es un billete nuevecito de cinco libras. Trago saliva. Cuando las personas se muestran amables conmigo siempre tengo la sensación de que me voy a venir abajo, y mis padres no pueden permitirse este dinero. No es mucho, pero nunca hemos sido ricos y han tenido que trabajar mucho para darnos un futuro a mis hermanos y a mí. He visto la inmensa cantidad de pequeños sacrificios que han venido haciendo a lo largo de los años para reunir el dinero necesario para los colegios caros, el tipo de lugares que, según ellos, abren puertas.

Ojalá quisiera yo abrir la clase de puerta en la que ellos piensan. Ojalá quisiera ir a alguna parte que no fuera casa, ser una persona distinta de la que era.

Acepto el billete porque no soy capaz de decir: "Te quiero, pero soy como soy y jamás seré la persona que queréis que sea", o no soy capaz mientras desayunamos y con la maleta en la puerta esperando a que me despida de ellos en menos de una hora.

En su lugar, me guardo el dinero en el bolsillo de la falda del uniforme y sonrío.

—Gracias, papá. Eres el mejor.

Las palabras me salen con naturalidad, no denotan preocupación, y consiguen borrar parte de la angustia de los rostros de mis padres. Jamie centra la mirada en los huevos que tiene en el plato, sin decir palabra.

Mientras se supone que voy a mi habitación para asegurarme de que no se me olvida nada, aprovecho para salir al jardín. No tengo más que unos minutos, o me echarán de menos, y me alejo bajo la lluvia, más allá de la tumba de Old Nick, hasta el refugio antiaéreo, y me arrodillo para mirar las sombras del interior oxidado.

Los camastros astillados y destrozados por las polillas que una vez atestaran el interior del refugio ya no están. No es más que un refugio metálico vacío que huele a tierra y óxido. Pego la frente a una de las paredes de aluminio y cierro los ojos, mientras dejo que entre en mi interior la luz radiante de la Tierra de los Bosques. La luz de un mundo lejano. La luz de un lugar que es un mito y un prodigio.

—Cinco años y medio —susurro en la oscuridad, a nadie en particular—. Ese es el tiempo que hace que nos trajiste de vuelta. ¿Acaso no he esperado ya suficiente? Te lo juro, Cervus, si me haces un corte, brotará sangre de los bosques. En mi interior late el corazón de un habitante de la Tierra de los Bosques.

No obtengo respuesta, claro. Nunca la obtengo. La lluvia sigue golpeando el suelo y vuelvo corriendo a la casa.

En un abrir y cerrar de ojos es hora de irse. Mamá y papá me dan un beso en la puerta y me subo al coche de Jamie. Siempre me sorprende que Jamie tenga coche. Recorrimos tanta distancia a lomos de un caballo o a pie que sigo teniendo una sensación extraña, ajena diría, cuando me subo al asiento del copiloto mientras él maneja la palanca de cambios con soltura.

Hacemos gran parte del camino en silencio, pero no me importa. Los Hapwell nunca hemos tenido la necesidad de llenar el aire con conversaciones vacías. Hacemos una parada para comprarme los calcetines y después ya no paramos hasta que llegamos a la estación.

—¿Seguro que estarás bien, Ev? —me pregunta, mientras saca mi equipaje del maletero. Sus ojos denotan incertidumbre, su tono de voz es de súplica. Quiere que esté bien. Yo también quiero que él lo esté, aunque ninguno de los dos sabe qué significa estar bien para el otro.

Pero sé de algo que le servirá.

—Por supuesto —digo con una gran sonrisa, una chica normal a la que su hermano también normal lleva a la estación de vuelta al colegio. Se demora un poco más de lo habitual cuando me abraza y vuelve al coche como si no pudiera soportar estar allí o verme entrar en la estación sola.

Mi sonrisa desaparece cuando veo que ya no está.

Camino nerviosa por el andén. Es la primera vez que vuelvo al colegio yo sola, sin Philippa, aunque hace ya mucho tiempo que soy responsable de mí misma, independientemente de la profundidad de mi pesar.

El búnker vacío sigue persiguiéndome. Han pasado ya cinco años y medio desde que tuvimos que escondernos en su oscuro interior, atentos al sonido metálico de los aviones que se acercaban o a la reverberación de las explosiones a poca distancia. Han pasado ya cinco años y medio desde que algo inexplicable ocurrió en mitad de aquella oscuridad, aquella espera, aquel miedo. La verdad persigue también a mis hermanos, lo sé. Pobre Jamie, tan cariñoso, esforzándose siempre tanto pese a sentir que no hace lo suficiente. Pobre Philippa, tan dulce, allá lejos, en Estados Unidos, huyendo de nuestro pasado.

En cuanto a mí, me niego a que los demás me tengan lástima. Me niego a no ser Evelyn Hapwell, la que camina entre los mundos y dice siempre la verdad, amiga de la Tierra de los Bosques y enemiga de los tiranos, predilecta de Cervus, Guardián del Gran Bosque.

Las palabras de Cervus están grabadas a fuego en mí, escritas en cada milímetro de piel de mi cuerpo.

«El corazón que pertenece a la Tierra de los Bosques siempre encuentra el camino a casa».

Lo dices tú, Cervus, no yo. Me da igual el tiempo que pase, pienso hacer que lo cumplas.

2 ⌣

EN PLENA NOCHE, EL AULLIDO DE UNA SIRENA ROMPE
el silencio y la normalidad: así comienza un ataque aéreo.

Estamos en febrero de 1944, y Londres lleva sufriendo el ataque enemigo más
de un mes. Si hubieran podido enviarnos a alguna parte a pasar las vacaciones
de mitad de curso ahora que los bombardeos han empezado nuevamente, mamá
y papá nos habrían sacado de la ciudad. Pero esta vez no lograron encontrar un
sitio al que enviarnos.

Sé bien lo que es un simulacro y hemos pasado más tiempo en Londres que la
mayoría de los niños. Pero no estábamos en la ciudad cuando tuvo lugar el Blitz
a comienzos de la guerra, estábamos con familiares lejanos y amigos de amigos
dispuestos a alojarnos en su casa cuando no teníamos clases. A mamá y papá no
les gusta la idea de tener que enviarnos a casa de unos desconocidos, por lo que no
se nos puede considerar evacuados realmente, tan solo somos escolares que pasan
las vacaciones fuera de casa. Las cosas se han calmado un poco los últimos dos
años y nos han dejado volver a Londres una semana.

Pero ningún simulacro me ha preparado para esto, para el alarido salvaje
de las sirenas que se prolongan en el aire en un grito sostenido. Me levanto de
la cama. Philippa ya está levantada a mi lado, lívida, y me extiende la mano.

Yo me aferro a ella como si fuera un salvavidas y las dos salimos al encuentro de Jamie en el pasillo.

Nuestros padres nos han enseñado bien y hemos cumplido las instrucciones de cabo a rabo en todos los simulacros que hemos hecho en el colegio: buscad a vuestros hermanos. Manteneos siempre juntos. No esperéis a nadie más.

Ni siquiera a mamá y papá.

De modo que salimos al jardín por la puerta de atrás, la hierba mojada nos pincha en los pies. Es raro salir a la calle a esas horas de la noche. Las acechantes sombras alargadas hacen que el césped de sello postal y el seto cubierto de escarcha nos resulten misteriosamente desconocidos. Jamie nos ayuda a Philippa y a mí a entrar en el refugio y permanece en la entrada, mirando hacia la casa con los hombros encogidos mientras golpetea el suelo con la punta del pie. Philippa me envuelve en una manta húmeda y nos sentamos la una junto a la otra, temblando de frío.

El aullido de la sirena continúa. Las bombas comienzan a caer en algún lugar a lo lejos.

—¿Los ves? —pregunta Philippa con nerviosismo. Jamie niega con la cabeza.

—No... Espera —añade con tono de alivio—. Ahí está papá.

Nuestro padre aparece en la entrada del refugio y de repente todo parece menos aterrador que antes. Hasta que mira a Jamie con el ceño fruncido.

—¿Y vuestra madre no ha salido?

Sin esperar a que Jamie responda, papá atraviesa corriendo el césped. El sonido amortiguado de las explosiones es ahora más fuerte, suena más cerca. Me muerdo el labio inferior. Jamie se acerca a nosotras. Los tres nos abrazamos y esperamos. Daría lo que fuera por estar lejos de aquí, lejos de la oscuridad, del peligro, del miedo.

—¿Dónde...? —pregunta Philippa, pero el miedo le impide decir nada más. Una bomba cae muy cerca, ahogando sus palabras y haciendo que se estremezcan las paredes de nuestro pequeño refugio.

—En cualquier lugar menos aquí —le susurro. Philippa me abraza más fuerte, como si pudiera protegerme de todo daño con su presencia. Cierro los

ojos con fuerza deseando que el presente desaparezca y me imagino en un lugar tranquilo y sosegado, un oasis de silencio envuelto en una luz dorada—. En cualquier lugar menos aquí. En cualquier lugar menos aquí.

Y, de repente, el silencio. La oscuridad se hace más densa en el refugio, hasta el punto de que no soy capaz de distinguir las facciones de los rostros pálidos de mis hermanos.

Al cabo de un momento empiezan a oírse ruidos. No es la sirena que avisa de un ataque aéreo ni tampoco una explosión. Atraviesa el aire, es un sonido bajo pero insistente, una mezcla entre el bramido de un toro y el berrido de un alce. Siento la llamada muy dentro de mí, en la sangre y los huesos, no deseo otra cosa que responder a ella. Jamie, Philippa y yo nos miramos con los ojos como platos.

—Sujétame a mí —me ordena Jamie. Se le nota el pánico en la voz. Nos damos la mano y siento que no puedo respirar, estoy asustada. Sin embargo, a pesar del miedo siento algo más, algo nuevo e inesperado, expectación.

La llamada va cobrando fuerza y con las primeras luces del día estalla a nuestro alrededor. Parpadeo varias veces seguidas y entorno los ojos húmedos. Seguro que no habrá más que escombros y devastación cuando se me aclare la vista. Pero la luz es constante, no se parece a las ráfagas acompañadas de un chisporroteo de los bombardeos. Al final resulta que es la luz de la tarde y el corazón me da un vuelco cuando veo que estamos en mitad de un bosque. No doy crédito.

Después del confinamiento en el búnker, siento que voy a estallar de alegría al ver la luz del sol y los árboles, respirar aire fresco. Noto el penetrante olor de las plantas que me rodean y oigo el bullicioso canto de los pájaros ahogado por el sonido de una corriente de agua. El viento me despega el pelo de la frente, pero no es una ráfaga helada de febrero, sino más una brisa primaveral.

Jamie y Philippa se miran boquiabiertos como si fueran fantasmas.

—¿Hemos...? —empieza a decir Philippa y Jamie se encoge de hombros.

Delante de nosotros, una figura alta y esbelta sale de entre los árboles. Es un ciervo macho, con el pelaje del color de las hojas del otoño, más denso y de un tono rojizo alrededor de los poderosos hombros. Porta la cornamenta ramificada como si fueran una corona.

Philippa me protege instintivamente tras de sí, pero yo me aparto. Hay algo en este lugar, en la tierra que piso y las ramas que se extienden sobre mi cabeza y en el ciervo que avanza hacia nosotras y en la perfección salvaje que lo impregna todo. Hace un momento me sentía asustada, rota por dentro, y ahora me siento como si los añicos desperdigados en mi interior empezaran a pegarse entre sí.

Avanzo hacia delante, al encuentro con el ciervo justo delante de una roca cubierta de musgo.

—Hola —*digo en voz baja*—. Me llamo Evelyn.

En respuesta, la criatura da un paso hacia delante. Baja la enorme cabeza y me acaricia la mejilla con su hocico aterciopelado. Noto un soplo de aire que huele a hierba, a hojas y a flores silvestres. Cuando habla, lo hace con una voz profunda que le sale del centro del pecho y desprende una alegría salvaje.

—Pequeña. Bienvenida a la Tierra de los Bosques.

—Esto no puede estar pasando de verdad —*oigo que Philippa le dice a Jamie en un susurro tras de mí*—. O estamos muertos o hemos sufrido un ataque de gas o algo que provoca alucinaciones.

—No sé —*contesta Jamie. Parece confundido*—. A mí me parece muy real, Philippa.

—Pero no puede ser real. Y aunque lo fuera, ¿dónde están mamá y papá? ¿Qué les ha pasado? Se han quedado atrapados en el bombardeo.

Percibo la pena en las palabras de Philippa, pero el ciervo sigue mirándome con unos insondables ojos oscuros y por primera vez que yo recuerde tengo la repentina y absoluta sensación de que todo va a ir bien.

En cualquier lugar menos aquí, había dicho. Bueno, pues mi deseo se ha cumplido.

—Si de verdad hemos viajado vete tú a saber adónde y se dan cuenta de que no estamos en el refugio, se imaginarán lo peor. Jamie, se les partirá el corazón.

Yo no me doy la vuelta, pero sé que Philippa está a punto de echarse a llorar. Lo noto en su voz.

El ciervo pasa junto a mí. Me giro para mirarlo y veo a Philippa de pie abrazándose la cintura; es el único elemento de infelicidad en este maravilloso paraíso verde. Pero cuando el animal se le acerca, ella se endereza, echa los hombros hacia atrás y levanta el mentón.

—Me da igual quien seas o lo que seas, tienes que mandarnos de vuelta —le espeta Philippa con voz temblorosa—. Tenemos una familia y estamos en plena guerra. Nos necesitan.

La tristeza se me atasca en la boca del estómago porque quiero a nuestros padres, pero son casi unos desconocidos para mí. Apenas los he visto en los últimos cuatro años. Lo único que deseo es quedarme aquí, lejos del ruido de las bombas.

El ciervo ladea la cabeza.

—Nuestro mundo sufre sus propias guerras, y os he llamado porque vosotros me habéis llamado a mí. ¿Acaso ha sido un error?

Philippa y Jamie se miran inquisitivamente. Yo entrelazo las manos, deseando que me trague la tierra. Cuando mis hermanos se vuelven hacia mí, me pongo roja como un tomate de pura vergüenza.

—Evie, ¿qué...? —pregunta Jamie, dejando la pregunta en el aire.

—He sido yo —digo sin poder contenerme—. Cuando estábamos en el refugio, deseé estar en otra parte y pensé en un lugar donde reinara la paz. Lo deseé con toda mi alma. Lo siento.

—Es imposible —insiste Philippa. Tiene la mirada perdida entre los árboles y los labios muy apretados.

El ciervo sigue ahí de pie, observándonos con curiosidad.

—¿Qué te dicen tus ojos? —pregunta—. ¿Y tus oídos? ¿Y tu nariz? ¿Y tu piel? La Tierra de los Bosques es bastante real, y aunque es la primera vez que hago una llamada entre mundos, es algo que puedo hacer.

—Se trata de un error. Tienes que mandarnos de vuelta —dice Philippa, y Jamie asiente con desgano.

Siento que se me congela la sangre en las venas. No puedo. No puedo. Los problemas a los que tenga que enfrentarse este mundo, sean los que sean, parece que se encuentran mucho más lejos que los que hemos dejado atrás.

—Por favor, Philippa —le susurro—. ¿No podemos quedarnos aquí? solo un poquito.

—¡Evie! —replica Philippa, escandalizada por mi petición. Hace que me sienta diminuta—. ¿Y qué pasa con mamá y papá?

El ciervo acude en mi ayuda. Se coloca junto a mí de nuevo, y hundo las manos en el denso pelaje de sus hombros.

—Puedes quedarte el tiempo que quieras. Cuando estés lista para regresar, te enviaré de vuelta al momento preciso del que te saqué —me dice, bajando la cabeza—. Será como si no hubieras estado fuera. Pero no te quedes buscando escapar de los problemas. Tal vez se esté librando una guerra en este mismo momento en vuestro mundo, pero en la Tierra de los Bosques vivimos bajo la amenaza de una guerra que con toda seguridad tendrá lugar.

Philippa guarda silencio un momento.

—Júralo. Jura que mamá y papá estarán bien. Jura que no nos echarán de menos y que todos encontraremos el camino a casa —dice finalmente.

El ciervo se inclina hacia delante.

—Por mi nombre y por mi honor, yo, Cervus, Guardián del Gran Bosque, nacido a medianoche de Afara, la cierva blanca como la leche, custodio del sagrado corazón de la Tierra de los Bosques, capaz de comunicarme entre los mundos, te lo juro.

—¿Qué juras? —insiste Philippa.

—Que no le pasará nada a tu familia. Que no os echarán de menos.

—Y que encontraremos el camino a casa.

Cervus baja la cabeza aún más en señal de asentimiento.

—Y que encontraréis el camino a casa.

—Todos nosotros —dice Philippa con voz acerada—. Que todos encontraremos el camino a casa.

El ciervo golpea el suelo con una pata. No sabría decir si lo hace con enfado o diversión, o una mezcla de ambas cosas.

—Juro por mi poder y mi orgullo que todos encontraréis el camino a casa.

Pero Philippa sigue sin convencerse hasta que atravieso el claro y le doy la mano.

—Philippa, todo saldrá bien. Yo creo en él.

Cuando se vuelve hacia mí, sonrío, la sonrisa más alegre que he esbozado desde hace años. Mi hermana me estrecha contra ella y siento el gesto de asentimiento del ciervo, aunque a mi hermana le tiemblan las manos.

Cervus se vuelve hacia Jamie, que nos observa a las dos.

—¿Y tú? ¿Te quedarás en la Tierra de los Bosques de momento o quieres que te devuelva a tu casa?

Jamie tiene esa mirada suya seria, de hermano mayor responsable, pero veo la emoción expectante que se oculta en sus ojos.

—Creo que Philippa ya ha expuesto cualquier objeción que pudiera tener yo. Así que si esperas que se declare una guerra y estás en el bando de los buenos, cuenta conmigo. Ya he esperado bastante en mi mundo para ayudar.

—¿Y tú, pequeña? —me pregunta el ciervo—. ¿Te quedarás en el Gran Bosque ahora que lo has visto, ahora que sabes lo que nos espera?

Dudo un momento antes de responder.

—¿Puedo hablar con usted, señor? ¿A solas?

Por toda respuesta, Cervus abandona el claro, por debajo del arco que forman los árboles sobre nuestras cabezas.

—No te alejes mucho, Ev —me advierte Philippa. Yo respondo con un gesto de la mano mientras sigo al ciervo, que me espera pacientemente a la distancia justa para que mis hermanos no puedan oír lo que digo si hablo en voz baja.

Me muerdo el labio y me quedo mirándome los pies, sucios de barro del jardín de nuestra casa en Londres.

—¿Cómo ha ocurrido esto? ¿Cómo he podido llamarte si ni siquiera te conocía ni sabía de la existencia de este lugar?

Cervus me mira sin pestañear y yo levanto la vista para mirarlo.

—Niña, en el Gran Bosque decimos que el corazón que pertenece a la Tierra de los Bosques siempre encuentra el camino a casa. Lo decimos ante nuestros hijos recién nacidos. Lo decimos ante nuestros muertos. Nos lo decimos los unos a los otros en vida también. Puede que sea el Guardián del bosque, pero no me corresponde a mí cuestionar en qué cuerpos se alojan los corazones de la Tierra de los Bosques o cuándo son llamados al hogar.

Ojalá pudiera ofrecerte un mundo sin guerras, pero aquí, en la Tierra de los Bosques, también existen. No vivimos en paz en el Gran Bosque, aunque sí existe en cierta medida bajo estos árboles para aquellos que saben dónde mirar. ¿Quieres buscarla conmigo?

—Me asustaba nuestra guerra —confieso—. Y supongo que me asustaré con cualquier otra guerra, pero estar aquí es como si me hubieran puesto del derecho cuando ni siquiera sabía que estuviera del revés. Creo, bueno, sé, que te seguiría allá donde fueras, y haría lo que fuera por ti.

—En ese caso, pisa donde yo pise, y sígueme a paso ligero —dice Cervus, lo bastante alto como para que Philippa y Jamie lo oigan—. Tengo una cita a la que acudir y nos aguarda un largo camino.

3

UN NIÑO SE PONE A MI LADO EN EL QUIOSCO DE PRENSA QUE
hay en el andén de la estación. Es un alivio poder distraerme con alguien
de lo que está sucediendo, del hecho de que no solo me encuentro fuera de
lugar, sino que también estoy sola, ahora que Jamie y Philippa no están.
El niño es pelirrojo y tiene pecas, las manos grandes y unas extremidades
demasiado largas y en apariencia torpes. Aún no ha dicho nada y ya me gusta. Me gusta su sonrisa sincera y sus orejas de soplillo. Pese a su altura, me
recuerda a los habitantes de la Tierra de los Bosques conocidos como centinelas de piedra. Conocí a algunos y me parecieron honrados y dignos de
confianza. Cuando se dirige a mí, reconozco su acento de Yorkshire y noto
que me sonrojo. Incluso habla como un centinela de piedra.

—Me llamo Tom —dice, extendiendo una de sus ridículas manos y yo se
la estrecho, aunque la mía es tan pequeña que desaparece entre sus dedos—.
Tom Harper. Me ha parecido verte en el tren otras veces, y cuando vuestro
cole, el St. Agatha, os lleva de excursión. Yo voy al St. Joseph. Conozco a tu
hermano, Jamie. Un tío majo. Me pidió que charlara contigo si te veía en el
camino al colegio, así que me alegro de que nos hayamos encontrado.

—No hacía falta que se preocupara. No soy una niña —respondo frunciendo el ceño.

Tom sonríe de oreja a oreja.

—Ya sé que no lo eres, pero los amigos nunca están de más, ¿no te parece?

Podría haberme ofendido por el hecho de que después de tantos años, Jamie siga pensando que tiene que cuidar de mí, pero en vez de enfadarme me río porque Tom Harper no puede ni imaginar hasta qué punto es cierto que no soy una niña, ni los muchos años que he vivido.

Pese a todo, Tom sonríe, un punto a su favor, y a continuación saca una bolsa de tofes de un bolsillo y me ofrece. Tomo uno porque nunca deberías rechazar un tofe y, de repente, parece que somos amigos, como acaba de decir.

Tom resulta ser un excelente compañero de viaje, que no se empeña en hablar cuando me apetece mirar por la ventana. Si entorno los ojos, puedo ver que los árboles nos saludan al paso del tren. Este año, las hayas han adoptado su color dorado muy pronto, dorado como sus espíritus, allá, en casa: seres inquietos de color dorado que se comportaban como reinas.

—¿Te apetece un sándwich? —pregunta Tom cuando pasa el carrito de la comida.

—Sí, por favor.

Son de jamón y queso, y el pan ya está un poco correoso. Me quedo mirando a Tom, que se zampa tres seguidos. Se da cuenta de que lo miro y se pone rojo como un tomate.

—Mamá siempre dice que es mejor comprarme un traje que darme de comer —dice, con la boca llena—. Solo tengo dos hermanas en casa, pequeñas, como tú.

Sonrío sin poder evitarlo. Haberme encontrado a este chico en el viaje ha sido un regalo. Esperaba tener que aguantar el trayecto tratando de mantener a raya la soledad con fuerza de voluntad, y en vez de eso voy con Tom Harper y su acento de Yorkshire y sus manos enormes, que ya va por el cuarto sándwich. Por eso no pierdo nunca la esperanza, porque este chico es una bocanada de aire fresco y me recuerda a mi hogar.

Lo que no deja de ser extraordinario en sí, teniendo en cuenta que mi hogar está a varios mundos de distancia.

Tom sonríe de oreja a oreja.

—Conque el St. Agatha. ¿Te apetece volver o preferirías tener unos días más de vacas?

—Me alegra alejarme de Londres —respondo yo, sacudiendo las migas de la falda del uniforme y alisando las tablas—. No me gusta alejarme de mi familia, pero me alegra volver a ver a mis amigas. Así que la respuesta a tu pregunta supongo que sería un poco de cada.

La sonrisa de Tom se suaviza y deja una de las manos sobre las rodillas, sosteniendo el último trozo de sándwich.

—Dividida entre dos lugares, ¿eh?

Dibujo con el dedo sobre el cristal las formas del valle que dejamos atrás a nuestro paso. Hay un lago en el centro, rodeado de abedules. Sería un lugar perfecto para los espíritus del agua.

—Sí —contesto, intentando que no perciba cuánta razón lleva—. Yo no lo habría dicho mejor.

Tom se echa hacia delante y me pone algo en la mano. No me hace falta apartar la vista de la ventana para saber lo que es. La textura del papel arrugado y el olor a azúcar me dice lo que necesito.

—Toma un caramelo —me dice—. Y anímate. Las cosas mejoran después de una semana, solo tienes que acostumbrarte de nuevo.

Saca un libro y me deja tranquila. Me meto el caramelo en la boca.

Fuera, las hayas se estremecen y agitan sus ramas.

Tom se queda dormido en el asiento de al lado. Ronca ligeramente, pero no como para molestar. Sonrío mientras saco mi libro de poesía y me pierdo en las palabras y los recuerdos.

El carrito de la comida pasa de nuevo para recoger la basura. Tom se remueve un poco, bosteza y le da los envoltorios con un "gracias". Casi hemos llegado a la estación, estamos casi al final de este viaje y a punto de comenzar el siguiente.

Miro por la ventana y echo un último vistazo a los abedules para calmar los nervios y reforzar la decisión que he tomado. Este año será diferente. Este año intentaré echar raíces en el mundo en el que nací.

Esté donde esté, allá donde fije los pies, construiré mi vida. No retrocederé ni levantaré muros a mi alrededor. Cada día es un tesoro, cada encuentro sorpresa, un regalo, y como tal los trataré hasta que, por fin, mi corazón de la Tierra de los Bosques encuentre su camino a casa.

Tom me mira, rojo como un tomate.

—Sé que os permiten recibir visitas los fines de semana. ¿Podría acercarme a verte con la bici el sábado? Si no quieres, puedes decírmelo.

Un regalo. Un viaje. Y es verdad: los amigos nunca están de más.

—Sí —le digo con una sonrisa—. Me gustaría que vinieras.

4

NOS DIRIGIMOS AL CORAZÓN DEL GRAN BOSQUE A REU-
nirnos con un tirano, o eso dice Cervus. Pero no quiere decirnos nada más, y
Jamie y Philippa se preocupan más conforme nos adentramos en el bosque.

Llevamos dos semanas recorriendo la Tierra de los Bosques con Cervus, y a
pesar de la reunión que nos aguarda, siento que me estoy enamorando un poco
del ciervo en sí, pero sobre todo, del bosque. Con tan solo once años y una deses-
perada necesidad de paz y sentido de pertenencia, no me imagino un lugar más
hermoso que este. El bosque es como una catedral. Los riachuelos y el trino de
los pájaros son los miembros del coro; la cambiante luz del sol que se filtra entre
las ramas, las velas; el aroma de la tierra y el musgo, el incienso. A medida que
avanzamos, noto que me voy sumergiendo más y más en una calma invisible.

Alcanzamos a ver a algunos de los habitantes de la Tierra de los Bosques,
pero fugazmente: una forma de baja estatura, pero recia, se oculta rápidamente
detrás de una roca, remolinos de hojas en un claro en el que no sopla el viento,
rostros moteados que nos observan desde las ramas altas de los árboles. Pasamos
junto a casas construidas alrededor de los pies de los árboles y terrenos de cultivo
o recintos vallados para que las ovejas no se escapen. Cervus no reduce el paso,
sino que nos apremia para llegar cuanto antes a ese destino desconocido. solo nos
detenemos por la noche o a recoger frutos y pescado de los arroyos.

Philippa sigue estando nerviosa, se ha mordido tanto las uñas que no se le ve más que carne. No habla más que para ocuparse de mí con exagerada preocupación cuando paramos para comer o para dormir. Jamie intenta animarla.

—Venga, hermana —dice cada mañana cuando despertamos con frío y el cuerpo rígido de dormir en el suelo—. Esto es mejor que ir al colegio, ¿a que sí? No puedo creerme que quieras volver sin conocer un poco mejor este sitio.

Pero nunca hablamos del ataque aéreo. Nunca sacamos el tema de que desaparecimos de casa sin saber qué les había sucedido a nuestros padres. Sé que el asunto incomoda tremendamente a mi hermana, pero no puedo evitar sentirme secretamente aliviada. Me alegra estar aquí y me hace feliz confiar en Cervus, creer que, de alguna manera, llegará un día en que todos estaremos bien.

La segunda semana en el bosque, llegamos a un sitio que parece distinto de los demás. Todo ha sido precioso desde que nos sacaron de la oscuridad y el estruendo de las bombas del búnker. Pero Cervus nos conduce hasta un círculo formado por abedules de corteza blanquecina y sé que este lugar tiene que ser el corazón mismo del Gran Bosque.

El silencio flota en el aire. La luz dorada del sol se cuela a través de las ramas que se agitan sobre nuestras cabezas en un leve susurro. Las motas de polvo y las sedosas hojas de las ásteres bailan a la luz cambiante. La hierba que hay debajo de nuestros pies descalzos es del color de la primavera.

Cervus se coloca en el centro del claro, iluminado por la luz del sol. Su pelaje rojizo como el óxido parece fuego y entonces levanta la cabeza y olisquea el aire antes de lanzar su potente y sonora llamada.

El ciervo se tiende sobre la hierba a esperar con las patas dobladas por delante de sí con elegancia.

Philippa y Jamie caminan de un lado para otro alrededor del claro, hablando en voz baja, y se detienen de cuando en cuando a observar las antiguas figuras de piedra que rodean el espacio abierto. Las estatuas son tan antiguas que es imposible determinar la forma que tenían, la única señal de que en algún momento fueron algo más que unas piedras lisas es alguna que otra línea, que resalta entre los parches que forma el musgo.

Yo los sigo un rato, pero una fuerza me atrae hacia Cervus. Se diría que él también es una figura de piedra de lo inmóvil que está, pero cuando me agacho para sentarme a su lado, levanta las orejas. Acerco despacio una mano a sus hombros. Y nos quedamos así un rato, hasta que, al final, baja su enorme cabeza y la apoya sobre mis rodillas.

Creo que nací para estar aquí, en el centro de un claro en otro mundo, con esta extraña criatura salvaje a mi lado.

Philippa mira hacia atrás y en su rostro se dibuja una expresión al vernos. Creo que es miedo, tristeza tal vez. No me gusta verla triste en un lugar tan hermoso como este. Le sonrío no solo con los ojos y los labios, sino con toda mi alma, hasta que siento que brillo como una bombilla incandescente. Ella me devuelve una sonrisa melancólica.

Al borde del claro comienza a removerse la maleza. Cervus se levanta de un movimiento fluido.

—Vamos, chicos —dice, y los tres nos colocamos a su alrededor. Yo dejo la mano en su hombro, enterrando los dedos en su denso pelaje.

Los habitantes de los bosques acaban de llegar. Salen de detrás de los árboles en silencio, descalzos o con pezuñas, como mis hermanos y yo. Hay media docena de centauros bayos y castaños, un grupo de hombres robustos que más tarde aprenderé que se llaman centinelas de piedra y espíritus de los árboles que entran en el claro con la brisa en forma de remolino de hojas antes de tomar forma humana. También aparecen varios espíritus del agua y unas jóvenes con alas, y otras criaturas sin nombre aparte del nombre individual de cada uno. Me maravillo al ver el silencio que reina en el claro a pesar de estar todos allí reunidos.

Entonces se oye ruido de cascos amortiguado en la distancia y el reflejo de las armaduras se cuela entre las ramas de los árboles. Una bandera blanca resplandece a la luz del sol y, de repente, soldados armados desmontan en el margen exterior del claro. Dejan allí a sus caballos y se abren paso hacia el claro entre los habitantes de la Tierra de los Bosques, aplastando la hierba verde con sus botas.

Encabeza la comitiva un joven de aspecto arrogante con la piel muy clara, posiblemente cuatro o cinco años mayor que Jamie, que tiene quince. Se ciñe la cabeza rubia con una estrecha banda de acero y cuando llega al lugar en el que espera Cervus, se cuadra orgulloso ante él. Sus ojos lanzan destellos de color rojo que pasa al naranja, como si ardiera una llama en su interior.

Un murmullo rompe la calma. Levanto la vista y veo que todos los lugareños han echado la rodilla a tierra. El joven de la armadura contrae un pequeño músculo de la mandíbula y la rabia brilla en sus extraños ojos. Los lugareños hacen una reverencia, pero no está dirigida a él, sino al ciervo. Cervus les devuelve el gesto.

—Venndarien Tarsin, heredero del trono del Imperio —dice Cervus mientras se endereza—. Bienvenido al corazón del Gran bosque. Ningún miembro de tu estirpe ha puesto el pie aquí jamás.

Venndarien mira a su alrededor y se fija en los lugareños reunidos y el círculo de abedules.

—En mi país no tenemos interés alguno en tus santuarios rústicos. Dime que me has llamado para confirmar que os rendís, Cervus, y que dejaréis de hacer que el Imperio pierda el tiempo con vosotros.

—No vamos a rendirnos —responde Cervus—. Y te robaré el menor tiempo posible. Te he llamado para pedir de nuevo el alto al fuego.

—A menos que estés dispuesto a entregarnos la madera que exigimos y todos vosotros os arrodilléis ante el escudo de armas imperial, no cederemos —responde el joven de la piel clara.

Un murmullo de decepción se eleva entre los allí reunidos.

—Jamás nos inclinaremos ante Tarsa —dice uno de los habitantes de los bosques—. Y jamás tendréis nuestros árboles muertos para alimentar vuestras guerras.

Venndarien enarca una ceja en señal de que sus quejas no son para él más que el molesto zumbido de un mosquito.

—El Imperio no te escucha —dice.

Cervus echa la cabeza hacia atrás y lanza un berrido. Cuando el eco de su llamada se apaga por fin, los habitantes de los bosques guardan de nuevo silencio y observan a los delegados de Tarsin con furia mal disimulada.

Venndarien dirige su atención hacia nosotros entonces y Philippa le sostiene la mirada impávida cuando se fija en ella.

—¿Y quiénes son estos advenedizos harapientos? —pregunta a Cervus el heredero Tarsin. Es cierto que no estamos en nuestro mejor momento, pero vamos vestidos con el mismo pijama después de recorrer los bosques durante dos semanas—. No son de aquí. ¿De qué cuchitril recóndito del Imperio los has sacado?

Cervus se aparta de mí y se coloca junto a mi hermana. Venndarien vacila un poco bajo la potencia de las miradas de los dos juntos.

—Vienen de otro lugar —dice Cervus—. Nacieron en otro mundo, igual que el primer miembro de la estirpe Tarsin.

Son los soldados los que susurran ahora, un sonido que se eleva como una brisa incierta. Todos se parecen, todos ellos pálidos como su líder y con el mismo fuego en la mirada.

Venndarien se pone rígido.

—Imposible. Nadie ha atravesado los mundos desde que mis antepasados llegaran desde Heraklea y fundaran el Imperio en ciernes.

Cervus sacude la enorme cabeza.

—Te digo que es verdad.

—Bastión, mi daga —ordena Venndarien. Uno de sus lacayos se acerca hasta los caballos y regresa con un cuchillo con el mango decorado con gemas de color carmesí—. ¿Cuál de estos pretendientes ofrecerá su sangre para demostrar que seguirá respondiendo a la llamada del otro mundo?

Jamie da un paso al frente antes de que Philippa o yo pensemos en una respuesta siquiera. No se inmuta cuando Venndarien le hace un corte en la palma de la mano. La sangre de Jamie cae sobre la alfombra verde que cubre el suelo del claro, y al entrar en contacto se levanta una nube de humo. Los susurros procedentes de la delegación Tarsin se convierten en un murmullo sordo.

—Y aun así te empeñas en negar el poder del Guardián —dice Cervus con calma.

—Tiene que ser un truco o cosa de brujería —se mofa Venndarien.

Philippa extiende la mano. Aunque solo tenga trece años, no le cuesta tomar el control de cualquier situación, por complicada que sea.

—Cervus no miente. Haz la prueba con mi sangre. Hazla también con la de mi hermana. Comprobarás que la música de otro mundo corre por las venas de los tres.

—¿Y pretendéis quedaros en el Gran Bosque? —pregunta Venndarien sin dar crédito.

Jamie, Philippa y yo asentimos al unísono.

El heredero Tarsin entorna los ojos al ver la respuesta.

—¿Sabéis lo que podríamos ofreceros en el Imperio? Tierras. Títulos. Riquezas sin parangón. Y mejor aún, seguridad. Venid conmigo y contadle a Tarsa los secretos de vuestro mundo. Abandonad este pequeño bosque y dejad que yo os enseñe toda clase de maravillas.

Philippa traga saliva, mientras que un temblor recorre los labios de Jamie.

—Que te lo crees tú. Puede que vengamos de otro mundo, pero reconocemos un trato propio del diablo cuando lo vemos.

Venndarien los observa enfadado. Pero antes de que pueda decir nada, Cervus se le adelanta.

—Poneos de rodillas, chicos —les ordena.

Philippa, Jamie y yo nos miramos. Siento una presión en el pecho y mis hermanos no parecen muy seguros, pero me vuelvo hacia Cervus, que aguarda expectante, observándonos con expresión reservada en su rostro salvaje, y algo dentro de mí sigue sintiendo la conexión que me une a él, lo llamo como hice en otro mundo, sumido en la oscuridad y el pánico. Me pongo de rodillas y él inclina la cabeza de forma casi imperceptible.

Philippa y Jamie hacen lo mismo. Mi hermana, situada en el centro, busca nuestras manos y nos da un apretón para infundirnos seguridad.

Cervus pronuncia las solemnes palabras del juramento sin bajar la vista en ningún momento. Tiene la vista fija delante de nosotros, en el heredero Tarsin.

—Hijos de otro mundo, ¿juráis servir al pueblo del Gran Bosque con lealtad el tiempo que permanezcáis aquí?

—Lo juramos.

—¿Juráis enfrentaros a los enemigos del Gran Bosque con el objeto de proteger a su pueblo de la mejor forma posible?

—Lo juramos.

—¿Y juráis escuchar a los demás habitantes de los bosques y tener sus ideas y sus palabras en la misma consideración que las vuestras?

La mirada de Cervus es un arma y no sé cómo puede Venndarien soportar su intensidad.

—Lo juramos —murmuro, al unísono con Jamie y Philippa.

—En ese caso, y como Guardián del Gran Bosque que soy, declaro vuestra adhesión a nuestra causa. Levantaos y mirad a nuestro pueblo.

Nos levantamos y nos damos la vuelta. Los habitantes de los bosques allí reunidos guardan absoluto silencio. Nos observan inmóviles con expresión inescrutable. Excepto Venndarien Tarsin, en cuyo rostro queda patente la furia que siente.

Dos semanas en el Gran Bosque y ya tenemos un enemigo.

5

LA RESIDENCIA DONDE DORMIMOS LAS ALUMNAS DEL ST.
Agatha es un hervidero de actividad. Las chicas van de un lado para otro
llamándose las unas a las otras y riendo a carcajadas. El vestíbulo parece un
campo minado con todas esas maletas desperdigadas y cuando entro en la
que ha sido mi habitación desde que llegara al colegio por primera vez hace
seis años, Georgie ya está sentada en su cama.

Georgie Maxton y yo somos compañeras de habitación desde el primer
día, un poco menos de un año antes de mi llegada al Gran Bosque. Es baja,
con la piel oscura y el pelo negro y rizado, y muy lista. No tardamos en descubrir nuestra mutua fascinación por la palabra escrita.

—Gracias a Dios que has llegado —dice nada más verme en el umbral
de la puerta—. El jaleo de ahí fuera lleva taladrándome la cabeza una hora.
¿Te importa cerrar la puerta? Cuando lo hago yo, Penwallis dice que soy una
insociable.

Cierro la puerta despacio asegurándome de que las fieles seguidoras de
Lizzie Penwallis me vean hacerlo.

—El mejor poema del verano —dice Georgie desde la cama, sin levantar
la vista de su libro, la barbilla apoyada en las manos—. Veamos cuáles son
los tuyos, porque estoy segura que será de Dickinson o Teasdale.

No me molesta que Georgie se meta conmigo. Tiene razón. Regreso a mis favoritos una y otra vez, mientras que ella lee vorazmente, buscando incansablemente nuevas voces.

—Este es el ganador —le digo—. Además, va muy bien con el inicio del trimestre...

En mi corazón no cabe más alegría,
El húmedo día de septiembre se marcha ya,
Y tengo que decir adiós a lo que amo;
Con fuerza de voluntad doblegué mi corazón.

Oigo que se acerca el invierno en el largo aullido del viento
Los cristales de la ventana están fríos y cegados por la lluvia;
Con fuerza de voluntad expulsaré el verano de mí
Y el verano no volverá a mí nunca más.

—Teasdale, ¿a que sí? —pregunta Georgie, mirando hacia el cielo con resignación bienintencionada cuando me ve asentir con la cabeza—. Evelyn Hapwell, tienes que ampliar horizontes. Escucha esto, es Frances Harper, una mujer brillante...

¡Luz! ¡Que entre la luz! Las sombras se alargan,
Mientras mi vida se apaga,
Abrid las ventanas de par en par:
¡Luz! ¡Que entre la luz! Antes de que me vaya.

Dejad que la suave luz del sol
Se entretenga en mi lecho de muerte,
Por el valle invariablemente sombrío
Debo caminar con pies solitarios.

Traducción libre del poema de Sara Teasdale, *An End*.

¡Luz! ¡Que entre la luz! Pues la Muerte teje ya
Las sombras que rodean mi vista menguante,
Y de buena gana lo miraría
A través de un chorro de luz terrenal.

Tomo aire lentamente, midiendo el movimiento. Los recuerdos de la Tierra de los Bosques llegan pronto este año. Aparto la memoria del valle bañado por la luz de la luna y de la inolvidable voz cantando "La luz hacia la luz", y abro el baúl con mis cosas del colegio.

Como no digo nada sobre el poema, Georgia levanta la vista del libro por primera vez.

—Ni que vinieras de un funeral. ¿Qué te pasa?

Deshacer el equipaje me entretiene, al menos. Jerséis del uniforme con el escudo dorado del St. Agatha bordado en un bolsillo. Calcetines de lana para los meses más fríos. Pañuelos y pastillas de jabón rosa.

—Se ha muerto Old Nick —le digo—. Y no dejo de escribir a Philippa, pero no me responde. Creo que ahora sí que he estropeado las cosas entre las dos.

—Ay, Ev, lo siento —dice Georgie, cerrando el libro de golpe—. Pero es normal que las hermanas discutan. Seguro que terminará entrando en razón. Deja eso ahora. Ya desharemos el equipaje esta noche. Si tienes problemas con tu hermana, ¿qué te parece si vamos a buscar a la mía y nos tomamos una taza de té?

El alboroto del vestíbulo nos golpea como un tren a toda velocidad cuando Georgie abre la puerta. Nos abrimos paso por los ruidosos pasillos atestados de gente. Me alegro de que sea Georgie la que va delante. Ahora que estoy aquí, me desinflo. Siento que he llegado al final de una etapa y aún no ha empezado la nueva. Estoy... a la espera. Aun así, sonrío y respondo con fingido buen humor a las chicas que nos saludan.

Traducción libre del poema de Francis Harper, *Let the Light Enter.*

Pero la verdad es que no estoy sola. Mi hermana sí lo estaba. Cuando nos devolvieron desde la Tierra de los Bosques, Philippa decidió esforzarse al máximo en convertir este mundo en su único mundo. El maquillaje y los tacones, las medias y el cine, y los chicos sustituyeron a los espíritus de los árboles, los centinelas de piedra y los claros del bosque. Era una estrella radiante en constante movimiento, y los demás, sencillamente, quedamos atrapados en su gravedad.

Y, finalmente, se fue y me dejó. Sigue en este mundo, pero un océano nos separa y la distancia se me hace insoportable.

Te echo de menos, Philippa, ojalá estuvieras aquí.

Así que aquí estoy, siguiendo a Georgie por los pasillos, pero ¿cómo contarle que la última vez que tuve dieciséis años, bailaba sobre la hierba, visitaba a los centauros y charlaba con animales que podían hablar? No puedo contárselo, pero gran parte de mí sigue allí y no puedo dejar de pensar en ello.

Y como quien no quiere la cosa, en mitad del ruido y el jaleo que acompaña todos los comienzos de trimestre, me resquebrajo por dentro. La primera grieta delgada como un pelo. He sobrevivido al verano de una pieza, con una fe brillante como el sol de la mañana, y la soledad es la que ha iniciado la quiebra.

Fueron cinco años y medio los que pasé en la Tierra de los Bosques con mis hermanos. Durante cinco años y medio fui uno de ellos, siempre. Y aquí me tienes ahora, separada de mi hogar y de mi familia, y el mundo se me viene encima.

Georgie se para delante de la puerta situada más cerca de la entrada principal de la residencia, con una pequeña placa que dice: *Josephine Maxton, Supervisora de Literatura Inglesa*. Llama media docena de veces y pregunta en voz alta:

—Josie, ¿estás ahí? Queremos una taza de té.

Oímos una música atronadora al otro lado de la puerta de Max, un tipo nuevo de jazz, lo bastante alto como para ahogar el ruido del vestíbulo. La música se detiene abruptamente y la puerta se abre. Aparece Max en el umbral vestida con unos elegantes pantalones de pinzas y una blusa con manchas de pintura, y el pelo rizado recogido en una coleta con un pañuelo. Nos invita a entrar y cierra de un portazo una vez que estamos dentro.

—Perdonadme, para no oír el alboroto de fuera estoy creando el mío propio aquí dentro. Y estoy pintando. El Ogro me ha dado permiso, después de cinco años empeñada en decirme que no. ¿Habéis dicho que queréis un té?

Max nos rodea los hombros a Georgie y a mí mientras nos empuja hacia la diminuta cocina. Es la profesora de Literatura Inglesa, y la profesora más joven de la escuela, lo que la convierte automáticamente en supervisora de la residencia. Pone la tetera a hervir y nos mira de arriba abajo mientras se limpia una mancha de pintura de la barbilla.

—Georgie, cariño. Evie. ¿Qué te pasa?

—Sigue peleada con Philippa —contesta Georgie. Max y ella me conocen mejor que mis propios padres, dejémoslo ahí. Nunca me ha gustado demasiado hablar de mis problemas. Y aunque quisiera hacerlo, ¿cómo lo explicaría? Prefiero tomarme una buena taza de té en amigable compañía, sin que presionen para hablar.

Miro disimuladamente a mi alrededor mientras doy sorbitos a mi Earl Grey, y Max y Georgie hablan tranquilamente. Antes, la habitación tenía un tono apagado —Max solía decir en broma que el color debería llamarse Gris Tanatorio— pero ahora que ha convencido al Ogro, la directora del colegio, dejará de serlo. Max ya ha dado una primera capa de malva a las paredes y me fijo en las cortinas de seda de color azul que sobresalen de la caja que está en la encimera.

El cuarto año que pasamos en la Tierra de los bosques me hicieron un camisón de ese mismo tono de azul. Me gustaba ponérmelo para ir a la playa que estaba debajo del Palacio de la Belleza, en el límite del Gran Bosque. Philippa solía reñirme porque estropeaba el bajo, pero a mí me gustaba sentarme a observar el agua envuelta en una prenda que tenía el mismo color que las olas. A Jamie también le gustaba sentarse en la arena cuando no estaba en el frente, y cada vez que lo veía allí, iba a hacerle compañía. Nos quedábamos allí sentados hasta que se le olvidaban las cosas feas que había visto y la risa sustituía su ceño fruncido. Yo siempre tenía risas suficientes para él, igual que tenía fe suficiente para Philippa, o eso creía.

Ahora me pregunto si tengo para mí.

El timbre que anuncia la hora de ir a cenar resuena en el patio y Max me mira.

—¿Estás bien, Evie?

Yo asiento y ella alarga la mano por encima de la mesa y aprieta la mía para darme ánimo.

—Si lo necesitas, sal a ver cómo están los helechos cuando se apaguen las luces.

Georgie y yo recogemos las tazas y reunimos el valor necesario para salir una vez más al pasillo, donde una marabunta de chicas nos arrastra hacia el patio. Oigo que alguien llama a gritos a Georgie y esta se muerde el labio al tiempo que enrolla alrededor del dedo el final de la gruesa trenza.

—Ay, Dios, es Penwallis. ¿Es que no podemos tener una tarde en paz?

—Parece que no —digo yo, arrugando la nariz.

—Recuérdame otra vez por qué la soporto.

—Su padre es decano en Cambridge, que es adonde irás el año que viene. Por eso decidiste que era mejor hacerte amiga suya —le recito de memoria a fuerza de repetirlo innumerables veces.

—No soy amiga suya, soy su proyecto —responde Georgie de mala gana—. Y espero ir a Cambridge, pero no lo sé.

—Serían estúpidos si no te aceptaran.

Georgie me da un rápido apretón en el brazo y desaparece entre la multitud siguiendo el rastro de la voz de Penwallis. En ese momento, rodeada por todas estas chicas a las que conozco desde hace muchos años, me doy cuenta de que sin Philippa soy una desconocida en su pequeño mundo. Este no es mi sitio. He adoptado la forma de alguien incapaz de doblegarse, y que

Cervus me ayude, porque, aunque llevo cinco años intentando cambiarlo, es la forma de un habitante de la Tierra de los Bosques.

La cena es pesada, carne de ternera con mucha grasa y poca salsa y patatas cocidas. El Ogro suelta el mismo sermón de todos los años al empezar el trimestre: excelencia, dignidad, el bien de la nación, ese tipo de chorradas. El ambiente está cargado en el comedor, la comida es asquerosa y el cuello del jersey de lana del uniforme pica como un demonio. Cuando la directora termina de hablar, es un alivio que nos dejen volver a las habitaciones.

Georgie ha ido a la habitación de otra chica a comparar sus notas de las lecturas del verano. Estoy yo sola y, sinceramente, me da lo mismo. Llevo con la misma sensación de soledad desde que empezó el día y ahora estoy realmente sola. Me siento en mi cama que está junto a la ventana porque a Georgie las vistas le dan bastante igual y abro los paneles acristalados.

El sol se puso mientras estábamos cenando y escuchando el sermón de siempre. La luna ilumina suavemente con su luz amiga las praderas donde pastan las ovejas y las copas de los árboles que se extienden más allá del colegio. Levanto la vista y respiro. Por primera vez en lo que va del día soy yo misma, Evelyn Hapwell, una chica atrapada entre dos mundos. Pero la luna que veía en el Gran Bosque era la misma que se ve en Inglaterra, igual que las ovejas y las colinas pobladas de árboles. Observar en silencio los campos que tanto añoro consigue unir nuevamente los bordes de la grieta abierta en mi interior.

La blanca luna a lo lejos dibuja la curva de una sonrisa y, pese a la soledad, no puedo evitar devolverle la sonrisa.

6 ⌇

EL VIENTO SUSURRA ENTRE LAS COPAS DE LOS ÁRBOLES,
y en algún lugar cercano comienza a cantar la alondra. Seguimos junto a Cervus
en el círculo de abedules, observando a los habitantes de los bosques allí reunidos.
Ellos también nos observan a nosotros.

Cervus pasa a nuestro lado, pisando delicadamente con sus pezuñas hen-
didas. Se detiene en mitad de la delegación Tarsin, su hocico aterciopelado a
escasos centímetros del rostro de Venndarien Tarsin.

—Vuelve con el emperador y sus ejércitos, y dile que la Tierra de los Bosques
no se rinde.

La llama en los ojos de Venndarien resplandece y salen chispas cuando chas-
quea los dedos.

—Si el Imperio no necesitara combustible para alimentar los fuegos de los
lugares a los que pone sitio, reduciría este bosquecillo a cenizas ahora mismo.

Cervus no dice nada. Se limita a sacudir la oreja como si le estuviera moles-
tando una mosca. Por un momento da la sensación de que Venndarien fuera a
decir algo más, pero se da la vuelta y sale del círculo de abedules al tiempo que
ordena a su séquito que lo siga.

Los lugareños permanecen inmóviles como piedras hasta que el ruido de cas-
cos y arreos de los caballos se pierde en la distancia. Entonces todos empiezan a
hablar a la vez.

—¿Cómo se te ocurre traer aquí a estos tres, Cervus?

—Hace siglos que un Guardián no traía a nadie de otro mundo.

—¿De dónde vienen?

—¿Confías en ellos?

Cervus se da la vuelta para mirarnos y actúa como si el silencio reinara en el claro.

—Chicos, bienvenidos nuevamente a la Tierra de los Bosques —dice, mirándonos con ojos amables.

Philippa aprieta los labios y Jamie cambia el peso de un pie a otro.

—Tal vez nos resulten útiles —dice una voz que me resulta conocida.

El hombre que se enfrentó al heredero Tarsin da un paso al frente. Es alto y esbelto, con la piel dorada y el pelo negro y rizado muy corto. Lleva dos cuchillos enfundados sujetos a la espalda con unas tiras de cuero y va vestido con ropas sencillas: pantalones hasta la rodilla de color tostado y una camisola de lino natural. Va descalzo, como todos en el Gran Bosque. Los demás guardan silencio, ansiosos por oír lo que el hombre tiene que decir, aunque parece joven, seguro que no es mucho mayor que el engreído heredero Tarsin.

—Todos sabemos que los Tarsin son criaturas ambiciosas e intrigantes, y querrán sacar algo de estos chicos. El Imperio jamás destruye algo que pueda comprar o utilizar. Deja que convenzan al Emperador de que podrían romper su juramento de lealtad, o lo que es lo mismo, deja que el Imperio intente robárnoslos. Tardarán en darse cuenta de que tal cosa no ocurrirá nunca y nosotros aprovecharemos ese tiempo para prepararnos para la guerra que se avecina.

—¿Cómo puedes confiar en nosotros? —pregunta Philippa.

El hombre se encoge de hombros antes de contestar.

—No puedo, pero sí confío en Cervus. Si rompéis vuestro juramento, os devolverá al mundo del que venís sin pensárselo dos veces.

—Puede que no queramos seros útiles —replica Philippa—. Bastantes peligros vivimos en nuestro mundo. Puede que no queramos exponernos más y que prefiramos que nos devolváis a nuestro lugar.

El hombre se queda mirándola largo rato, con rostro inescrutable.

—Nadie os retendrá aquí en contra de vuestra voluntad. Sois libres de volver a vuestro hogar.

Me cuesta respirar. Yo no quiero irme, no quiero regresar a la oscuridad, las bombas y el olor de la munición de nuestro gélido refugio, al interminable desfile de casas y camas de desconocidos que vendrá después (si es que hay un después), y a no saber cuál es mi lugar.

—No, gracias —ataja Jamie—. Juramos ayudar, Philippa. Tenemos que quedarnos, un tiempo al menos, hasta que terminemos lo que dijimos que haríamos.

Los habitantes de los bosques empiezan a hablar al mismo tiempo otra vez. Los observo en silencio, preguntándome cómo será vivir entre ellos.

Jamie ha entablado conversación con un centinela de piedra y en ese momento me doy cuenta de que Philippa se aleja sola del claro. Salgo tras ella, pero me paro cuando veo que Cervus también la sigue.

—¿Cuánto tiempo nos llevará cumplir nuestro juramento? —le pregunta mi hermana—. No está muy definido o no me lo ha parecido. En realidad, no hay punto final y no tengo manera de acelerar las cosas.

—No lo sé —confiesa Cervus, bajando la cabeza—. Lo lamento mucho, pequeña. Tal vez me equivocara al invocaros.

Philippa se rodea el tronco con los brazos.

—No, ahora estamos aquí. Y Ev... La verdad es que hacía años que no la veía tan feliz.

—¿Y qué me dices de ti? —pregunta Cervus, girando la cabeza para mirarla—. Podría enviarte solo a ti de vuelta a casa. Ni siquiera recordarías en qué momento desparecieron tus hermanos.

Por favor, por favor, suplico para mis adentros, alarmada. Por favor, quédate, Philippa.

Mi hermana guarda silencio un buen rato, hasta que, al final, se vuelve hacia Cervus. Veo que tiene lágrimas en las mejillas.

—No podría dejarlos aquí, y menos a Ev. ¿Sabes qué fue lo que me dijeron nuestros padres la primera vez que nos enviaron fuera de la ciudad cuando estalló la guerra? "Cuida de tu hermana pequeña, Philippa. Eres la única que *puede hacerlo ahora". Y lo he intentado. Se lo prometí y me siento obligada a cumplir mi promesa, igual que me siento obligada a cumplir la que te he hecho a ti. Así que, si necesitas un cebo para engañar al emperador, deja que sea yo, pero quiero algo a cambio. Quiero que me jures que no le ocurrirá nada malo a Evie.*

—Solo soy un guardián —contesta Cervus—. Estoy aquí cuando comienza el viaje de un habitante de los bosques y cuando termina, pero no poseo control alguno sobre lo que le sucede por el camino.

Philippa se queda inmóvil y cuadra los hombros.

—Entonces, ¿a qué te referías cuando dijiste que encontraríamos el camino a casa?

—A lo que nos referimos todos los que habitamos la Tierra de los Bosques cuando hablamos de ir a casa. Que tu corazón encuentre el lugar de descanso que le corresponde, si no es en vida, cuando mueras al menos.

Mi hermana tiene los brazos estirados a lo largo de los costados y veo cómo los aprieta con fuerza.

—Eso no es a lo que me refería cuando te pedí que me lo juraras. Quería saber que mis hermanos y yo regresaríamos sanos y salvos a nuestro mundo.

—No podía prometerte tal cosa —dice Cervus con un hondo suspiro—. Haré todo lo que esté en mis manos para asegurarme de que los tres volvéis sanos y salvos a vuestro mundo. Como harán los demás habitantes de los bosques. Comprometernos a más no sería honrado. No poseo el control de vuestro destino, pequeña.

Philippa se aparta de él. Guarda silencio un momento antes de responder y cuando lo hace, su tono de voz es neutro.

—Aunque tú no puedas prometer que protegerás a Evie, yo sí lo hice. De manera que supongo que me tocará a mí cuidar de ella y llevarla a casa, como siempre. Y si eso significa ayudaros a reprimir esta guerra vuestra hasta que estéis preparados, que así sea.

Cervus apoya la cabeza en el hombro de mi hermana y entonces sí, Philippa se da la vuelta y le rodea la cabeza con los brazos al tiempo que entierra el rostro en su pelaje rojizo. Desaparezco de allí porque sé que mi hermana ha dicho cosas que no querría que yo oyera.

7

—EV, EV, ¿ME ESTÁS ESCUCHANDO?

La voz de Georgie y el alboroto del resto de las chicas al salir de la clase de literatura van cobrando claridad. Pestañeo varias veces para apartar de mi mente las imágenes y los sonidos de la Tierra de los Bosques como quien barre las hojas secas de la puerta. Mi amiga frunce un poco los labios y se restriega el dorso de la mano contra la frente.

—Ev. Ha sonado el timbre. Nos toca latín ahora.

Solo quedamos nosotras dos en clase, y Max, que nos observa desde su mesa. Arrastro mi silla hacia atrás y recojo mis libros apresuradamente.

—Gracias, Georgie.

No quiero ser desconsiderada, pero me cansa un poco ya que todos se preocupen por mí constantemente, que vayan de puntillas a mi alrededor. Estoy bien y no necesito su ayuda.

Es obvio que Philippa lo pensaba o no se habría marchado, a pesar de las cosas que le dije.

La verdad es que puede que mi hermana se haya marchado, pero sigue estando presente en este lugar, en todas partes. Salgo detrás de Georgie, que finge no esperarme, camino de la clase de latín y no puedo evitar fijarme en un montón de sitios por los que pulula el fantasma de Philippa. La Tierra de los Bosques lleva años persiguiéndome, pero esto es nuevo.

En el otro extremo del pasillo está el aula de Ciencias, donde mi hermana tenía sus reuniones con el Comité de Ayuda de la escuela. No era un club especialmente glamuroso, pero era el que más le gustaba y se hizo famoso por el hecho de que formara parte de él. Siempre estaban recaudando fondos para algo ya fuera preparando tartas, buscando nuevos miembros u organizando conciertos. Empezaron enviando libros a los soldados que estaban en el hospital durante la guerra y después continuaron tejiendo gorros y guantes para habitantes del Continente que habían perdido sus hogares.

Junto al aula de Ciencias hay un jarrón con flores de tela. La idea se le ocurrió a Philippa, como parte de su campaña por una escuela bonita, un plan que cosechó éxitos, aunque no duró mucho. El comedor tampoco es un lugar seguro porque en él recibía a sus súbditos, sentada a su mesa bajo los ventanales como una reina benevolente. La biblioteca es un campo de minas porque es donde solía darme sus sermones: Anímate, Ev, búscate algo que hacer, hay un montón de cosas bonitas en este mundo, solo tienes que buscar.

Nunca pensé que la echaría tantísimo de menos, aunque fui yo quien la aparté de mi vida.

Georgie, cansada ya de fingir que no me espera, aguarda en la puerta de la clase. Agacho la cabeza y aprieto el paso. Me siento en mi mesa justo cuando Foyle, nuestra severa maestra con cara de vinagre comienza la clase. Clava su mirada en mí, pero no dice nada de mi tardanza.

Hasta en clase de latín tengo recuerdos. Nunca he sido muy buena estudiante, pero Philippa, la diplomática y la negociadora de la familia, adoraba las lenguas muertas. Cuando vivíamos en la Tierra de los Bosques, a veces la oía mascullar cosas como (*aut viam inveniam aut faciam*) o quejarse (*asinus asinum fricat*) cuando llegaba alguna carta del Imperio en la que nos hacían demasiado la pelota.

Paso el rato traduciendo mal los textos que me mandan mientras espero que suene el timbre. Cuando por fin suena, lo oigo sin que Georgie tenga que avisarme, y soy la primera en salir por la puerta y echar a correr por los pasillos, dejando atrás todas esas aulas que me recuerdan a mi hermana. Philippa me persigue desde fuera, la Tierra de los Bosques lo hace desde dentro, me persiguen, me persiguen, me persiguen.

La clase de Matemáticas es insoportable. Todos esos números ya son un fastidio de por sí, pero es que lo único que veo cuando los miro es a mi hermana. Alfreya y ella se pasaban horas sobre el libro de cuentas en el Palacio de la Belleza, comprobando exhaustivamente la producción de la granja. Y después, cuando nos enviaron de nuevo a este mundo, intentó diseñar un juego de álgebra para mí, con el que acababa riéndome a carcajadas cuando una ecuación no me salía en vez de ponerme a llorar.

Me abro camino entre la multitud y me escapo por un pasillo que conduce hacia la parte trasera del edificio.

El aire del exterior me recuerda cómo se respira. Es frío y trae consigo la promesa del otoño que se acerca. Rodeo la parte trasera de la escuela pegada en todo momento a las paredes para evitar que me vean y, finalmente, corro a toda velocidad en busca de la relativa seguridad del cobertizo donde se guardan los aperos de jardinería. Nadie me llama, no se oye ningún grito de enfado desde las ventanas de las aulas. Me he escapado sin que me vean.

Cruzo el campo que se extiende por detrás de la escuela sin salirme del estrecho sendero que van dejando mis propios pies en las altas hierbas y luego salgo por la verja hacia la libertad. Los bosques mansos de este mundo me envuelven con sus aromas y cantos familiares.

Avanzo entre los árboles hasta llegar al río Went, de oscuras y rápidas aguas. Mis recuerdos se pierden en el ruido del agua y me subo a una roca del río a intentar escribirle una carta a mi hermana. Mordisqueo el extremo del lápiz con la vista perdida en la hoja en blanco. Ojalá pudiera hacer magia y que las letras se unieran formando frases. Si pudiera —si de verdad tuviera el poder de transformar mis palabras en una invocación— no sé a quién llamaría.

Te echo de menos, Philippa. Es una sensación penetrante como un dolor de muelas, y también es nueva, reciente e innegable.

Te echo de menos, Cervus, como cuando te rompes un hueso y te lo colocan mal. Es una sensación profunda e indeleble, que llevo siempre conmigo, un recordatorio constante de lo lejos que estoy de casa.

Estoy sentada junto a este río, una chica hecha de piezas sueltas de dolor, todas de diferente forma, diferente color, diferente tipo de tristeza. Y el papel sigue en blanco porque no sé qué escribir. No sé cómo borrar las cosas que he dicho y hecho, ni tampoco cómo tender puentes que unan los abismos que nos separan.

8

VIAJAMOS DURANTE TRES DÍAS DESDE EL CÍRCULO DE
abedules con Cervus y algunos habitantes de la Tierra de los Bosques. Está Héc-
tor, el que tuvo la idea de utilizarnos para engañar al Imperio, que ha asumido
el papel de líder del grupo. Apenas habla y vigila muy atentamente sus espadas
cuando acampamos a pasar la noche.

Nos acompaña un centinela de piedra llamado Dorien, que mide casi treinta
centímetros y medio menos que yo. Tiene el rostro curtido, abundante pelo cas-
taño y una optimista forma de ver el mundo. Jamie y, él suelen caminar juntos.
Mi hermano le hace preguntas serias sobre el extraño mundo en el que hemos
aterrizado y Dorien responde con paciencia.

Mi favorita es Vaya, que viene en representación de los espíritus de los
árboles. Es un ser taimado, de movimientos elegantes, hecho de hojas de árbol
que modela a su antojo para adoptar la forma de una chica con la piel del
color de la corteza de los árboles y una cascada de pelo rojizo en momentos de
calma. Debe de ser joven, como mis hermanos y yo. Posee una risa fácil y can-
tarina como el tintineo de una campanilla, y con frecuencia se sale del camino
para adentrarse en el bosque. Regresa al cabo de un rato con regalos: una cás-
cara de huevo rota para Héctor, que la toma entre sus manos con sorprendente

delicadeza, o una corona de margaritas para Dorien, que se la pone en la cabeza como si fuera de oro.

En la tercera noche de nuestro viaje, yo también recibo un regalo. Al despertar, descubro a Vaya flotando sobre mí y aún puedo notar el suave tacto de las hojas sobre mi piel. Asume entonces su forma de chica entre un remolino de hojas y me hace una señal con el dedo para que guarde silencio mientras que con la otra mano me indica que la siga. Vuelvo la vista una vez más hacia Jamie y Philippa, que duermen cerca de los rescoldos de la hoguera, y me echo una manta por encima antes de seguirla.

Vaya me conduce al corazón del bosque, por senderos sembrados de troncos caídos recubiertos de musgo y rocas, a través de pequeños claros y arroyos de agua helada. De vez en cuando tengo que parar a recobrar el aliento y le grito que vaya más despacio. Entonces ella vuelve danzando, riéndose con ese sonido suyo tan musical, y con su voz cantarina me dice: "¡Date prisa, pequeña!".

El terreno comienza a inclinarse hacia arriba y busco el camino entre ramas caídas y hojas muertas hasta que por fin veo que Vaya se detiene entre dos árboles un poco más adelante. Cuando llego hasta ella, me paro y observo.

Bajo nuestros pies se extiende un valle alfombrado de hierba verde, salpicado de margaritas blancas. Y en el centro, un árbol alza sus manos huesudas al cielo. La circunferencia del tronco habla de siglos de vida en los fértiles suelos de la Tierra de los Bosques, pero, aunque la brisa primaveral es cálida incluso después de anochecer, el árbol no tiene muchas hojas. En su lugar, me fijo en cómo resplandecen numerosas lucecitas entre las ramas desnudas, como estrellas tomadas del cielo.

Los habitantes de los bosques se mueven de un lado para otro bajo las ramas. Al principio no reconozco sus figuras ocultas por las sombras, pero después de un rato distingo una silueta que me resulta familiar. Cervus atraviesa el valle en dirección a los habitantes allí reunidos y se detiene junto a la base del árbol.

Entonces baja la cabeza, la posa sobre el grueso tronco y frota la áspera corteza con la cornamenta y el hocico.

En ese momento, un remolino de hojas adopta la forma de una mujer con la piel del mismo tono gris apagado del árbol. Tiene el rostro lleno de arrugas y la cabeza totalmente lisa, sin un solo cabello. Vuelve el rostro hacia las ramas colgantes y comienza a cantar.

La voz de la mujer se eleva fría y cristalina y con un tono jubiloso hacia el cielo, y tengo la sensación de que si escucho con atención puedo oír cómo las estrellas le responden. Las notas y las palabras suben y bajan, se entrelazan y, por fin, se filtran por los poros de mi piel y se extienden bajo su superficie.

> *Cuando cae la noche*
> *Y el sol se adentra en ella*
> *Yo respondo*
> *Luz hacia la luz.*
> *Puedo formar parte*
> *Más allá de la mañana*
> *Más allá de las estrellas*
> *Luz hacia la luz.*
> *Deja que las últimas partículas de mi ser*
> *Ardan en llamas*
> *Y las ascuas asciendan al cielo*
> *Luz hacia la luz.*

Este mundo gira sobre su eje. Bajo mis pies, el suelo canta. Sobre mi cabeza, el cielo canta. Hasta la sangre que corre por mis venas canta.

Mientras la canción asciende hasta alcanzar las notas más altas, llenando hasta el último rincón del Gran Bosque, Cervus echa la cabeza hacia atrás y suelta un bramido. El sonido me parte en dos y hace temblar el suelo, su eco resuena más y más hasta alcanzar niveles insoportables.

De pronto, el silencio.

Y en mitad del silencio, Cervus habla. Acaricia una vez más el tronco del árbol desnudo con el hocico y a continuación retrocede un paso y hace una elegante reverencia a la cantante. Por alguna razón, resulta más difícil soportar sus palabras que la canción o la llamada del enorme ciervo.

La voz de Cervus resuena en todo el valle.

—El corazón que pertenece a la Tierra de los Bosques siempre encuentra el camino a casa.

Y con ello, se abre paso entre los seres allí reunidos y abandona el valle para adentrarse en las profundidades impenetrables del bosque. Me dejo caer al suelo y me rodeo las rodillas con los brazos mientras asimilo lo que acabo de ver y oír, y dejo que se grabe a fuego en mi corazón y mi mente hasta que consigo volver a orientarme, como una brújula que gira vertiginosamente hasta que encuentra el norte.

—La que cantaba es de uno de los árboles originales que se plantaron cuando se creó el Gran Bosque —susurra Vaya con su voz cantarina. No sé cuánto tiempo ha pasado, pero el cielo está gris en dirección este—. Ya quedan muy pocos y este es su último año. No llegará al verano. Cuando llegue el invierno, se le caerán las últimas hojas que le quedan y morirá, lo talarán para calentar a aquellos habitantes del bosque por cuyas venas corre sangre en lugar de savia.

—Lo siento —susurro.

Vaya se agita con suavidad y los bordes de su cuerpo de mujer se desdibujan para convertirse en un montón de hojas nuevamente.

—No lo hagas. No te lamentes nunca. Sé atrevida y recuerda: el corazón que pertenece a la Tierra de los Bosques siempre encuentra el camino a casa.

Trago con dificultad y miro hacia el valle.

—¿Qué ocurre? —pregunta Vaya.

—¿Llegaron de mi mundo? Los que fundaron el imperio Tarsin, quiero decir.

—No.

El alivio que siento al oír esa sola palabra me recorre de los pies a la cabeza.

—Eran los únicos que quedaron con vida en su mundo, Heraklea, cuando quedó reducido a cenizas tras mil años de guerra. Cuando todo quedó destruido, vinieron aquí a empezar una nueva guerra.

Agarro una piedra cubierta de musgo oculta entre la maleza y la sopeso.

—Su mundo se parece al mío. Están ocurriendo cosas horribles en el lugar de donde vengo.

Se produce una ráfaga de viento. Vaya se agita en un remolino de hojas exultante y cobrando nuevamente forma de mujer, se inclina sobre mí.

—Ocurren cosas horribles en todos los mundos, pequeña. Pero tendrían que arder todos los árboles y todas las hojas del Gran Bosque antes de dejar que todo eso nos destruya.

9

EL SÁBADO LLUEVE Y ME PONGO DE BUEN HUMOR. SIEMPRE
me ha gustado la lluvia. Me encantaba el sonido que hacía al golpear los
cristales de las ventanas del Palacio de la Belleza, ver cómo la playa, el mar y
el cielo se iban poniendo grises hasta que todo se convertía en un lienzo en
blanco esperando a que lo llenaran de color.

Salgo del cobertizo con los aperos de jardinería con mis botas de agua
y tomo prestado un chubasquero. Aunque jamás se me ocurriría decírselo y
herir sus sentimientos, a Hobb, el jardinero, le vendría bien un poco de ayuda.
Debe de haberse retrasado en sus tareas desde que me fui a casa en vacaciones.

Las malas hierbas se han adueñado de los jardines durante el verano y se
niegan a abandonarlos. Fue Philippa la primera que sugirió que ayudar con las
tareas de jardinería podría ser bueno para mí. En la Tierra de los Bosques, lo que
más me gustaba era trabajar en los terrenos de cultivo del castillo con Dorien.

El olor a tierra mojada y verde me transporta poderosamente a casa. Llevo tan dentro de mí el Gran Bosque que lo siento en el susurro del viento y la
fría caricia de la lluvia que me cae por las comisuras de los labios. Si pudiera
cerrar los ojos y transportarme, sé que volvería. St. Agatha se desvanecería y
en su lugar aparecería el círculo de abedules que hay en el corazón del lugar
que más amo del mundo.

Me paso una hora entera de rodillas con una pala de mano hasta que me encuentro con un rodal de ortigas. Me echo hacia atrás para quedarme en cuclillas, trago saliva y dejo la pala a un lado.

No debería. No debería. Sería una gran decepción para Philippa. Se molestaría, rezongaría y me sermonearía. Me diría que todos tenemos que esforzarnos y aprender a sobrellevar la situación.

Echo un vistazo a mi alrededor para cerciorarme de que estoy sola en el patio y me quito los guantes. solo quiero tocarlas. Que me recuerden mi hogar.

Tomo una de las hojas de borde serrado entre el pulgar y el índice, y contengo el aire al notar la aguda sensación de picor. Aparto la mano y me quedo mirando el lugar donde la hoja ha besado mi piel. Han empezado a formarse ronchas rojas. Mi piel está enfadada por lo que acabo de hacerle.

Para, Evelyn. Déjalo ya.

Pero realmente ansío esa sensación que hiere más mi piel que mi corazón. Echo una última mirada furtiva por encima del hombro y extiendo la mano para arrancar un puñado de ortigas, y otro, arrancándolas de la tierra en grandes manojos.

Una vez están todas en el montón con el resto de malas hierbas, hundo las manos en el barro, no para calmar el horrible escozor, sino para ocultar lo que acabo de hacer. No quiero que nadie lo vea, y al mismo tiempo me siento más relajada de lo que me he sentido en toda la semana. Inspiro profundamente y trato de relajar la contractura que tengo en el cuello dejándome llevar por el dolor.

No sé cuánto tiempo me quedo en cuclillas, bajo la lluvia, perdida en el lánguido recuerdo de cuando me pinché con aquellos cardos en el Gran Bosque. Hasta que, al final, una voz me saca de mis ensoñaciones.

—¿Evelyn Hapwell?

Me giro como puedo y al parpadear resbalan las gotas de lluvia atrapadas en mis pestañas. Ay, dios. Se me había olvidado que esperaba visita. Tom Harper está de pie a pocos metros de distancia, perfectamente equipado para la lluvia con un chubasquero casi idéntico al mío, solo que, él completa el conjunto con un paraguas. En ese momento me doy cuenta por primera vez de que llevo la falda y las medias empapadas y cubiertas de barro. El montón de malas hierbas que he arrancado le llega a Tom a las rodillas.

—¿Qué haces? —me pregunta con el ceño fruncido y los ojos medio cerrados por la lluvia. Pese a lo alto que es, me recuerda tanto a un centinela de piedra con su expresión confusa que frunzo los labios para no sonreír. Quiero estar enfadada con él por su intromisión, pero no puedo porque yo misma le di permiso y ahora está aquí con cara de no entender nada.

—¿A ti qué te parece? Arrancando malas hierbas. Perdona, se me olvidó que ibas a venir.

Tom cierra el paraguas y se arrodilla junto a mí.

—No es muy halagador, pero bueno. ¿En qué puedo ayudar?

Yo sigo con un montón de raíces que no parecen querer salir y termino cortando las más fuertes intentando en todo momento no sonreír.

—Hay que arrancar aquellas ortigas. La pala está apoyada en la pared al otro lado del cobertizo.

—Ortigas, cómo no —se queja Tom de buen humor mientras se levanta—. Me has dejado lo peor.

Hago una mueca como diciendo "qué gracioso", pero al final se me escapa la sonrisa. Cuando Tom desaparece en busca de la pala, suspiro y dejo las tijeras en el suelo, y a continuación me guardo los guantes en el bolsillo para que no se vean y escondo las ortigas debajo de las malas hierbas.

—Mierda —refunfuña Tom, tirando con fuerza de las ortigas que nacen en la base del muro del edificio principal, a unos diez metros de donde estoy yo. La mata sale de golpe y Tom se cae de culo en un charco.

Su cara de sorpresa me provoca una carcajada, la primera desde que empezaron las clases, y Tom me mira con cara de pocos amigos.

—¿Estás impresionada con mi habilidad? Nací y me crie en una granja en Yorkshire, aunque nadie lo diría viéndome aquí sentado.

Le tiendo una mano embarrada para ayudarlo a levantarse intentando que no se me note cuánto me escuece la piel irritada ni lo sonrojada que estoy.

—Creo que ya está bien por hoy —digo—. ¿Te apetece un té en la biblioteca?

Gracias a Max podemos recibir visitas que no sean de la familia. Philippa me contó que antes no estaba permitido hasta que a Max se le ocurrió decirle al Ogro que como no iban a poder evitar que los alumnos del St. Agatha y el St. Joseph se vieran estando los dos colegios tan cerca como estaban, sería mejor permitir las visitas, pero bajo supervisión. De manera que ahora podemos quedar con los chicos del St. Joseph un día a la semana en la biblioteca o el comedor. Cuando mi hermana estaba en el colegio, se pasaba los sábados vigilando a un montón de pretendientes con cara de enamorados, aunque ninguno de ellos tuvo nunca la más mínima oportunidad.

Esta es la primera vez que recibo la visita de un chico. Nos preparamos una taza de té y unas tostadas con mantequilla, y nos colamos en la biblioteca cuando la señorita Everhart se da la vuelta. Georgie está en una de las salas de estudio y noto su mirada en la espalda cuando pasamos. Llevo a Tom a un rincón tranquilo con un par de sillones arrimados contra las ventanas.

Espero a que se ponga cómodo y me disculpo un momento para ir al cuarto de baño a lavarme. No puedo hacer nada con las medias y la falda embarradas, pero Tom parece feliz con su tostada y ha dejado una mancha húmeda en el suelo debajo de su sillón, así que tampoco importa mucho. Tengo las manos peor de lo que pensaba; en vez de una simple irritación, tengo ampollas hasta las muñecas. Imposible ocultar lo que he hecho.

Salgo a toda prisa del cuarto de baño ignorando los gestos exagerados de Georgie llamándome desde las estanterías de libros. Me paro en seco al llegar a la última de la fila.

Una chica charla de forma distendida con Tom, inclinada sobre su sillón. Tiene la misma actitud que los pretendientes de Philippa. No sé cómo se llama, pero es una de las que revoloteaban siempre alrededor de mi hermana como moscones perfectamente acicalados, ansiosos por que se les pegara algo, aunque fuera solo un poco, del aura gloriosa que envolvía a Philippa.

Salgo de mi escondite con las manos a la espalda. La chica se incorpora y se aparta de la cara sonrosada un mechón rubio mientras clava en mí sus ojos azules.

—Hola, Loca Hapwell —dice alegremente, disimulando casi el retintín—. ¿Hay noticias de Philippa? Estamos ansiosos por saber de ella.

—No —contesto yo con tono cortante y desagradable. Noto que estoy perdiendo la paciencia y los modales que me enseñó mi hermana cuando estábamos en la Tierra de los Bosques, pero la pregunta me perturba. No sé nada de Philippa y es muy probable que siga siendo así. Pero a pesar de las cosas tan feas que le dije antes de que se fuera, la echo tanto de menos que es como si me faltara una parte del cuerpo, un brazo o una pierna, un trozo de alma incluso.

La chica se ríe. Es despreocupada como un espíritu del agua, pero aún le dirige a Tom una última y tentadora mirada antes de desaparecer entre las hileras de estanterías de libros meneando la falda del uniforme.

Siento el pinchazo de los celos, pero me doy cuenta de que Tom Harper no está mirando a la chica. No se ha fijado en ella siquiera, sino que me sonríe a mí con su expresión franca y sincera, y me tiende una bolsa que huele a tofe.

Paso de los celos a la vergüenza. Tom es mejor que yo. Y sé que le mentiré si me pregunta qué me ha pasado en las manos, porque no sé qué otra cosa hacer.

La sonrisa de Tom se desvanece cuando se fija en mis manos. Hace ademán de acercarse a mí, pero enseguida retira su propia mano, reticente a tocarme, como sabiendo que tiene que doler.

Ay, Tom, si tú supieras. Todo en este mundo me asustaría si me negara a tocar las cosas solo porque duelen.

—Arranqué unas ortigas sin guantes —le digo con un suspiro, poniendo los ojos en blanco—. Así aprenderé a prestar más atención la próxima vez que arranque malas hierbas.

Espero nerviosa a ver si se da cuenta de que miento, pero el bueno de Tom se remueve un poco en su asiento preocupado por mí.

—¿Quieres que me vaya para que puedas ir a la enfermería?

—¡No, por favor, no te vayas! —exclamo tan deprisa que me sonrojo y agacho la cabeza—. Estoy bien. No puedes irte después de haber venido hasta aquí. No me gustaría que te fueras.

Cuando levanto la vista, Tom está sonriendo otra vez. Me ofrece nuevamente la bolsa de tofes. Tomo uno, avergonzada por tener las manos llenas de ampollas, pero Tom sigue sonriendo.

—¿Siempre te ocupas tú de quitar las malas hierbas en St. Agatha?

—Solo cuando llueve —respondo yo, mordisqueando el caramelo.

Permanecemos en silencio viendo la lluvia resbalar por los cristales. Me quito las botas y subo las rodillas a la barbilla mientras dejo que mi vista se pierda en el infinito. A mi alrededor todo se vuelve borroso y la ventana que miro podría ser cualquier ventana. El agua que cae al otro lado podría ser perfectamente lluvia de la Tierra de los Bosques.

La voz de Tom me trae de nuevo al presente. Está recitando un poema. Se ha inclinado hacia delante en su asiento para mirar cómo llueve y sus ojos están tan lejos de allí como el mismísimo Gran Bosque. Su rostro común y corriente esconde cierto aire de nostalgia y hasta encanto.

Vendrán lluvias suaves y el aroma de la tierra,
y golondrinas volando con su recurrente tristar.
Las ranas croando de noche en los remansos
y los ciruelos salvajes en palpitante blanco,

Los petirrojos vestirán su emplumado candente;
silbando sus antojos en una cerca de alambre.

Conozco los versos. He conocido dos mundos rebosantes de canciones, historias y poemas, pero precisamente estos versos los llevo en el corazón. La voz de Tom se va apagando y soy yo la que termina el poema.

Y nadie sabrá de la guerra, a nadie
le importará el fin cuando se salde.

A nadie, le importará pájaro o árbol,
si el hombre por completo pereciera.

Y la primavera misma, en su nuevo amanecer,
apenas sabrá que hemos ido.

Nos quedamos un buen rato allí sentados sin decir nada, mirando llover hasta que el té se nos enfría y me siento abrumadoramente feliz de haber encontrado a alguien con quien disfrutar del silencio.

Más tarde, por la noche, mucho después de que Tom regrese a St. Joseph y de constar al inmisericorde interrogatorio de Georgie, estoy en la cama a oscuras, soñando algo que es casi un recuerdo.

Arena gris. Mar gris. Cielo gris.

Estoy en un mundo del que han desaparecido todos los colores, y las olas cantan una canción llena de melancolía. Contemplo la inmensidad del mar, el punto en el que este termina y comienza el cielo, y cuando miro hacia atrás, allí está, paseando por la playa. En los sueños siempre es más imponente que en la realidad. Sus pezuñas hendidas dejan un rastro de huellas profundas en la arena que se llenan de agua salada, y lo envuelve un halo de bondad tan brillante que duele mirarlo. Ninguna tormenta asusta más, ninguna avalancha impresiona más; cuando siento sus ojos clavados en mí, caigo de rodillas al suelo.

Una voz grave sale de su pecho de pelo rojizo. El mar se vuelve más bravío y el ruido de las olas y la lluvia amortiguan su voz.

Me despierto invadida por una sensación de pérdida y anhelo. En mi interior se abre un océano gris de llanto y nostalgia. Pero cuando giro la cabeza, la luz de la luna se filtra a través de un hueco en las cortinas.

Ha parado de llover.

Traducción libre del poema de Sara Teasdale, *There Will Come Soft Rains*

IO ⌐

POR FIN LLEGAMOS AL FINAL DE NUESTRO VIAJE POR EL
Gran Bosque. Cae una fina lluvia gris el día que Héctor, que lleva la voz can-
tante desde que Cervus nos abandonó al día siguiente de la ceremonia de la luz
en el valle, se detiene en mitad de un pinar.

—Casi hemos llegado —dice.

Jamie y yo asentimos con gesto solemne. Philippa estornuda. Se ha resfriado
y está más cansada que los demás. Héctor nos guía entre los pinos hasta que
empezamos a pisar arena de playa. La hierba crece nace entre las raíces de
pino. De pronto, los árboles desaparecen y aparecemos en un cordón litoral. Ante
nuestros ojos se extiende el ancho mar gris y una larga playa discurre hacia el
norte y hacia el sur. Se oye el murmullo de las olas al llegar a la orilla y el golpe
sordo de la lluvia al estrellarse contra la arena. Philippa se cubre la cabeza con
la manta y tose.

A una milla aproximadamente hacia el interior de la arena en dirección sur
se eleva un inmenso acantilado de roca grisácea. Y arriba del todo, un castillo,
también de color gris, medio oculto por plantas trepadoras. Se ven árboles entre
el lienzo de la muralla y la torre, y desde la torre más alta ondea un gallardete
bordado en colores verde, marrón y azul.

He visto castillos en nuestro mundo rodeados por alambradas de pinchos y con tanques y hombres armados en el patio. Los miraba desde la ventanilla del tren a toda velocidad camino del colegio o de alguna otra casa desconocida con sus olores y reglas propios. Ver este sitio tan lleno de vida y tan acogedor, con su orgullosa bandera ondeando al viento y las columnas de humo que ascendían de sus numerosas chimeneas me hace tan feliz que duele.

—El Palacio de la Belleza —dice Dorien mientras cruzamos la playa sembrada de conchas con Héctor a la cabeza—. Se construyó hace mucho, mucho tiempo, antes de que existiera el Bosque. Ahora lo utilizamos para reunirnos cuando celebramos asambleas generales o en días señalados. Entre una época y otra, funciona como posada en el que los viajeros que atraviesan el bosque puedan descansar cómodamente al menos una noche. Alfreya y yo nos ocupamos de su gestión. Es lo más parecido que tenemos a una capital del reino.

—Un lugar en el que descansar cómodamente —gimotea mi hermana y no puedo estar más de acuerdo con ella. Puede que estos bosques tengan magia, pero me gustaría lavarme y descansar en un lugar seco donde no llueva.

Vaya adopta la forma de una chica y se adelanta al grupo. Me llama con su risa cantarina y no puedo evitar sonreír y echar a correr detrás de ella, con la manta empapada ondeando a mi espalda como un pequeño estandarte.

Una estrecha escalera de piedra arranca en la base del acantilado, serpenteando entre los árboles, de manera que parece que estemos saltando por las copas de los árboles. Llegamos al final a una pradera de hierba salpicada de flores silvestres en la cúspide del acantilado. Me falta la respiración en parte por la carrera y en parte por la emoción.

La puerta principal está abierta. Nos llegan olores maravillosos con el humo de las chimeneas: carne a la brasa con hierbas aromáticas.

—Gracias a Dios —murmura Philippa a mi lado.

Pero no se trata de un indulto. Casi no me da tiempo a echar un rápido vistazo a los jardines que se extienden entre las murallas y la torre, y los establos para el ganado con sus tejados de paja. Una mujer alta con los ojos verde hoja y una piel moteada que va del tono dorado hasta el blanco nieve sale de la torre y se acerca a Héctor a toda prisa.

—¿Cervus está contigo? —pregunta.

Héctor niega con la cabeza.

—Nos dejó después de la ceremonia de la luz de Mira. No sé cuándo regresará. ¿Hay algún problema, Alfreya?

—Está aquí la delegación Tarsin —dice ella, apartándose hacia el hombro la larga trenza cobriza—. Llegaron esta mañana a petición tuya, al parecer. El chico —dice con una mueca— dijo que quería hablar con los Chicos del Otro Mundo y siguió camino hacia el sur. Menos mal que ya había oído rumores de que Cervus había hecho una llamada entre los mundos porque si no habría pensado que se había vuelto loco. ¿Qué le digo?

Héctor nos mira con gesto desafiante.

—¿Podríais estar listos en una hora?

Philippa se sorbe la nariz.

—Y en media si es necesario.

Es la primera vez que veo sonreír a Héctor.

—Una hora está bien.

Cuando Jamie, Philippa y yo subimos al piso de arriba, a lavarnos y vestirnos con la ropa que Alfreya nos ha preparado, es la primera vez que estamos a solas desde que llegamos al Gran Bosque.

Estamos en una habitación en la cuarta planta de la torre y hace un agradable calorcito gracias a la lumbre que arde en la chimenea y a las gruesas alfombras que cubren los suelos de piedra. Jamie está de pie delante del fuego vestido con unos pantalones hasta la rodilla y una camisola larga, ceñida a la cintura con un cinturón. Me produce una extraña sensación de nostalgia verlo así, como si recordara algo que había sucedido antes.

Mi hermana y yo estamos sentadas en un banco largo de madera labrada rodeadas de cojines. Me apoyo en ella y aspiro el aroma a limpio de su pelo. Voy vestida como Jamie, con ropa que sospecho pertenece a un centinela de piedra, y Alfreya me ha recogido el pelo en una trenza. Pero Philippa lleva un vestido de lana de la propia Alfreya, del color verde oscuro de los pinares en invierno. Se ha dejado el pelo suelto, que se le riza en las puntas según se va secando. No puedo evitar acercarme más a ella, y ella me mira y sonríe. Siempre ha sido muy guapa, pero en casa era como muchas otras chicas bonitas. Aquí hay algo diferente en ella: tiene una expresión pensativa desde hace unas semanas y a pesar del resfriado, cuando la miras, no puedes apartar la mirada.

Estamos callados los tres, escuchando el crepitar del fuego y el golpeteo de la lluvia contra las estrechas ventanas, que afortunadamente están acristaladas. Al final, Jamie rompe el silencio sin dejar de admirar las llamas.

—No podemos tomárnoslo como un juego.

Sé que sus palabras van dirigidas a mí y me pongo tensa.

—Esto no es una aventura o un cuento de hadas —continúa—. Estamos hablando de vidas y muerte, igual que en casa, solo que ahora nuestras elecciones son más importantes que nunca. Lo que hagamos tendrá repercusiones.

Me aparto de Philippa para levantarme del sofá y me acerco a las ventanas. Miro el agua que corre por el cristal.

—¿Me has oído, Ev?

—Sí, te he oído. Y no hace falta que me sermonees.

—¿Seguro?

Me giro para mirarlo.

—Pues claro. Sé lo que es la guerra, Jamie. He vivido una, como muchos otros.

—¿Tú también estás segura de querer hacer esto, Philippa? —pregunta nuestro hermano. Al darme la vuelta, veo que la está mirando—. Porque al principio no parecías estarlo.

Philippa se mira las manos, que tiene una sobre la otra en el regazo.

—Le he dado mi palabra a Cervus, Jamie, y cuando doy mi palabra, lo cumplo.

Llaman a la puerta. Jamie cuadra los hombros y yo tomo aire. Philippa se levanta.

—Muy bien. Vamos allá —dice Jamie—. Es hora de jugar a hacernos los traidores.

II ⌐

EL DOMINGO POR LA TARDE, TRAS VOLVER DE LA PEQUEÑA
capilla de Hardwick, me escondo en mi propia catedral, en el bosque que se
extiende detrás del colegio St. Agatha.

Lo descubrí hace años, un claro rodeado de abedules resplandeciente
en la sombra del bosque. En ninguna otra parte del mundo me siento más
como en casa, por eso me gusta ir y tenderme sobre la suave hierba entre
el susurro de los abedules e imaginar que, si quisiera, podría despertarlos.
Podría dejar mi libro a un lado y pasar los dedos por la blanca corteza y que
se convierta en tersa piel, y que aparezca de repente una chica abedul, alta y
esbelta, con el pelo del color de las hojas nuevas.

Pero en vez de eso, paso la página con mis torpes dedos hinchados. Al
levantar la vista, no veo a ningún espíritu de los árboles, pero Max se acerca
por el camino, con el pelo sujeto con un pañuelo verde.

Se sienta en la hierba y mira lo que estoy leyendo.

—Dickinson. Debería haberlo adivinado. ¿Qué te ha pasado en las
manos, Hapwell?

—Ortigas —contesto yo, encogiéndome de hombros—. Quitando las
malas hierbas ayer por la mañana.

—Sí, mientras llovía a cántaros. Te vi —dice ella, mirándome fijamente con esos perspicaces ojos castaños. Está sentada sobre una pierna y apoya la barbilla en la rodilla de la otra pierna, doblada contra el pecho—. ¿Por qué no te pusiste guantes?

—Se me olvidó —contesto, sin levantar la vista de los poemas.

Se produce un largo silencio.

—¿Lo hiciste a propósito?

Parpadeo varias veces.

—Claro que no.

Pero el escozor que tengo en la piel me recuerda el bosque y a Cervus, y cómo se movía entre los árboles, una figura salvaje, libre como el viento.

—Te voy a creer —dice Max, jugueteando con la pulsera que adorna una de sus muñecas—. ¿Sabías que antes venía mucho al bosque, Ev? Cuando estudiaba en el colegio.

Ruedo sobre mi cuerpo para ponerme de lado y la miro.

—No, no me lo habías dicho nunca.

—Pues lo hacía. Los primeros años fueron muy difíciles. Me sentía a años luz de Londres, y la mayoría de las chicas se portaban mal conmigo, decían que este no era mi sitio. Cuando me sentía especialmente sola, venía al bosque. No hacía que la situación mejorase, pero estar sola, en vez de rodeada de gente, sí que me parecía más natural.

—¿Por qué te quedaste? —le pregunto, sin ocultar la desesperación que siento—. Podrías haberte ido. ¿Por qué seguiste aquí?

Max se queda mirando hacia el interior del bosque antes de contestar.

—Si me hubiera ido, habría sido como dejar que tomaran la decisión por mí. Otras chicas habrían preferido irse. Pero yo sabía que me arrepentiría toda la vida si lo hubiera hecho.

—¿Y si pudieras irte de aquí? No me refiero a irte de St. Agatha, sino de Inglaterra. ¿Y si pudieras irte a un lugar más justo que este? ¿Lo harías?

Max sonríe y me da unas palmaditas en la mano.

—Ay, Evie. Tendría que abandonar este mundo para encontrar ese lugar del que hablas. Pero como te acabo de decir, ya he tomado mi decisión.

Permanecemos un rato en silencio hasta que Max se levanta y se sacude los pantalones.

—Este bosque tiene la capacidad de sanar cuando te adentras en él —me dice moviendo la cabeza—. Pero, bueno, yo solo había salido para preguntarte si te gustaría recitar algo en el concierto de invierno.

La miro con pesar.

—Ay, Max, preferiría no hacerlo...

Ella levanta la mano y me detiene.

—Piénsatelo, no hace falta que lo decidas ahora mismo. No tiene que ser algo largo, pero te vendría bien, Ev. Date la oportunidad de mostrar a los demás un detalle de esa misteriosa alma tuya. Tienes varios meses para contestar. Piénsalo, ¿vale?

Le digo que sí con la cabeza porque son pocas las cosas que no haría por ella. No merezco la amabilidad que me han demostrado durante años tanto ella como su hermana.

—Y otra cosa, no quiero seguir molestándote en tu sanctsanctórum —añade antes de irse—. Pero Georgie también te estaba buscando. Dice que ha llamado tu hermano y que quiere que lo llames cuando puedas. Yo voy a salir, así que puedes usar el teléfono de mi habitación si no quieres que el Ogro escuche vuestra conversación.

—Max.

Se para al llegar al límite del claro y me mira.

—Gracias.

Se le forma una arruga entre las cejas que indica que está preocupada.

—De nada, Ev. Nos importas. Lo sabes, ¿verdad?

Trago el nudo que se me forma en la garganta y asiento. Lo sé, pero a veces las cosas serían más sencillas si no le importara a nadie. Mucho más simples.

Max desaparece entre las sombras del bosquecillo y yo me tumbo boca arriba, mirando la celosía que forman las ramas de los abedules y el cielo iluminado por el sol que se adivina al otro lado. Hace calor, el suelo está un poco húmedo aún de la lluvia de ayer y me envuelve un intenso olor a tierra mojada. Inspiro una bocanada de ese olor tan familiar para mí y lo aguanto todo lo posible igual que aguanto el escozor de las manos. El recuerdo es como una hoja afilada con la que no puedo evitar cortarme, por mucho cuidado que tenga.

El viento cambia cuando cierro los ojos con fuerza. Me roza la cara. El suelo me sostiene de buena gana. La luz y las sombras bailan detrás de mis párpados. Casi puedo sentir cómo gira el mundo debajo de mí. Casi puedo oír el susurro de los árboles a mi alrededor.

—Cervus —susurro—. Te estoy esperando. Ven y llévame a casa.

Cuando abro de nuevo los ojos, el círculo formado por los abedules alrededor del claro no ha cambiado. Mi librito de poesía sigue a mi lado, las páginas se agitan con el viento. Las sujeto con una mano enrojecida y las palabras sobresalen, negro sobre blanco.

Perdí un Mundo - el otro día
¿Acaso alguien lo ha encontrado?
Lo reconoceréis por la hilera de estrellas
Alrededor de su frente ceñida.

Un Rico - podría no notarlo -
mas - para mi Ojo frugal,
De más Valor que los Ducados -
¡Oh - Señor - encontradlo para mí!

I Lost a World, Emily Dickinson. *Poemas*, edición bilingüe de Margarita Ardanaz, Ediciones Cátedra, Madrid, 2000.

Abrazo el libro contra el pecho y me levanto. Acaricio con gesto anhelante la suave corteza blanquecina del árbol más cercano al salir del claro.

Despierta.

Sigue dormida.

Max ha terminado de redecorar su habitación, aunque no sé de dónde habrá sacado el tiempo entre el caos de la primera semana de clases. Ha pintado las paredes de color malva y deja las ventanas abiertas de par en par para que entre la brisa otoñal. Las cortinas azules de seda se agitan con el viento.

El teléfono suena varias veces antes de que conteste Jamie y cuando lo hace, noto que tiene la respiración entrecortada pero que está feliz.

—¿Diga?

—Jamie. Soy Ev.

Su felicidad desaparece, se desvanece tan rápido como un jirón de nube en un día de verano.

—Evie. Me alegra que me llames. ¿Cómo estás?

Noto una leve vacilación antes de preguntar que no habría notado si no hubiera estado esperándola.

—Estoy bien —digo con una sonrisa para que me oiga feliz y me cambio el auricular de oreja—. Es agradable estar de vuelta, la verdad. Y he conocido a un amigo tuyo en el tren, Tom Harper.

—¡No me digas! —exclama, como si no hubiera sido él quien le había pedido a Tom que me buscara. No suena tan feliz como antes de saber que era yo la que llamaba, pero creo que se siente aliviado—. ¿Y qué te ha parecido?

Mido bien mis palabras antes de contestar.

—Es amable. Me gusta. Vino a verme ayer por la mañana, en la hora de visita. Estuvimos arrancando malas hierbas y tomamos el té.

—Ah, ¿sí? —dice él, satisfecho. Lo acepto—. Pensé que te vendría bien conocerlo, Ev. Me alegra que os llevéis bien.

—Nos llevamos bien. De momento —digo yo.

Jamie guarda silencio un momento.

—He hablado con Philippa —dice al cabo de un buen rato.

—¿Y? —pregunto, paralizada de miedo.

—Conoce a medio New Hampshire ya, pero así es Philippa. Dice que le encantan las clases, y el paisaje. Me ha dicho...

Enrollo el cable del teléfono alrededor de la muñeca justo donde empieza el enrojecimiento provocado por las ortigas.

—¿Qué te ha dicho, Jamie? Dímelo.

—Me ha dicho que los bosques que hay allí le recuerdan a ti.

Guardo silencio porque no sé qué significa eso, que mi hermana me echa de menos o que detesta no poder dejar atrás los recuerdos de todo lo que hemos compartido.

—¿Os peleasteis antes de que se fuera, Ev? Sé que no he estado mucho tiempo en casa este verano, pero cuando pasaba por allí me pareció que las dos estabais un poco descentradas. Y por como habla parece que no sabe nada de ti.

—Le he escrito —contesto yo, y es cierto, aunque lo único que le he enviado han sido poemas copiados de mi puño y letra. Ya no soy capaz de encontrar las palabras adecuadas para hablar con ella—. Pero ella no me responde.

—¿Qué pasó?

Noto que la piel del rostro me arde y me pican los ojos. No quiero mentir otra vez. Me he construido un castillo de mentiras desde que volví al colegio y yo no era así antes. Mi palabra era mi forma de hacer una promesa cuando estábamos en la Tierra de los Bosques. Ahora no es más que algo tras lo que oculto quien soy y lo que siento en realidad.

—Por favor, no me pidas que te lo cuente —le digo en voz baja—. No puedo hablar de ello, Jamie. De verdad, no puedo.

—¿Seguro que estás bien, Evie? ¿Quieres que vaya? Puedo estar ahí en dos horas.

—¡No! —exclamo yo, horrorizada. Lo último que me apetece es que Jamie me vea las manos—. Estoy bien, te lo prometo.

—Si estás segura...

—Lo estoy. No te preocupes tanto. Philippa y tú siempre os preocupáis mucho por mí, pero ya no soy una niña, Jamie. Hace mucho que dejamos de serlo.

Le oigo suspirar. El sonido viaja a través del cable desde Oxford hasta Hardwick.

—Y tanto. Pero llámame si necesitas algo, lo que sea. ¿Me lo prometes, Evie?

—Te lo prometo.

—Adiós, Ev.

—Adiós, Jamie.

Cuelgo el teléfono y me quedo un momento en mitad de la preciosa habitación de Max. Ha enroscado un trozo de alambre a una de las barras de las cortinas del que cuelgan cristales de colores atados con hilo. Producen un bonito sonido, élfico casi, cuando el viento los agita. Al igual que mi hermana, Max levanta su reino allá donde va, por difíciles que sean las circunstancias que la rodean.

¿Y yo? Lo intento. Pero la mayoría de los días me siento una exiliada con una montaña de deberes de latín por hacer.

12 ﹏

—*ESTO ES LO QUE TENÉIS QUE HACER ESTA NOCHE SI*
queréis ayudarnos —*nos advierte Héctor cuando abrimos la puerta de la habi-*
tación que nos han asignado y nos presentamos ante él limpios y presentables, a
la espera de reunirnos con Venndarien Tarsin—. *Si el heredero Tarsin intenta*
sonsacaros información sobre la Tierra de los Bosques o sobre nuestros planes,
cambiad de tema. De todas formas, no sabríais qué decir, puesto que aún no
sabéis nada sobre el Gran Bosque. Si intenta alcanzar una alianza con vosotros,
mostraos interesados pero dubitativos. Si os amenaza, no os preocupéis, porque
estáis bajo la protección de la Tierra de los Bosques y aquí no os pasará nada.
Intentad que siga interesado en vosotros aun cuando abandone el Gran Bosque,
en vez de que cualquier otra cosa llame su atención.

Con estas palabras resonando aún en nuestros oídos, Héctor nos conduce al
gran salón del castillo, en el piso de abajo. Es una estancia alargada y cavernosa
con dos gigantescas chimeneas, una en cada extremo, de las que sale una oleada
de calor seco. Antorchas iluminan el espacio y arrancan destellos a los hilos de oro
de los tapices que cuelgan de las paredes. Venndarien Tarsin y su séquito están
sentados a una enorme mesa.

El heredero está repantigado en su asiento cuando entramos, mirando a
Héctor, que le dedica un breve saludo con la cabeza con más cortesía de la que
merece.

—*Venndarien Tarsin, primogénito de Heraklea. El Gran Bosque te saluda.*

—*El Imperio no te oye —responde Venndarien. Chasquea los dedos y la fina piel del dorso de su mano comienza a resplandecer. Cierra el puño y aguarda un momento antes de volver a abrir la mano. En la palma reposa una bola de fuego perfecta. Aparentemente no le hace daño. Venndarien mira las llamas con cara de pocos amigos. Los ojos le brillan iluminados por ese fuego interno.*

Cuando nos sentamos, Dorien y Alfreya aparecen con unas fuentes repletas de apetecible carne de cordero asada con verduras y unas hierbas que no conocemos. Dejan las fuentes en el centro de la mesa y se sientan, tras lo cual, los demás se sirven. Un grupo de centinelas de piedra se hospeda en el castillo: comerciantes de piel aceitunada y cabello negro de regreso de su viaje a Illyria. Un par de centauros, uno con la tez cobriza y otro con la piel blanca, quemada por el sol han parado de camino a la escuela de canto situada en el sur. Los últimos lugareños en unirse a la cena son una familia de duendes, nombre que recibe el pueblo de Héctor y Alfreya. No sé quién es de quién: hay seis adultos muy parecidos, que se mueven cómodamente entre sí, y al menos el doble de niños, que comen a toda prisa, los que comen, para salir a jugar debajo de la mesa o al otro extremo de la habitación. No parecen percatarse de la tensión que flota en el ambiente y desde luego no les amarga las ganas de jugar.

Héctor y uno de los niños se ponen a jugar a hacer rodar una pelota rodando por el suelo, pero en todo momento tiene a mano sus espadas y no deja de lanzar miradas hacia la mesa.

Los que estamos sentados a la mesa comemos en silencio. Philippa, Jamie y yo estamos tan contentos de poder comer como es debido que tardamos un rato en darnos cuenta de que Tarsin no ha tocado su plato.

—*¿Le ocurre algo a la comida? —pregunta Philippa con tono frío.*

Me pongo roja y le lanzo una mirada. No creo que sea así como quieren que nos comportemos. Alfreya y Dorien se ponen rígidos, y Héctor nos observa desde lejos, con un brillo de interés en la mirada.

—*Es poco... elaborada para mi gusto —dice Venndarien, que sigue repantigado en su asiento, jugando con su bola de fuego—. Sería comida de campesino* en el Imperio de mi padre. *Y la falta de respeto que se empeñan en mostrarme en la Tierra de los Bosques siendo el hijo del emperador como soy es un insulto hacia el poder Tarsa. En ningún sitio esperarían que me comiera esta porquería. Si tus hermanos y tú queréis que os tome en cuenta de verdad, si queréis utilizar lo que sabéis de otro mundo en vuestro propio beneficio, abandonaréis este lugar perdido de la mano de dios a la primera oportunidad.*

Philippa se limpia la boca con la servilleta y la deja sobre la mesa. Conozco a mi hermana. He vivido y peleado con ella, y la he querido toda mi vida. Cuando se muestra tan suave y cuidadosa significa peligro.

—Señor —dice con una sonrisa—, hace menos de un mes, mis hermanos y yo dejamos atrás un mundo dominado por la violencia y la muerte. Llevamos viajando por el Gran Bosque desde entonces, nos hemos ganado la confianza de su Guardián, hemos hecho juramentos en la espesura del bosque y ahora estamos aquí sentados con usted en este castillo. No irá a sermonearme ahora sobre lo que hace falta para que se nos tenga en cuenta.

Venndarien se yergue hacia delante como si fuera a hablar, pero Philippa levanta la mano en un gesto de desprecio.

—Convénzanos de que una alianza con los suyos será mejor para nosotros que quedarnos en este lugar perdido de la mano de dios, como usted lo llama. Convénzame. Por eso estamos aquí, ¿no? Porque quiere entregarnos a nosotros y los secretos que cree que llevamos con nosotros como regalo para su padre.

—Mi señora... —comienza a decir Venndarien y sus ojos tienen un encendido color carmesí, pero mi hermana lo interrumpe una vez más.

—La de historias que podría contarle, Venndarien Tarsin, sobre el mundo en que nací. Historias sobre máquinas hechas para la guerra, la lluvia de fuego y destrucción que cae del cielo o que sale disparada granizo desde varios metros de distancia. Sus sueños de dominación son historias para niños comparado con lo que he visto.

—Ven conmigo —dice Venndarien con tono avaricioso—. Susurra todas esas historias al oído al Emperador y te convertiré en una reina.

—No —contesta mi hermana, agitando la mano como diciéndole que la deje en paz—. Ya me he cansado de usted. Lo que quiera decir, puede decirlo delante de mis hermanos. Y espero que cuando me despierte por la mañana no esté aquí. No es usted bienvenido en este país, y nosotros sí, de manera que tendrá que ganarse nuestro favor por carta si pretende llevarnos como premio a Tarsa. Buenas noches.

Y sale de la estancia con aires de grandeza mientras todos los miembros del séquito Tarsin comienzan a hablar a la vez. Como estoy prestando atención a lo que dicen oigo, amortiguados tras la gruesa puerta de roble macizo que Philippa cierra de golpe, la serie de ásperos estornudos encadenados.

Jamie se pasa el resto de la noche haciendo preguntas. Se muestra razonable y considerado, como si lo impresionara lo que oye sobre el tamaño, el esplendor y los múltiples recursos del Imperio. Pero al final, Venndarien se va sin un compromiso por nuestra parte.

Más tarde, tumbada en nuestra habitación que Philippa y yo insistimos en compartir, la oigo toser con aspereza. La forma en que Venndarien Tarsin la miró cuando salió de la habitación me revuelve el estómago. La voracidad presente en sus feroces ojos, como si mi hermana fuera algo que pudiera poseer o conquistar. Igual que mira el Gran Bosque y a todos los que habitan en él.

Puede que sea joven, pero llevo años viviendo en un mundo en el que el lenguaje de la fuerza es el más común. No me gusta la forma de sus palabras. No me gusta el sabor que deja en mi boca. Y, sin embargo, lo utilizaré si es necesario.

Salgo de los establos a la luz mortecina que precede al amanecer y veo a la delegación Tarsin preparando los caballos para el largo viaje al sur.

—Tendrás que venir a visitar la capital algún día, cervatillo —me dice Venndarien Tarsin, casi con tono burlón—. Cuando seamos aliados, y tu hermana y yo gobernemos todo este mundo, juntos.

Yo saco el cuchillo que he cogido de la cocina en respuesta, lo acerco a la palma y me hago un corte, igual que Jamie en el claro de los abedules. La sangre brota, cae al suelo y sale humo al entrar en contacto, recordatorio de que he caminado entre los mundos.

El rostro de Venndarien, pálido como el de un muerto, palidece aún más.

—¿A qué juegas, niña?

Me quedo mirándolo hasta que llamo su atención y no es capaz de apartar la vista.

—Juro por mi aliento, por mis huesos y por la última gota de sangre que corre por mis venas, que aliados o no, te mataré como toques a mi hermana.

Se produce un silencio de ultratumba hasta que alguien suelta una carcajada nerviosa. Al poco rato, todos los hombres ríen. Montan y se alejan bajo mi mirada.

Que rían. Hablaba totalmente en serio, aunque se me estuviera revolviendo el estómago. Dejo atrás el castillo y me alejo caminando, maravillada ante el espectáculo que presenta el Gran Bosque al amanecer, y dejo que la oscuridad que reina en mi interior se disuelva en su luz.

13

NO ME DUERMO HASTA BASTANTE DESPUÉS DE QUE SE APA-
guen la luces por culpa del escozor en las manos. Max tenía razón. Debería
haberme puesto guantes. Ya no está Philippa para ocuparse de mí y tengo
que empezar a cuidar de mí misma. No puedo volver a caer en las mismas.

Lo sensato sería ir a la enfermería, pero en vez de eso, yo prefiero colar-
me en el pasillo en penumbra y bajar las escaleras delanteras que conducen
a los dormitorios. Se oye música en la habitación de Max, y cuando palpo
alrededor de la base de la maceta con el helecho, mis dedos no tardan en
encontrarse con la llave de metal que esconde ahí para mí.

Salgo a la oscuridad exterior. La brisa nocturna calma mi alma apesa-
dumbrada y cuando atravieso el patio de grava en dirección al cobertizo
de Hobb y desde allí a los campos que se extienden más allá de la verja del
colegio, se me acercan tres gatos. Son unas criaturas de color gris y aspecto
fantasmal, que no dejan que nadie se les acerque, pero como yo llevo años
dándoles comida, reconocen el sonido de mis pasos. Me siguen como fantasmas en miniatura y camino un rato de espaldas mientras los miro. Puede
que me encuentre a mundos de distancia del lugar al que pertenezco, pero
los gatos no lo saben o no les importa.

Me detengo al llegar a la verja y me paro a mirar el cielo tachonado de estrellas, y respiro. Aquí estoy. Esta es la Evelyn que no se muestra durante el día, cuando hay gente alrededor. Evelyn de la Tierra de los Bosques, la que sí sabía dónde estaba su sitio. Llamo a la otra parte de mí y la invito a unirse para que volvamos a ser una única y valiente persona.

Y como me siento valiente, tomo el camino que lleva a St. Joseph. Antes de que Jamie se fuera a la universidad, solía ir a buscarlo y lo convencía para que me acompañara a dar un paseo. Aunque tuviera cosas mejores que hacer y así me lo decía, siempre me complacía. Jamie siempre se mostraba más dispuesto a hacer estas cosas que Philippa, que era más de darme unas palmaditas en la cabeza y decirme que lo pasara bien. Si salía a escondidas era para ir al cine improvisado que montaban en Hardwick con su séquito de admiradores.

El edificio de piedra en estado deplorable del colegio de los chicos se alza frente a mí y casi choco con alguien que aguarda escondido entre las sombras detrás de un enorme roble. Es Gorsley. Ya me conozco a todos los fumadores del colegio, pues no es la primera vez que vengo hasta aquí después del toque de queda. Gorsley es uno de los chicos del St. Joseph que tienen beca, y a la luz de la luna se le ve la cara muy blanca, carente del color del verano. Puede que sus compañeros hayan disfrutado del sol en verano, pero Gorsley se ha pasado las vacaciones encerrado en la fábrica de lana con sus padres y su hermana mayor. Supongo que por eso le hace falta salir a respirar el aire del campo durante la época de clases.

—Hola, Hapwell. ¿Te apetece un cigarrillo?

—No, gracias —contesto yo con una sonrisa. Uno de los gatos me ha seguido hasta allí, un rezagado que se asoma desde detrás de un árbol y nos observa con ojos que dan miedo. Gorsley lo mira con expresión dubitativa mientras se rasca la cabeza.

—¿Es tuyo? ¿Has salido a relacionarte con el diablo, Haps?

Me cruzo de brazos antes de responder.

—No seas bobo. Pero sí me gustaría relacionarme con Tom Harper.

Gorsley enarca las cejas y apaga la colilla contra un tronco.

—¿Así es como lo llaman ahora? Conque Tom y tú, ¿eh? Pensé que no llegaría nunca el día.

—Anda, cállate —refunfuño—. ¿Vas a ir a buscarlo o no?

—Depende —contesta él, encogiéndose de hombros al tiempo que se estudia detenidamente las uñas—. ¿Qué gano yo?

—Un paquete de caramelos de menta para que no huelas como un cenicero.

—Trato hecho —dice, tendiéndome la mano—. Pero que sean de limón.

—Siempre he sabido que eras un poco ácido.

Nos estrechamos la mano y Gorsley se mete en el colegio. Me agacho mientras espero e intento atraer al gato con palabras dulces.

—Acércate, vamos. No te haré daño.

El animalito se acerca sigilosamente, mirándolo todo con ojos asustadizos, y me toca la rodilla con la cabeza, pero el chirrido de la puerta de los dormitorios lo asusta de nuevo y corre a ocultarse entre la maleza. Me levanto y me giro, y veo a Tom sonriendo de oreja a oreja a la luz de la luna.

—¿Paseas conmigo? —le pregunto y él asiente.

Subimos a las colinas desde las que se ven las praderas donde pastan las ovejas. Una parte de mí quiere llevarlo al círculo de los abedules, pero no puedo, aún no. Gran parte de lo que soy está allí, y esta noche trata de averiguar quién intento ser.

Nos sentamos en la ladera de una colina, ocultando mis manos en todo momento. Noto la piel tirante y está cubierta de heridas con un aspecto espantoso, incluso bajo la luz de la luna.

Tom se tumba y contempla la vista con un suspiro de felicidad.

—Menuda vista.

Me abrazo las rodillas y apoyo la barbilla sobre ellas. Sí que lo es. Es muy hermosa, aunque los árboles no tengan voz y no haya espíritus del agua en ese precioso arroyo de ahí. Las ovejas tampoco hablan, y los perros que las guardan son inteligentes, pero no lo bastante como para hablar. Este mundo está dormido y da igual las veces que pasee, me pregunte, hable o cante, jamás he conseguido despertar a un solo ser.

A veces me siento como si yo también estuviera dormida, perdida en un sueño del que no puedo escapar.

Y al mismo tiempo, existe una dolorosa belleza en todo esto, en estar al aire libre en una fresca noche en mitad de una pradera y arrullados por el sonido del agua de un arroyo. La luna de aquí es igual que la que veía en el Gran Bosque, y estoy con un amigo. Es un sueño bonito.

Sé valiente, me digo a mí misma, aunque noto que mi coraje empieza a flaquear. Me aferro a lo poco que queda y hablo antes de perderlo del todo.

—Arranqué las ortigas a propósito —digo, deseando no haberlo dicho nada más pronunciar las palabras—. Sabía lo que eran y estaba atenta, y sabía que tendría que haberme puesto guantes, pero lo hice de todas formas.

Mi mirada se pierde en la pradera. No es la primera vez que hago algo así y probablemente tampoco será la última. Ahora que Tom lo sabe no sé qué hará.

—No siempre me gusta quien soy —digo, mirándolo de reojo—. No espero que tú lo hagas tampoco, pero quería que lo supieras.

Tom se remueve. Me siento atraída por este chico callado y pensativo, y por la calma que irradia. Aún lo estoy mirando cuando se gira hacia mí y me mira. Su rostro pecoso está serio.

—No creo que haya nada en el mundo que no me guste de ti, Evelyn. A veces todos nos ponemos nerviosos, ¿no crees? No me sorprende y no me asusta descubrir que eres tan humana como el resto.

Extiende la mano y entrelaza los dedos con los míos.

No volveré a moverme.

Viviré y moriré aquí, feliz por una vez en este mundo al que no pertenezco.

Es casi medianoche cuando llego a la verja del St. Agatha. Al ver la sombra oscura que aguarda un poco más adelante, echo mano del cuchillo que ya no llevo. No consigo quitarme la costumbre de ese movimiento instintivo y me apena comprobar lo desprotegida que estoy en este lugar, lo frágil y lo insignificante y lo insegura que me siento.

—Solo estaba esperándola, señorita Evelyn, para asegurarme de que llegabas sana y salva.

Hobb aguarda entre las sombras con un termo humeante en una mano y la pipa en la boca. Tiene el rostro arrugado y lleno de manchas que revelan su edad. Sacudo la cabeza mientras recupero mi pulso habitual.

—Me has dado un susto de muerto, Hobb. Deberías estar acostado.

—Le dijo la sartén al cazo, señorita.

Pongo los ojos en blanco mientras él se ríe como un anciano búho travieso y me pasa el termo. Bebo sin dudar esperando lo que imaginaba que sería té y nada más tragar noto el ponche dulce como la miel con un poco de güisqui que me quema la garganta. Silencio la tos tapándome con la manga mientras le doy un codazo a Hobb en las costillas, pero con suavidad porque noto que con los años está más frágil y se mueve más despacio.

—Como el Ogro se entere de que ofreces a las alumnas las bebidas que te preparas en casa te vas a quedar sin trabajo —le digo, dando otro sorbo a la fuerte bebida, más despacio esta vez, dejando que repose un momento en la lengua para saborear el toque del limón y la canela.

Cuando nos instalamos en la Tierra de los Bosques, mis hermanos y yo solíamos beber aguamiel especiada en las noches de invierno, junto a una de las enormes chimeneas del gran salón del castillo, mientras Dorien, Alfreya y Héctor nos informaban sobre planes de batalla o presupuestos, aunque alguna que otra vez conseguían dejar a un lado el trabajo y se sentaban a charlar sin más. Esas eran mis preferidas; cuando nos sentábamos a charlar sobre un futuro que tal vez no llegaría nunca. Planeábamos excursiones a la escuela de canto o a las montañas o ampliación del negocio hacia el mercado de la playa que atraía barcos de todo el mundo hacia el cordón litoral que se extendía justo debajo del castillo todos los años al llegar el verano. El ponche de Hobb sabe a esas noches tan lejanas.

Enlazo el brazo con el suyo y regresamos caminando entre las hierbas altas del jardín hasta su desvencijado cobertizo. Nos despedimos, pero yo me quedo mirándolo entrar tambaleándose. Ahogo una exclamación de sorpresa al darme cuenta de que nunca veré a Dorien envejecer. Yo tampoco tuve oportunidad de envejecer en compañía de Vaya, que seguiría igual de joven y esbelta mucho después de que yo me convirtiera en una anciana. Nos apartaron de aquel lugar demasiado pronto para devolvernos a este mundo en el que vuelvo a ser una cría, atrapada en un cuerpo desconocido.

No puedo. No puedo pensar en ello. No debo. Tengo que estar presente en este mundo. Aunque hayan pasado años desde que nos invocaron, sigo sin cogerle el truco a la vida de aquí. Y me esfuerzo a diario en esta batalla que me ha arrebatado más que cualquier guerra.

Lo cierto es que estoy cansada. Agotada de luchar. Me cuelo por la puerta principal del edificio de los dormitorios y dejo la llave de nuevo en su escondite debajo de la maceta con el helecho. Es tarde, no sale luz de la habitación de Max. Subo las escaleras en calcetines para no hacer ruido y me meto en la cama vestida. Me quedo dormida y sueño.

Arena gris. Mar gris. Cielo gris.

Cervus acercándose a mí en la playa.

14

—NO TOQUES ESAS PLANTAS —ADVIERTE DORIEN.

Levanto la cabeza y me quito el sudor de la cara, dejando un rastro de suciedad. Jamie y estamos a la Vega Baja, como llamaban allí a un grupo de claros entre los árboles al lado justo del acantilado donde se alzaba el Palacio de la Belleza. Los claros son tierra de cultivo o de pasto, por eso no es extraño encontrarse nada más salir del bosque con cercados hechos de cañizos, un cobertizo y un rebaño de cabras. O una serie de terrazas elevadas en las que maduran bayas de intenso color rojo. O una las matas de grandes hojas verdes que producirán todo tipo de verduras para el otoño. En el centro de cada uno de estos claros hay un pequeño pozo de piedra en los que se recogen las aguas subterráneas del Gran Bosque. Es un sitio muy bonito, y Dorien se hincha de orgullo cada vez que se lo digo.

Dorien está aquí cerca, colocando unas cañas para que trepen las bayas y vigilándonos a Jamie y a mí mientras arrancamos las malas hierbas. He llegado a las ortigas que bordean el claro y Dorien me indica con la cabeza que no las toque.

—Fíjate bien en ellas, Evelyn. Son ortigas y pican que rabian. Tienes que ponerte guantes. Mira a ver si hay unos en la carretilla.

El sol está alto y se oye el chirrido seco de los insectos. Sé que es casi la hora del descanso del mediodía. Nos sentaremos a la sombra de los árboles, apoyados en sus troncos en agradable compañía a comer judías especiadas, pescado en salmuera y queso de cabra, regado con agua fresca del pozo.

Pero hoy las cosas son diferentes. Hoy ha venido Vaya acompañada por ese sonido de campanillas que anuncia su llegada.

—Os necesitan. Arriba —me susurra al oído.

Se para junto a Dorien, que escucha atentamente y mira hacia atrás por encima de su hombro como si esperase ver a unos desconocidos en la linde del claro.

—Vamos —dice con seriedad—. Héctor ha vuelto de la frontera sur. Trae noticias del Imperio que nos interesan a todos.

Philippa nos espera a las puertas del castillo. Casi no reconozco a la chica que era cuando vivíamos en Inglaterra. Ninguno de nosotros se parece a las personas que éramos entonces. Después de seis meses, se me ha empezado a olvidar aquel mundo: la comida, la ropa, las costumbres. Y quiero olvidarlo. Me encanta aprender las costumbres de la Tierra de los Bosques, y espero que borren los recuerdos de un lugar que nunca fue mi hogar, viajando de casas extrañas al colegio, como una maleta sin dueño. Ya no pienso siquiera en la última noche que pasamos allí. Es como si un espeso seto alrededor rodeara mi memoria.

Philippa está más arreglada que nosotros, como siempre, con su vestido azul limpio. Mientras nosotros pasamos el día cuidando la tierra bajo las órdenes de Dorien, ella se queda con Alfreya. Trabaja en la cocina o la enfermería, pero pasa la mayor parte del tiempo ocupada en la correspondencia que mantiene con Venndarien Tarsin y los numerosos escribas y embajadores del Emperador.

Cuando nos preguntaron quién se quedaría en el castillo ocupándose de las cartas del Imperio, Philippa se echó a reír.

—A mí dadme un trabajo en el que no tenga que ensuciarme las manos.

Pero sus ojos están tristes cuando la dejamos en el castillo todas las mañanas.

—¿No eres feliz aquí, Philippa? —le pregunté una mañana cuando salíamos—. Sé que llevamos ya un tiempo aquí y...

—Cinco meses y nueve días.

—Y que te preocupa lo que pueda sucederles a mamá y papá, pero Cervus nos prometió que no se enterarían de nuestra marcha. ¿No crees que podemos creer en su palabra?

—Claro que sí —contestó ella con una sonrisa tan resplandeciente que me cegó como si fueran los rayos del sol—. Y no soy infeliz aquí, bobita. Estoy demasiado ocupada. Y ahora, daos prisa, tenéis muchas cosas que hacer y yo también.

Philippa espera a que lleguemos antes de dar media vuelta y entrar en el castillo, seguida por todos nosotros.

Nos reunimos en el gran salón, donde Héctor y sus compañeros dan cuenta de la primera comida caliente que disfrutan en varias semanas. Nos cuentan lo que han visto en la frontera sur: árboles talados, aldeas incendiados y desaparecidos. El Imperio no reclama la autoría, pero nosotros sabemos quién está detrás de todas estas tropelías. Sabemos que Tarsa está poniendo a prueba las fuerzas de los habitantes de los bosques.

Me hago un ovillo en el suelo junto a Cervus, rodeándole los hombros con un brazo en busca de consuelo y valor. Mi hermana está sentada al borde de una silla, con expresión insondable y las manos en el regazo una encima de la otra.

—Tal vez sea mejor que aceptemos tomar parte en esta guerra en serio —dice Dorien, pasándose la mano por el rostro curtido—. Ahora que Imperio está luchando con los illyrios, es de esperar que hayan descendido sus efectivos. ¿Estás preparado, Héctor?

Los músculos del mentón de Héctor se contrajeron al apretar.

—No, nunca lo estaremos, a decir verdad, pero esperaba que tuviéramos algo más de tiempo.

—Dadme un mes —tercia Philippa, mirándose las manos—. Un mes, nada más. Si Tarsa sigue sin soltar la frontera después de un mes, haced lo que debáis. Pero dejad que escriba a Venndarien. Tiempo es lo que esperabais que os consiguiéramos mis hermanos y yo. Dejad que lo intente una vez más.

Héctor la mira como intentando ver su alma.

—¿Y qué pretendes ganar con ello?

—Halagos —contesta ella con una sonrisa—. Halagos y medias promesas, y fábulas sobre nuestro mundo. Irán más allá de lo que creéis.

—Démosle un mes —interviene Cervus, cerrando el asunto.

Nos separamos tarde, pasada la medianoche y cuando solo quedan ascuas ya en la chimenea. Mis hermanos y yo subimos a nuestras habitaciones en la cuarta planta. Jamie y Philippa iluminan el camino con unas lámparas.

Al llegar al descansillo, Jamie se detiene un momento y mira por la ventana las luces que iluminan el patio. Los compañeros de Héctor están acampados ahí fuera, hombres que han aprendido a usar la espada y el arco, y poseen la determinación necesaria para arrebatarle la vida a una persona. Mi hermano se remueve incómodo. Sé que anhela formar parte de una campaña bélica distinta de la vía diplomática que está llevando a cabo Philippa.

A la mañana siguiente, al despertar, Héctor y su cuadrilla no están. Jamie se ha ido con ellos. Philippa lee la nota que nos ha dejado con el ceño fruncido y una expresión que no oculta su preocupación.

—Será estúpido —espeta—. solo conseguirá que lo maten.

La luz del estudio de Philippa permanece encendida noche tras noche durante un mes entero. Escribe sin parar. No me cuenta qué es lo que le dice a Venndarien esperando contener la guerra, y cuando la presiono, lo único que consigo es una sonrisa y unas palmaditas en la mano.

—No nos va a ocurrir nada —promete—. Sea como sea. Y volveremos a casa cuando todo esto termine. Te lo prometo, Ev. Tú deja que yo me ocupe.

Así que cada uno de nosotros ha encontrado su arma: Jamie, la espada; Philippa, la pluma; y yo, las semillas. Porque hay poder en estas cosas, en el valor, la inteligencia y la esperanza. Intento recordarlo mientras trabajo la tierra junto a Dorien, planeando y trabajando frente al invierno que se nos presenta, y la primavera que llegará después. Él y yo luchamos con nuestra creencia de que seguirá habiendo terreno cultivable en la Tierra de los Bosques.

Hundo las semillas en el rico sustrato del bosque mientras ruego que reine la paz, una plegaria que escapa de mis labios y vibra bajo mi piel.

15

NOS DAN EL CORREO DESPUÉS DE CENAR. GEORGIE SE HACE
un ovillo en la cama con su paquete de chucherías y una gruesa carta de uno
de sus primos. Yo me siento en mi escritorio con varias cartas de mis padres
y de Jamie, que dejo al final porque prefiero leer la nota que me ha escrito
Tom. Intento no pensar en la ausencia de noticias de Philippa.

La caligrafía un poco torpe de Tom ocupa una sola página, pero se come
el papel a un ritmo alarmante.

> *Hola, Ev:*
>
> *Te preguntaría si has estado ocupada arrancando malas hierbas
> últimamente, pero como ha hecho bueno, supongo que no. Pasaré por
> ahí el sábado otra vez, si no te parece mal. Estoy deseando descubrir qué
> nuevas tareas de jardinería tienes planeadas para mí. Aquí te dejo un
> aperitivo hasta que nos veamos.*
>
> *Tom Harper*

Acabo de abrir el paquetito de papel que acompaña la nota y de descubrir
que son unos tofes, cuando George dice:

—Ev, para un momento lo que estés haciendo y mírate. ¿Qué ves?

Me giro hacia ella. No sabía que estuviera observándome.

—Anda, hazlo —me pide con voz melosa.

Me miro al espejo que tenemos encima del escritorio pensando aún en la nota y el regalo, y en que es muy amable por su parte después de tantos años de racionamiento de azúcar.

Y la chica que me mira desde el espejo de marco dorado me deja absolutamente sorprendida. Soy yo, sin duda, pero estoy sonriendo, y no solo con los labios, sino con los ojos.

Georgie se levanta de la cama y se me acerca en zapatillas de estar por casa. Se inclina hasta que su cara queda a la altura de la mía, y sonríe también.

—Ev, cariño, pareces feliz. ¿Lo notas?

Me miro por dentro, compruebo con cautela el estado de mi corazón, mi alma, mi mente.

—Creo que sí.

—Me alegro. Entonces merece la pena que ese chico esté aquí cerca —dice ella, dándome un beso en la mejilla.

Y se vuelve a la cama. Yo me reclino en la silla, incapaz de apartar la vista del espejo. Soy feliz. Aquí y ahora. En St. Agatha, en mi habitación atestada de cosas con Georgie a poca distancia. La puerta está abierta y se cuelan los sonidos habituales de la tarde, la charla y las risas de las chicas, un secador de pelo, alguien que ensaya con su violín. Desde mi sitio veo el fondo del pasillo y a Max sentada en una silla justo allí. Apoya contra la pared el respaldo de la silla en equilibrio y tiene un montón de trabajos pendientes de corrección en el regazo, porque una alumna de primer año le está regalando los oídos con vete tú a saber qué cuento, pero se nota en su cara infantil que la adora. Max asiente con gesto indulgente hasta que la chica termina, y entonces le dice algo con una sonrisa y la chica se marcha. La radio que tiene al lado hace una ligera interferencia y se echa hacia delante para subir el volumen cuando empieza una nueva melodía de jazz.

Mordisqueo un tofe y dejo que se deshaga en mi boca, dulce y riquísimo después del engrudo tibio que nos dan para cenar. Estoy feliz y por un momento no deseo estar en ninguna otra parte.

Aunque sí deseo que fuera sábado ya.

No me gusta decepcionar a las personas, así que cuando llega el fin de semana, empiezo a trabajar temprano en el jardín trasero lleno de malas hierbas. Está plagado de cardos, cuernecillo y diente de león con unas raíces tan gruesas como mi dedo pulgar. Hobb está rastrillando las hojas de los arriates y llevándolas en la carretilla hasta un rincón de suelo arenoso para quemarlas. En menos que canta un gallo el olor ácido del humo inunda el aire fresco de octubre.

Más allá del muro de piedra que rodea los terrenos del colegio, los árboles resplandecen en su fulgurante vestido otoñal. A este lado del muro, se oyen los gritos y el sonido agudo de un silbato procedentes de la zona de césped situada a un lado del edificio de los dormitorios, donde un grupo de chicas juegan al hockey hierba. La cocinera, una mujer grande, con mal genio, canas y el rostro del mismo color que el puré de patatas insulso que nos sirve, sale del edificio principal a grandes zancadas para inspeccionar mi trabajo. Señala unas cuantas verduras aprovechables que le gustaría servir en la cena y vuelve por donde ha venido.

Estoy de rodillas sacando nabos cuando aparece Georgie con un ejemplar de *Jane Eyre* y un cuaderno debajo del brazo. Se suponía que estaría estudiando, pero a juzgar por la forma en que se balancea sobre el metatarso de los pies sé que está enfadada y que preferiría estar en cualquier otro lugar que no fuera ese.

—¿Puedo ayudarte o estás esperando a tu amorcito?

Me siento sobre los talones y la miro entornando los ojos porque el sol me molesta.

—Lo estoy esperando, pero también necesito ayuda. ¿Ha pasado algo?

—Me vendría bien un poco de aire fresco —responde ella, cogiendo la pala y clavándola con fuerza en la tierra—. He intentado convencer al grupo de estudio de Penwallis para que leyéramos *Annie Allen* y me ha echado el sermón de siempre sobre que es mejor centrarnos en autores ingleses, después de todo lo que me he esforzado. Lo que, por supuesto significa autores ingleses blancos, y antes de que digas nada, ya lo sé, Evelyn, Cambridge, pero, sinceramente, ¿a qué precio?

Georgie se aleja por el jardín que da a la cocina y se deja caer en el suelo con la espalda apoyada en el murete de piedra. Respetamos la necesidad de la otra de poner distancia y por eso no voy detrás de ella; siempre necesita tiempo después de este tipo de cosas, para escribir unos cuantos versos propios. No ha dejado que nadie los lea, jamás, ni siquiera Max o yo. Supongo que ese es el "bosque particular" de Georgie.

Al cabo de media hora, deja el cuaderno a un lado y se acerca de nuevo. Yo le tiendo la pala sin decir palabra y ella la acepta con un suspiro. Así que allí estamos los tres, Georgie, Hobb y yo, limpiando el jardín, juntos. Poco después, la quema de rastrojos de Hobb deja unas manchas oscuras y fragantes en el suelo, y nosotras seguimos arrancando sin hablar mientras los grajos graznan desde los aleros del edificio de los dormitorios.

Casi hemos terminado cuando llega Tom. Georgie ya está más calmada y bromea con Hobb mientras yo me sacudo las manos en los pantalones manchados de tierra.

—¿Estás bien, Georgie? —le pregunto por lo bajo.

—Estoy bien —contesta ella.

—Llegas tarde —le digo a Tom cuando se detiene delante de nosotras—. Ya no quedan más tareas de jardinería. Será mejor que vuelvas a St. Joe.

—Está bien —dice Tom con tono afable y se da media vuelta.

Yo salgo corriendo hacia él mientras me despido de Georgie con la mano, que sonríe y sacude la cabeza.

Enlazo el brazo con el de Tom y me lo llevo lejos de los edificios del colegio y el sendero de entrada, hacia el campo que se extiende por la parte trasera.

—Será mejor que no vayamos por ahí —explico—. Solo podemos salir del colegio en ocasiones especiales, y con supervisión. Debe de ser muy liberador ser un chico y poder ir adonde te apetezca.

Tom enarca una ceja.

—No se me había ocurrido.

—Claro. No tienes necesidad.

Llegamos a la verja de atrás y la abro con un empujón. Las bisagras oxidadas chirrían, pero al final se abre. Tom se queda atrás observando.

—¿No acabas de decirme que no puedes ir adonde quieres?

—Es complicado —digo con el ceño fruncido—. ¿Vienes?

Tiene que doblarse mucho para pasar por la verja. Bajamos por el camino cubierto de hojas y como llevo unos días muy contenta y me siento como si estuviera a punto de mudar la piel y renacer, lo llevo hacia el bosque.

Tom camina entre los árboles haciendo ruido como un elefante, pero yo me descalzo y apenas se me oye caminar. En un momento dado, aprovechando que Tom se inclina para atarse la bota, me adelanto y me escondo detrás de unos densos matorrales.

Cuando se incorpora, tengo que ahogar la risa al ver su cara de confusión.

—¿Evelyn? ¿Ev? ¿Dónde te has metido?

—Estoy aquí —grito.

—¿Dónde es aquí? —pregunta Tom, mirando a su alrededor, incapaz de localizar mi voz hasta que saco una mano entre los matorrales y le hago señas.

Camina en dirección a los matorrales y cuando por fin llega junto a mí con hojas en el pelo, señalo hacia delante.

—Mira, quería enseñarte esto.

Entre los troncos marrón-grisáceos de las hayas, se ve mi claro, y la hierba del centro de un reluciente verde jade, pese a que estamos en otoño.

—No lo había visto nunca —dice él, mirándome con ojos entornados y gesto suspicaz—. Ev Hapwell, ¿perteneces a una tribu secreta? ¿Me has traído hasta aquí por arte de magia y cuando salgamos del bosque habrán pasado cien años?

Yo me dirijo sin responder a la alfombra verde del centro del claro y me siento. Pasado un rato, Tom también viene. Nos tumbamos boca arriba a observar el cielo azul otoñal, las ramas mecidas por el aire y las hojas doradas de los abedules, que caen cuando el viento las agita.

Un rato después, oigo el crujido de una bolsa de papel y Tom me la da. Esta vez no son tofes —supongo que me he comido todos los que tenía—, sino caramelos de menta. Me meto uno en la boca y lo chupo mientras el viento nos acaricia, la hierba se ondula a nuestro alrededor y el mundo gira bajo nosotros.

Cuando nos incorporamos, hace un poco de frío y las sombras comienzan a alargarse.

—Es como una iglesia —dice Tom, mirando el dosel que forman las ramas sobre nuestras cabezas—. Así me siento. Como si no debiera hablar demasiado alto y no acabara de entender lo que ocurre.

Tomo sus manos entre las mías. Las ampollas se han convertido en costras y ahora me pican, pero ya no escuece. Nos sentamos uno frente al otro con las piernas cruzadas mientras cae el sol.

—Tom Harper, ¿qué pensarías si te dijera que soy de otro mundo?

Tom me mira con gesto serio en sus ojos grises.

—En este sitio, te creo.

—¿Y fuera de este sitio?

Tom se aparta y sonríe con tristeza.

—Puede que no. ¿Me lo dirías si no estuviéramos aquí?

Acaricio la hierba con la mano. No. No he tenido el valor. Pero no creo que importe ya. Me levanto y le tiendo la mano a Tom.

—Venga, vamos. Como no esté de vuelta para la cena, el Ogro se dará cuenta. Y tengo que llevarte de vuelta a St. Joe antes de que pasen cien años.

16

—*TU HERMANA QUIERE HABLAR CONTIGO Y CON VUES-*
tro hermano, en su estudio antes de cenar. Ha recibido carta del heredero Tarsin
—me dice Alfreya una tarde de otoño, cinco años después de que llegáramos a
la Tierra de los Bosques. Acabo de llegar de las granjas y estoy sucia y sudada.

—¿Jamie está en casa? —pregunto muy contenta.

Lleva mucho tiempo fuera con Héctor y el contingente armado que forma
el ejército que juramos que no existe en la Tierra de los Bosques. No estamos en
guerra con el Imperio, oficialmente al menos, pero las relaciones han estado un
poco tensas últimamente. Puede que Philippa consiguiera detener las incursiones
por sorpresa hace cuatro años gracias a la correspondencia que mantiene con el
heredero Tarsin, pero se han establecido nuevos puestos avanzados en extremo
más alejado de la frontera sur. Se han construido barracones. Las tropas espe-
ran. Ya no puede faltar mucho. Philippa está preocupada, lo sé, lleva meses muy
callada y retraída, y algunas noches la pillo mirándome con tristeza.

Subo corriendo a mi habitación a bañarme y a ponerme un vestido de lana
limpio ceñido con un cinturón verde. La puerta de la habitación de Philippa en
el último piso de la torre está entreabierta. Me paro antes de entrar, me detiene
el sonido de voces. No debería escuchar, con dieciséis años que tengo debería
saberlo ya, pero la curiosidad puede más que yo.

Héctor está de pie en medio de la habitación, ocupada en gran parte por el enorme escritorio de Philippa, que está sentada en él con esa actitud a la que he terminado por acostumbrarme, la barbilla apoyada en una mano, la pluma en la otra.

—Me escribió para decirme que a menos que juremos lealtad a su padre y reciban el pago del tributo para entonces, declararán la guerra —dice mi hermana, dejando en la mesa la pluma para frotarse la frente—. Lo siento. Lo siento mucho. Esperaba que... esperaba que no hubiéramos llegado a esto. Aquí también.

Mi hermana se gira hacia el alto ventanal y contempla el océano gris embravecido y los barquitos cuadrados de pesca que regresan al terminar la jornada. Parece estar a un mundo de distancia de allí.

—A veces es imposible imponerse a los caprichos de la guerra —contesta Héctor—. Pero hemos hecho todo lo posible por salvaguardar la paz. Incluso tú has interpretado bien tu papel.

—Los caprichos de la guerra —repite Philippa, medio para sí, medio para el océano—. He visto algunos de esos oscuros caprichos, Héctor. No hablo de batallas o escaramuzas fronterizas, sino una guerra que dejó su impronta en todo mi mundo. Mirases donde mirases, encontrabas algo que te la recordaba. Los ataques aéreos, los apagones, tener que correr a esconderte en los refugios antiaéreos. Niños por la calle a los que les faltaba algún miembro, sin esperanza, sin saber cómo iban a sobrevivir así. No quiero volver a ver esas cosas. No quiero que las vea mi hermana. La guerra le hizo más daño a ella que a mí.

—Philippa, aún no es demasiado para que volváis a casa.

—¿No lo es? Yo...

Oigo ruido de botas en la escalera y Jamie aparece en la galería.

—Tranquila, Evie —dice—. ¿Qué haces aquí escondida?

—Cállate —refunfuño, con la esperanza de que Héctor y Philippa no hayan oído a Jaime que estaba escuchando a escondidas. Jamie huele a caballos, le hace falta un buen afeitado y aún lleva puesta la ropa de viaje desgastada y manchada de barro, pero lo abrazo de todos modos—. Me alegro de que hayas vuelto.

—Y yo. ¿Has hablado con Philippa ya?

—No, te estaba esperando —le digo, una verdad a medias—. Pero no creo que sean buenas noticias.

Jamie sacude la cabeza.

—Nadie porta buenas noticias en la Tierra de los Bosques ahora mismo. Las cosas están muy tensas en el sur. ¿Entramos a ver qué es lo que tiene que contarnos?

Asiento y entramos del brazo. Nos cruzamos con Héctor que sale en ese momento.

Nuestra hermana está junto a la ventana, mirando el lúgubre mar gris y los barcos arrastrados a la orilla. Me acerco a ella y le rodeo la cintura con el brazo. Durante un segundo o menos, apoya su cabeza oscura en mi hombro.

—Lo siento, Ev —murmura.

—¿Por qué lo sientes?

En lugar de responder se sienta ante el escritorio que la separa de nosotros.

—Venndarien quiere volver una vez más a hablar con nosotros en nombre del Emperador —dice—. Llegará dentro de quince días. No he podido retenerlo más, aunque lo he intentado. Quiere nuestra lealtad al Imperio y el pago de un tributo anual o su padre declarará la guerra al Gran Bosque. Acabo de decírselo a Héctor. Alfreya ya lo sabe.

—No podemos pagar —le digo sin más—. No hay más que hablar. Esto es la Tierra de los Bosques, tenemos para vivir, pero no somos una región rica.

—No hace falta que digas más. Quiere que paguemos con madera en vez de con oro —interviene Jamie, torciendo la boca de asco.

Se me pone la piel de gallina. Nadie tala un árbol en el Gran bosque a menos que ya esté muerto.

Philippa asiente.

—Para alimentar la maquinaria y seguir con la guerra contra los illyrios por el oeste, a quienes ya hemos ayudado proporcionándoles mineral de hierro a espaldas del Imperio.

—El Imperio tendrá que eliminar a todos los pueblos del Gran Bosque antes de que estos le paguen —digo yo—. Estoy segura de que Venndarien lo sabe.

—Creo que sí —conviene mi hermana, entrelazando los dedos en un gesto de nerviosismo que hace de forma inconsciente—. Precisamente por eso sigue insistiendo. Estuvo dispuesto a jugar al principio, un tira y afloja sobre si dejaríamos la Tierra de los Bosques por el Imperio, pero eso fue antes de que la lucha con los illyrios consumiera tanto tiempo y recursos imperiales. Los illyrios son un pueblo del desierto y su tierra y su gente soportan el fuego heracleo mucho mejor que la Tierra de los Bosques. El Imperio necesita madera para alimentar los fuegos si quieren imponer su poder, lo que significa que el Emperador no seguirá esperando al Gran Bosque.

—Entonces ya está, se ha terminado —digo.

—Supongo que sí —conviene mi hermano.

—Da igual lo preparados que estemos, va a ser horrible —dice Philippa en voz baja—. Y estaremos en el corazón de la batalla. Lo que vivimos en Londres será un juego de niños en comparación.

Conservo los mismos recuerdos de la guerra que mi hermana. Recuerdo lo desesperada que estaba por huir del miedo y del día a día, el horrible tedio. Recuerdo que deseaba estar en otro mundo que no fuera aquél. Pero ahora estamos en la Tierra de los Bosques, que fue refugio seguro un tiempo. Amo a sus habitantes, adoro labrar la tierra y cantar sus canciones. Adoro el bosque, con sus claros y sus macizos de flores; sus riachuelos de aguas cantarinas sobre lechos rocosos; su verde y trémula espesura. Adoro este castillo junto al mar, en el que he vivido más tiempo que en ninguna de las casas que recuerdo del país en el que nací.

En Inglaterra siempre íbamos con la maleta a cuestas, no llegábamos a instalarnos y echar raíces. Aquí, mis raíces se hunden en el corazón mismo del Gran Bosque, y arrancarlas podría matarme.

Ahora sé que soportaría cosas peores que una guerra con tal de proteger la Tierra de los Bosques. Y parece que la guerra está a punto de comenzar.

17

ASÍ ES VIVIR EN NUESTRO MUNDO: SÁBADOS POR LA TARDE limpiando el jardín de malas hierbas con Tom Harper.

Trabaja por tres y no parece y no tardamos en terminar de limpiar los jardines. Así que nos parece natural seguir con el campo que se extiende más allá. Arrancamos zarzas, rellenamos huecos y parcheamos el tejado del antiguo cobertizo de las vacas que está cerca de la verja oxidada.

Una mañana lloviznosa de finales de octubre estoy fuera podando una enredadera especialmente resistente que se ha enroscado alrededor de la verja y amenaza con arrancarla. No espero a Tom, pues hace un día muy malo y llegaría como una sopa, pero en ese momento oigo que me llama a gritos desde debajo del alero del cobertizo de Hobb.

—¡Ev! Ven, tenemos una sorpresa para ti.

Dejo que la enredadera viva un día más y atravieso el campo a la carrera. Hobb sale en ese momento del cobertizo con uno de sus gastados chubasqueros grises como el que yo llevo. Parece que no se le acaban. Tom también lleva uno puesto. Parecemos un trío de patos sobrealimentados.

—¿Qué le parece si vamos a dar un paseo en coche hasta el pueblo, señorita Evelyn?

—¿Puedo?

Hobb se da unos toquecitos en la nariz y guiña un ojo.

—Yo mismo lo he arreglado con el Ogro.

—¿Puedo ir a cambiarme?

Tom me dice que no con la cabeza.

—No, vas perfecta así.

Me pregunto adónde iremos. Parezco un pescador solo que más sucia, pero los tres nos metemos en la vieja camioneta de Hobb y salimos por el sendero.

Hardwick no es lo que se dice una ajetreada metrópolis. Si no fuera porque St. Agatha y St. Joseph están muy cerca, sería un pueblo más de la zona rural inglesa. Pero los colegios han contribuido a que tenga estación de tren con un andén y una pequeña terminal, y una especie de cine con sillas plegables y una sábana grande que hace las veces de pantalla. El pueblo cuenta además con una farmacia, una tienda de comestibles, una oficina de correos y una iglesia, y poco más.

Pero hoy es día de mercado y los días de mercado Hardwick se llena de vida.

Hay tanta gente en las calles que Hobb tiene que reducir la velocidad. Salimos de la camioneta y vamos caminando hasta el centro, un paseo largo. Han montado corrales temporales para los gansos y las ovejas; los patos y los pollos aletean dentro de unos contenedores de madera grandes, y parece que hayan salido de la nada puestos de madera en los que se venden bollos y pasteles de carne, castañas asadas y sidra caliente. Vislumbro a Georgie y a Max entre la multitud, caminando del brazo charlando animadamente en dirección a la oficina de correos.

—No os preocupéis por mí —dice Hobb, levantando las cejas varias veces seguidas en dirección a Tom de una forma misteriosa—. Tengo que hacer unos cuantos recados.

Y desaparece, dejándonos a Tom y a mí solos en mitad de una concurrida calle adoquinada bajo la fría lluvia de octubre. Tom me ofrece su brazo. Yo lo acepto y nos metemos de lleno juntos en el bullicio del mercado. No dejo de señalar los mejores carneros y los patos de aspecto gracioso con sus moños blancos. Todo lo que sé se lo debo a la Tierra de los Bosques, al tiempo que pasé con Dorien, a quien echo muchísimo de menos. Tom parece saber mucho para ser un chico de St. Joseph y entonces me acuerdo de que una vez me dijo que se había criado en una granja en Yorkshire.

—¿Te apetece comer algo? —pregunta. Y sí, me muero de hambre después de pasarme toda la mañana trabajando bajo la lluvia.

Tom compra pastel de carne caliente y nos lo comemos tan rápido que me quemo la lengua. Yo le compro a él una bolsa de castañas asadas porque lo he visto comer y sé que no puede haberse llenado con un trozo de pastel de carne. Nos sentamos en un banco a comernos las castañas y a ver pasar a la gente hasta que llega Hobb.

—Listo.

Tom se levanta y me tiende la mano. Yo la acepto. Las heridas se me han curado por completo ya, apenas me queda una leve marca rosácea. Sin embargo, no me suelta cuando yo me levanto. Por un momento, no sé qué hacer. El corazón se me ha subido a la garganta y siento la tentación de soltarme, pero en vez de eso, miro a Tom, que mira fijamente a su vez a Hobb, intentando tan descaradamente quitarle importancia al hecho de que tengamos las manos entrelazadas que sé que para él es muy importante. El estómago se me pone del revés al ver su cara familiar, con esas pecas que resaltan tanto en la piel blanca de su rostro, y creo que haría lo que fuera con tal de evitarle sufrimiento.

Porque él solo me ha visto aquí, después de la Tierra de los Bosques. Sé que soy una sombra de lo que fui, una chica que se despierta todos los días sin fuerza para levantarse. Esa es la única Evelyn que conoce, y, aun así, ve algo en mí que hace que siga viniendo.

Así que me aferro con fuerza a su mano y seguimos a Hobb entre la multitud. La lluvia resbala por mi nariz y la última vez que me sentí así, totalmente presente, totalmente aquí, sin tener que intentarlo siquiera, estaba en la playa al pie del castillo, y aunque no lo sabía, iba a ser nuestro último día en la Tierra de los Bosques.

Hobb se detiene delante de un corral en el que pastan tranquilamente media docena de plácidas vacas lecheras.

—Elige una, señorita Evelyn. La cocinera dice que ahora que hemos limpiado el campo de detrás del edificio, podríamos utilizarlo y ahorrar a sus ayudantes unos cuantos viajes al mercado.

Entrelazo los dedos de pura emoción sin poder parar de sonreír de oreja a oreja. Son preciosas. Hay una esbelta vaca frisia y una Guernsey blanca con manchas rojas con el rostro alargado y melancólico. Pero no puedo contenerme cuando se me acerca una Jersey de color tostado buscando alguna chuchería y me mira con esos ojos oscuros. La acompaña un recio ternero y mientras Hobb discute el precio con el granjero, Tom y yo le rascamos la frente al pequeño.

—¿Qué haces en Navidad? ¿Vas a casa? —pregunto.

Tom asiente con la cabeza, los brazos apoyados sobre el último listón del cercado.

—Claro, pero tengo un tío en Londres al que voy a visitar siempre al final de las vacaciones. Por eso nos encontramos en el tren al comienzo de semestre. Iré a verlo después de Año Nuevo. Podríamos quedar en la estación si quieres.

—Vale. Y dime, ¿qué es lo más te gusta de volver a casa?

A mí me daba bastante igual ir a Londres. No es que no quiera a mis padres, pero nos mandaron a vivir a tantos otros lugares durante la guerra que su casa se convirtió en lugar de paso para nosotros. La Tierra de los Bosques puso fin a un trabajo que acababa de empezar. Londres, la casa de mis padres, son los lugares de paso hacia otro lugar.

Tom fija la mirada más allá de las vacas y el bullicio del mercado, ve algo que yo no veo.

—Despertarte con el canto del gallo en vez de con el timbre del colegio —dice—. Nuestra cocina y mi madre cantando mientras se ocupa de la casa. Mis hermanas riéndose por cualquier cosa. Son unos diablillos, pero te caerían bien. La tranquilidad que irradia mi padre, aunque esté escuchándolo todo, y nadie da mejores consejos si consigues arrancárselos. Regresar a los valles de Yorkshire y poder ir adonde me apetezca, cuando me apetezca.

Se para, sorprendido de haber dicho todas esas cosas.

—¿Por qué no te haces granjero? Si te gusta tanto tu casa, ¿qué haces en St. Joseph?

Tom sonríe de oreja a oreja.

—Meg, mi hermana mayor, está encantada con la granja. Y mi tío de Londres, el tío Morris, no tiene hijos, así que ha puesto todo su empeño en que estudie Derecho. Es él quien paga mi educación en St. Joe. No me importa, soy listo cuando hace falta, y así Meg está contenta.

Lo miro entornando los ojos por culpa de la lluvia.

—¿Y crees que serás feliz?

La sonrisa de Tom se agranda.

—Imagino que cuando el tío Morris muera, haré que se revuelva en su tumba y me convertiré en procurador en el área rural en vez de trabajar como abogado en Londres. Así sería feliz. Y también soy feliz ahora, contigo.

Hobb y el granjero se dan la mano, y nuestro jardinero sale llevando a la vaca Jersey con una cuerda. El ternero no necesita cuerda, ya que va allí donde va su madre. Regresamos a la camioneta que Hobb ya ha preparado con suficiente heno en la parte de atrás. Esos debían ser los misteriosos recados que tenía que llevar a cabo. La vaca, Buttercup, y el ternero, Bluebell, bautizados así por la hija del granjero, se adaptan rápidamente a la camioneta. Antes de que Hobb o Tom puedan decir nada (Hobb lo haría, Tom, no, pero no le doy oportunidad alguna a ninguno de los dos), me subo a la parte de atrás con las vacas.

—Como quiera, señorita Evelyn —refunfuña Hobb mientras Tom me guiña un ojo.

El lunes se presenta una vigilante de pasillo en la puerta de la clase de Literatura Inglesa y le da una nota a Max. Tras leerla, Max me llama.

—Evelyn Hapwell, acércate, por favor.

Me acerco dubitativa a su mesa.

—¿Sí?

—El Ogro quiere verte. Te diría el motivo, pero no lo especifica en la nota. ¿Hay algo que debería saber?

Yo niego con la cabeza, sin entender nada.

—No. No tengo ni idea de qué puede ser.

—Será mejor que salgas corriendo entonces —dice Max con un gesto de la mano—. No es bueno hacerle esperar.

Al volverme hacia la clase, Georgie me sonríe para darme ánimos.

El laberinto de pasillos está desierto a esa hora, cuando todas estamos en clase. Tengo que ir desde el ala antigua donde se encuentra el aula de Max, de corredores estrechos de piedra y ventanales con los cristales emplomados, hasta la nueva, en la parte frontal del edificio, reformada para impresionar a los padres de las potenciales alumnas, y el parqué del vestíbulo principal reluce a la luz del sol.

El despacho del Ogro está nada más atravesar el imponente vestíbulo de entrada. Llamo tímidamente a la puerta. Es la primera vez que me llama la directora y no tengo la menor idea del motivo. Una voz calmada me dice que entre y yo obedezco.

Es como si hubiera entrado en una mansión de campo inglesa con elaboradas mesillas y sillones, una mesa auxiliar con un servicio de té de plata, un buen fuego en la chimenea y como remate un gordo carlino acurrucado en su cesta que no había visto en mi vida.

La directora, el Ogro, está sentada en su inmenso escritorio y me indica con un gesto que tome asiento frente a ella.

—Señorita Hapwell. Creo que no hemos tenido el placer de su visita hasta hoy. Siéntese.

Me quedo al borde de la silla, sin atreverme a ponerme cómoda. Nuestra directora es una mujer formidable, con el busto elevado gracias a un corsé, el pelo recogido al estilo del siglo pasado y unos quevedos.

—Supongo que sabrá por qué la he hecho llamar —continúa.

—No, me temo que no.

El Ogro me mira sin dejarse impresionar por mi incapacidad de leerle la mente.

—El chico, señorita Hapwell. Por eso la he llamado.

—¿Se refiere a Tom? —digo yo con una sonrisa—. ¿Qué pasa con él?

La expresión del Ogro se vuelve gélida.

—No pasa nada con él, sino con su conducta hacia él. ¿Cree que es un comportamiento digno de una alumna del St. Agatha?

Me quedo mirándola sin entender. No estoy segura de cómo debería comportarse una alumna del St. Agatha con los chicos o en cualquier otra situación. No es algo que me haya preocupado mucho.

—Esperaba no tener que mantener esta conversación con usted, señorita Hapwell. Puede que esté pasando usted dificultades, pero nunca había cometido un descuido de este tipo hasta ahora. Sin embargo, le diré lo que le recordé a su hermana en numerosas ocasiones: cualquier chica que deshonre el buen nombre de esta escuela será expulsada de inmediato. ¿Me ha entendido?

Debería asentir con humildad. Debería hacer cualquier cosa excepto mostrar mi enfado, pero es que estoy furiosa. Me siento erguida en la silla, cuadro los hombros y lanzo al Ogro una gélida mirada que habría envidiado la mismísima Philippa.

—Sí, gracias. ¿Puedo irme ya?

—Puede irse.

Había planeado quedarme en mi habitación esa noche, puede que estudiando latín incluso, pero en vez de quedarme, espero a que salga la luna y Georgie se quede dormida, y salgo a escondidas del edificio de los dormitorios.

Gorsley está fumando detrás del muro del St. Joe, como siempre, y accede a ir a buscar a Tom. Nada más llegar a la seguridad del bosque, me vuelvo hacia él, me pongo de puntillas y lo beso, pegando mi boca suave contra la suya.

Se pone rojo como un tomate, tanto que puedo verlo incluso a la luz de la luna.

—¿A qué ha venido esto, Ev?

—Una cuestión de honor —le digo, sabiendo que no lo entenderá.

Y una vez satisfecho mi orgullo, vuelvo a besarlo por el mero placer de hacerlo.

18

VENNDARIEN TARSIN, MANO DERECHA DE SU PADRE, EL Emperador, y heredero de un reino que ocupa la mitad del mundo, regresa a la Tierra de los Bosques. La noticia recorre el Gran Bosque y allá donde vaya veo a hombres preparándose para la guerra. Los espíritus del agua afilan sus cuchillos de piedra sentadas a la orilla del río, cubiertas únicamente por su larga cabellera. En los valles, los centauros entonan canciones de guerra o entrenan, haciendo entrechocar sus armas con gran estruendo. Un centenar de centinelas de piedra han llegado de las montañas occidentales ataviados con cota de malla y lanzas. Todos acampan bajo el castillo.

Incluso los espíritus de los árboles están ansiosos. Me paro ante la altísima haya de Vaya solo para decirle hola y ella danza en un remolino de hojas sin adoptar forma humana, sin decir ni una palabra.

Philippa está totalmente inaccesible el día que se supone que llega el heredero Tarsin. Va de un lado a otro del castillo con Alfreya, asegurándose de que todo esté preparado para la delegación. Sé por experiencia que lo mejor que puedo hacer es quitarme de su camino.

Así que me pongo una túnica y unos pantalones viejos, y me dirijo a la Vega Baja, a la zona de cultivo que se extiende a los pies del castillo que surte nuestras cocinas.

Dorien pestañea al verme cuando llego hasta donde está él, supervisando a los trabajadores que aguardan con sus carretillas bien cargadas para subir al castillo.

—Evie, hoy es un día importante allí arriba. ¿No crees que tus hermanos querrán que estés presente?

—Tengo que mantenerme ocupada, Dorien. Por favor —le digo yo, con las manos entrelazadas delante de mí.

Tarda un poco, pero termina accediendo.

—Muy bien. Necesito que arranques las malas hierbas que hay junto a la fresquera.

La fresquera no se ve desde el palacio, está alejada del caos de los preparativos. Enredaderas de flor blanca trepan por las paredes, enroscándose a los pomos y levantando el tejado. Me dispongo a arrancarlas y no tardo en empezar a sudar. Cuando despejo las paredes, arranco otras hierbas de la base del edificio. Estoy tan distraída tratando de olvidar la inevitable guerra que se aproxima que tardo un buen rato en darme cuenta y en fijarme en la primera hoja dentada de la ortiga. Y para entonces el daño ya está hecho. Hay un montón de ellas en el montón de hierbas que he ido echando en la carretilla, y se me empieza a enrojecer la piel de las manos. Tengo un nudo en el estómago de lo frustrada que me siento y Dorien aparece justo cuando le estoy dando una patada a la pared de la fresquera.

—¡Evie! —dice, acercándose a mí—. ¿Qué te pasa?

Le muestro las manos mientras trato de contener las lágrimas de rabia.

—Mira. He arrancado un montón de ortigas sin guantes. No estaba atenta. ¿Podría ser más tonta?

Dorien chasquea la lengua como una gallina clueca y sacude la cabeza.

—Vamos, vamos. Enfadarse no hará que se te curen antes las manos. Voy a buscar un ungüento.

Desaparece detrás de la fresquera y yo lo espero con las manos metidas debajo de los brazos, pegadas a los costados, deseando que se me pase el escozor que ya empiezo a sentir.

Cerca de allí, empieza a levantarse el aire, que susurra entre las hayas. Juega con sus hojas y me tira del pelo, tira de mí hacia el bosque. Echo un vistazo al lugar por el que ha desaparecido Dorien antes de dirigirme al bosque.

De inmediato me siento más calmada, más centrada. Me envuelve el intenso olor de la corteza y las hojas, y tomo aire profundamente para retenerlo. El viento sigue jugando y tirando, empujándome hacia la espesura. Me dejo llevar, dejo que juegue y me empuje por donde quiera, pasando por encima de los troncos caídos y saltando sobre pequeños arroyos hasta que llego a unos robles jóvenes.

Llama mucho la atención el intenso verde de sus hojas y las plantas de pequeño tamaño que alfombran el suelo del bosque junto a ellos tiene la misma intensidad. En medio de tanto verde, el color rojizo de Cervus destaca aún más, y salgo corriendo hacia él, en silencio, descalza.

—¿Dónde estabas? —le pregunto, rodeándole el cuello con los brazos mientras él apoya la cabeza en mi hombro—. Hace semanas que no te vemos.

—En la frontera sur.

—¿Es tan horrible como dicen?

—Sí.

—Lo siento mucho. Cervus, me alegra que estés aquí. ¿No puedes hacer nada? ¿Con el Imperio y lo que se avecina?

Cuando retrocedo, veo que los ojos oscuros del ciervo están tristes.

—He hecho todo lo que he podido, solo soy el Guardián del Gran Bosque, pequeña. Mi deber es asegurar que los árboles estén verdes y crezcan sanos y fuertes, y hacer la vigilia en el círculo de abedules durante la noche más larga del año hasta que vuelva a salir el sol. El destino de la Tierra de los Bosques depende de sus gentes.

Se me empiezan a formar lágrimas de rabia en los ojos.

—¿Por qué ocurren estas cosas? ¿Por qué hay siempre gente que quiere adueñarse de todas las cosas buenas y bonitas del mundo, y destruir todo aquello que no puedan comprar? ¿No les basta con saber que existen?

—A algunos no —responde él.

Me limpio las lágrimas con el dorso de la mano y ahogo una exclamación de dolor al sentir el contacto de la sal en las heridas. La piel se me ha llenado de ampollas allí donde me han tocado las ortigas, apenas puedo mover los dedos. Esta noche será un desastre, ni siquiera podré levantar la copa sin que se me caiga.

Cervus se queda parado un momento, en toda su regia envergadura, aunque ya no me parece tan alto como cuando llegué al Gran Bosque.

—Hay un mal en este bosque que todavía puedo sanar —dice, agachando su magnífica cabeza. Su hocico aterciopelado me acaricia las palmas y el dolor me atraviesa. De repente, cesa. Cuando levanto las manos para mirarlas, la piel está intacta. El dolor ha desaparecido de mi mente.

—Vete —dice Cervus—. Quédate junto a tus hermanos. Después de hoy ya no habrá forma de retroceder en el camino de la guerra.

Asiento con la cabeza, pero el miedo y la rabia me paralizan.

Cervus sacude la cabeza y pestañea varias veces seguidas, en un gesto que creo pretende ser una sonrisa.

—Reúne el valor, pequeña. Tenlo siempre cerca en los días que están por venir.

Y desaparece entre los árboles, dejando tras de sí un viento que juega con mis mangas y mis manos curadas como recordatorio de que acabo de estar con él.

19

TENGO MIEDO DE LA PERSONA EN LA QUE ME ESTOY CONVIR-
tiendo. Me descubro a mí misma cantando mientras atravieso el campo trasero del colegio, por la mañana temprano, para ir a ver a las vacas. Es algo
que está dentro de mí, una sensación alegre y resplandeciente, frágil y mara-
villosa como la telaraña cubierta de gotas de rocío, y me aterra.

Sonrío al despertar y ver los dibujos que dibuja el hielo en los cristales. El
invierno está al caer, y es sábado, y Tom viene. Abro la ventana y respiro el
aire frío y dulce mientras observo los rizos de vaho que me salen de la boca
como si fuera un dragón. Georgie ya se ha levantado, de manera que dejo la
ventana abierta y disfruto del aire frío.

Cuando llevo media trenza hecha, oigo un sonido que llega flotando
en la brisa helada. Viene del bosque y golpea los terrenos vallados del St.
Agatha. Un sonido tenue pero ronco, lastimero y muy insistente, que me
atraviesa el corazón como una flecha de esperanza. Reconocería ese sonido
en cualquier parte.

En algún lugar del bosque, un ciervo brama.

Cierro los ojos y me tapo la boca con la mano, esperando.

Nada. No siento el vértigo que tiene lugar antes de que este mundo dé
paso al Gran Bosque. No siento ese tirón que me transporta de un lugar a

otro. Por familiar que me resulte el sonido, no es él. No es más que un ciervo en el bosque llamando a una hembra.

Sin embargo, esa llamada me ha abierto por dentro. ¿Cuánto tiempo ha pasado desde la última vez que pensé en la Tierra de los Bosques? ¿Cuánto tiempo ha pasado de la última vez que me acordé?

Miro el espejo combado del tocador y casi no reconozco a la chica desleal que me mira. Se ha olvidado de su gente, de su hogar. Los ha cambiado a todos por un poco de felicidad y un chico que la toma de la mano.

El ciervo brama de nuevo y me abrazo, pero no sirve de nada. Por dentro me estoy derrumbando. La brecha recorre todo mi ser, una telaraña de pequeñas brechas, un mapa topográfico de dolor. Casi no oigo que llaman a la puerta.

—Ev, ¿estás visible? —grita Georgie desde el pasillo, y al no responder, entra—. ¿Para qué demonios abres tanto la ventana? ¡Pero si estás helada!

Cierra de golpe y me echa una manta por los hombros. Aunque llevo el jersey del uniforme, no puedo dejar de temblar.

—¿Cuánto tiempo llevas así? ¡Tienes las manos congeladas!

No lo sé. No estoy segura de cuánto tiempo llevo aquí de pie, escuchando al ciervo mientras me desmorono, pero el frío se me ha colado en los huesos.

Georgie me rodea con un brazo.

—Ev, tienes que decirme qué es lo que te pasa. Sé que no soy Philippa, pero yo estoy aquí y ella no. Tienes que dejar que te ayude.

Me siento y me quedo inmóvil. Mi querida y bondadosa Georgie. ¿Qué podría hacer ella si no hay forma de que le explique las cosas que he visto y hecho? ¿Las vidas que he vivido?

De repente se le ilumina el rostro.

—¡Ay, Dios, casi se me olvida! Ha venido Jamie a verte. Debió de salir muy temprano. Te espera en la biblioteca y le dije que te avisaría. A menos que no quieras bajar...

—No, bajaré. Gracias, Georgie.

Me levanto y echo hacia atrás la manta. No he entrado en calor y los añicos de mi interior se me clavan en las partes blandas de mi alma, pero tengo que seguir viviendo.

Jamie está en el extremo más alejado de la biblioteca, en uno de los sillones en los que Tom y yo nos sentamos aquel día a ver llover. Parece medio dormido, pero cuando me ve, se levanta con torpeza.

—¿Qué ocurre? —pregunto de inmediato. Lo conozco a él y a Philippa mejor que a mí misma, y cuando veo que evita mirarme a los ojos, sé que me está ocultando algo.

Jamie suspira y se pasa la mano por la cara.

—Philippa.

—¿Qué le ocurre? —pregunto con voz plana, ni una emoción que sugiera que cargo con un corazón convertido en astillas y que, si algo le ocurriera a mi hermana, moriría desangrada aquí mismo, víctima de un millar de puñaladas invisibles.

—No va a venir a casa en Navidad. Se queda en la universidad, en Estados Unidos. No sé por qué, a menos que tengas intención de decirme qué pasa con vosotras dos, pero quería decírtelo para darte tiempo para acostumbrarte a la idea. Mamá y papá me lo dijeron ayer. Lo siento.

No me atrevo a reflexionar demasiado sobre lo que siento al saber que Philippa se queda en Estados Unidos. Le he escrito infinitas cartas y no ha respondido. No es que no escriba, a mamá y papá sí les escribe, pero a mí no, y a Jamie muy de vez en cuando. Nos enteramos de todo por terceras personas, como si fuéramos el delicioso acompañamiento del plato principal. "A Ev le encantaría las obras de arte que estoy estudiando. A Jamie le encantaría la política americana. A los dos les encantaría salir de excursión por Nueva Inglaterra".

Nada importante. Nada realmente significativo.

—No importa.

Me siento en uno de los sillones y Jamie lo hace en el otro. En realidad, no sé si estoy segura de que no importe, pero mi hermano parece tan triste por haber tenido que darme la mala noticia que quiero que se sienta un poco mejor.

Apoya la cabeza contra una de las orejas del sillón y mira por la ventana el patio que tenemos debajo. El sol matutino y la escarcha tiñen el paisaje de dorado y plateado.

—Me siento culpable, Ev. No puedo evitarlo. Debería haber hecho mejor las cosas cuando volvimos. Debería haber hablado más, haber estado ahí para ella, y para ti. Pero estaba perdido en los bosques. Sigo estándolo. Todos estamos atrapados entre dos mundos ahora.

Me enderezo en el sillón y lo miro sin pestañear. Ni siquiera el roce continuo de los trozos rotos en mi interior consigue disminuir la potencia de mi mirada.

—Jamie Hapwell, tu lugar estaba en el Gran Bosque.

—Me alegra que lo pienses.

Su sonrisa escuece, porque puede que yo sí sepa cuál es mi hogar, pero Jamie ya no lo sabe.

Me inclino hacia delante un poco y hablo con toda la fe que todavía me queda.

—Volveremos. Me lo prometió. "El corazón que pertenece a la Tierra de los Bosques siempre encuentra el camino a casa."

Jamie me mira con tristeza.

—No lo hagas, Evelyn. No puedo.

Cierra los ojos. Hubo un tiempo en el que siempre sabía qué decirle a Jamie, a mi querido hermano mayor, que tanto se esforzó por demostrar su valía en el Gran Bosque, y que no puede dejar de pensar en lo mal que ha hecho las cosas aquí. Ahora, lo único que consigo es hacerle daño cuando lo único que quiero es que mis palabras calmen su dolor.

—Hola, Ev —me saluda alegremente una de las amigas de Georgie al pasar a nuestro lado cargada de libros—. He visto a tu amigo subiendo por el sendero.

Jamie se incorpora y parte de su preocupación desaparece de su rostro.

—¿Entonces sigues viendo a Tom? Me alegro.

No digo nada. Todo lo que ha sucedido esta mañana ha servido para reforzar mi determinación, puliéndola y afinándola. El ciervo, la negativa de Philippa a venir a casa, mi incapacidad para tranquilizar a Jamie, todo ello me ha traído a la memoria algo que casi se me había olvidado.

Vivo en el exilio. Mi sitio no está aquí. Camino por un mundo donde la magia no existe, pero algún día me iré y no tiene sentido complicar mi vida en este mundo.

Jamie, que puede ver en mi interior igual que yo en el suyo, sacude la cabeza. Extiende el brazo y me toma las manos entre las suyas.

—Evelyn, no lo hagas, por favor. Tom es un buen chico. Él...

Me suelto de él y lo miro con frialdad.

—Soy quien soy, Jamie. Todos lo sabemos. Nunca seré otra persona, solo espero a que llegue mi momento. He sido una estúpida al dejar que las cosas fueran tan lejos, y pienso detenerlas antes de que alguien salga herido.

Jamie se levanta y mira hacia el patio soleado. Tiene los hombros caídos, cuando siempre se mostraba erguido y recto cuando estábamos en el Gran Bosque.

—¿Qué te ha hecho cambiar de opinión?

—Muchas cosas. Philippa.

Jamie aprieta los puños. Una vez se rompió dos dedos al golpear la pared del Palacio de la Belleza en un ataque de rabia ante la guerra que no podíamos detener. Ha aprendido a mostrarse circunspecto, algo que no debería hacer un chico de su edad.

Todos somos mayores en muchos aspectos.

—Deberíamos estar viviendo una vida de verdad aquí —dice—. No se supone que debamos estar esperando a que llegue nuestro momento.

—Tengo que elegir, Jamie. No puedo intentar estar aquí y allí al mismo tiempo. Y elijo la Tierra de los Bosques. Siempre elegiré la Tierra de los Bosques.

—Como quieras —me dice con un gruñido. Está muy enfadado y verlo así hace que me determinación se tambalee—. Haz lo que tengas que hacer, pero yo no me quedaré mirando. Estoy harto de no hacer nada mientras tú te derrumbas.

Y se aleja caminando entre las librerías mientras yo dejo que el silencio de la biblioteca me envuelva.

Tom no tarda mucho en dar conmigo. Es un chico verdaderamente resuelto y lleva puesto un jersey gris, mal tejido, con un dibujo gracioso de un reno medio torcido. Está de pie justo en el lugar donde poco antes estaba Jamie, con las manos en los bolsillos, mirándome con tristeza.

Mar gris. Cielo gris. Un ciervo en la playa.

Tom no es de los que se andan por las ramas.

—Acabo de ver a tu hermano y dice que vas a darme la patada. Me ha dicho que no puedes decirme por qué, pero que tienes una razón, que en su opinión no es una buena, aunque tú creas que sí lo es, y que él quiere que me quede a tu lado digas lo que digas. Sinceramente, estoy un poco confundido. Creía que estábamos bien juntos.

Maldita sea, Tom. Podría haberte apartado de mí con mi silencio y mi indiferencia, pero no puedo soportar mentirte a la cara. Pongo las manos en el regazo y me quedo mirándolas.

—Sí.

—¿Y yo te gusto?

Trago saliva. Demasiado. Me gustas demasiado.

—Sí.

—Y sabes que tú a mí me gustas, ¿verdad?

—Sí.

—Pero crees que deberíamos dejar de vernos y no quieres decirme por qué, ¿no es así?

—Exactamente.

Tom asiente lentamente con la cabeza.

—Entonces me voy.

Siento un gran alivio teñido de arrepentimiento. Esperaba que nos peleáramos, aunque casi no tengo fuerzas. Pero Tom no ha terminado todavía.

—Con una condición. Mírame a los ojos y dime sinceramente que no quieres volver a verme. Cuando lo hagas, te dejaré en paz.

Dejar que mi sangre se convierta en hielo. Dejarme ser un invierno de cien años. Levanto la vista y clavo la mirada en los sinceros ojos grises de Tom. Las palabras se forman en mi lengua. Me tiemblan las manos. Soy Evelyn de la Tierra de los Bosques, la que camina entre los mundos y dice siempre la verdad.

—Tom Harper, no quiero volver a verte —miento.

Tom asiente de nuevo. Está colorado de rabia y pena, y aunque yo creía que ya estaba rota por dentro, me rompo aún más al verlo así.

—Está bien. Volveré a St. Joe. Si cambias de opinión, ya sabes dónde encontrarme.

Se va sin despedirse. La mentira me quema la lengua más que la esperanza.

Ya no sé quién soy.

No sé quién soy.

20

ME FROTO HASTA QUE NO QUEDA RASTRO DE MANCHAS *de barro ni olor a granja y bajo al gran salón. Reina un ambiente gélido en el aire y el vestido que llevo es de gruesa lana de color verde bosque con bordados en color rojo anaranjado. No puedo negar es que es precioso, pero ha sido cosa de Philippa, no mía. Yo habría preferido presentarme con mi ropa de labriega si de verdad estamos ante el principio del fin.*

Me encuentro con Jamie en las escaleras. Viste los mismos colores que yo y Anvar, la espada que le regaló Héctor, atada a la cintura lleva a Anvar.

—¿Alguien ha visto a Venndarien? —pregunto al entrar en el salón—. No he visto a nadie de su comitiva.

Jamie me mira taciturno.

—La mayoría está en el patio de armas. Ha traído un centenar de soldados por lo menos. Héctor está furioso. En cuanto a Venndarien, Alfreya ha reserva-do el ala este entera para él y su comitiva —dice torciendo el gesto al nombrar al heredero—. Fueron directos y no han salido desde entonces. No hemos visto prácticamente a ninguno de ellos.

La mitad del salón está ocupado por lugareños que no han querido perderse lo que el heredero Tarsin ha venido a decir. Sonrío y saludo con un gesto de la cabeza a los conocidos mientras ocupamos nuestros sitios en la larga mesa.

Dorien ya está sentado y una suave brisa me agita el pelo cuando Vaya se sienta a mi lado con forma de mujer.

Miro a un lado y otro, buscando a Philippa.

—¿Dónde está Philippa? —susurra Jamie, leyéndome la mente—. Jamás llega tarde.

Un suave carraspeo llama mi atención. Alfreya está de pie a mi lado y por algún motivo siento un nudo en el estómago.

—¿Qué pasa, Alfreya?

—Tu hermana me ha pedido que le dé esto a Jamie.

Le entrega un trozo de pergamino doblado. Jamie desdobla la nota y frunce el ceño al leer su contenido.

—¿Qué quiere decir con esto?

Pero Alfreya ya no está. Jamie me entrega la nota y la leo rápidamente.

Jamie:
Quítate la espada.
Philippa

—Será mejor que lo hagas —le digo—. Ya conoces a Philippa. No da puntada sin hilo.

Jamie se quita, reticente, el cinto, pero sus manos se quedan cerca de la funda.

—Hay una diferencia entre no llevar espada y no tenerla a mano. La dejaré debajo de la mesa si tan importante es.

De manera que empuja el arma sin contemplaciones debajo de la mesa donde ha buscado refugio unos de los viejos perros que andan siempre por el castillo. Alargo la mano para tocar al animal, pero me distraigo al notar movimiento en el salón. Las puertas se abren de golpe, suenan las trompetas y el pregonero imperial anuncia:

—Su Alteza Serenísima, Venndarien Tarsin, Heredero del Gran Emperador.

—Pues a mí no me parece muy sereno —le susurro a Jamie, que sonríe con amargura—. ¿Y dónde demonios se ha metido Philippa?

Venndarien entra en el salón con actitud regia y ojos de fuego. En estos cinco años, su estatura ha aumentado y su pelo dorado es ahora de un color indefinido, aunque su rostro parece no haber envejecido excepto por las líneas de expresión que se apiñan en las comisuras de sus ojos. Los cortesanos que lo siguen van vestidos de blanco, el color del Imperio, y lo único que distingue la posición de cada uno es el color del fajín que llevan a la cintura. El heredero no lleva fajín y el corte de sus ropas es bastante sencillo.

Sin embargo, sigue habiendo en él algo que me pone de muy mal humor. Es la forma en que inspecciona el salón y a los presentes con ese aire codicioso, como valorando ser el dueño de todo. Y cómo nos observa a mi hermano y a mí, y a todos los asistentes sentados a la mesa para apartar la vista a continuación encogiéndose de hombros, como si no mereciera la pena mirarnos siquiera, como si no supusiéramos una amenaza.

No ha terminado de hacer su entrada triunfal en el salón cuando vuelven a abrirse las puertas con chirrido de goznes y vemos a Philippa de pie en el umbral. Venndarien se gira a mirarla, pero no con codicia, sino con satisfacción, como dejando entrever que hacerla suya es algo inevitable.

La rabia que burbujeaba en mis venas se convierte en puro fuego, el mismo que arde en los ojos del heredero. El juramento que le hiciera una vez me quema la lengua.

Lo mataré como toque a mi hermana.

21

Querida Philippa:
Te echo de menos. Lo siento. Vuelve.

Arena gris. Mar gris. Cielo gris.
El agua salada murmulla en mis venas.
Cervus, llévame a casa.

22

MI HERMANA PERMANECE DE PIE ANTE LOS REUNIDOS, lugareños y delegación Tarsin, con un sencillo vestido del color de las hojas nuevas. Ásteres amarillas adornan su cabello oscuro. Nunca la había visto tan guapa; me atraganto de la impresión.

Philippa se vuelve hacia Venndarien y le dedica una sonrisa tan resplandeciente que deslumbra mirarla. Avanza hasta el centro del salón y se arrodilla ante él.

—Alteza —dice mi hermana, inclinando la cabeza—. Bienvenido a la Tierra de los Bosques. Confío en que hayas tenido un viaje agradable y que tus habitaciones sean de tu gusto.

Venndarien agita una mano como quitándole importancia a la pregunta, pero la mira con anhelo evidente.

—Los caminos por estos bosques son horribles y las habitaciones, demasiado pequeñas, pero la vista desde el ala oeste no está mal. Cuando reine desde el Palacio de la Belleza como apoderado del Emperador, echaré abajo todos los muros de esa ala para ampliar mis aposentos. Me gustarán más.

—El castillo se le caerá encima como haga eso —murmura Dorien—. ¿Cómo cree que se sostiene toda esta piedra?

—Como gustes, Alteza —responde Philippa, inclinando la cabeza.

Se levanta un murmullo entre los habitantes de los bosques allí presentes, que no dejan de mirarse con gesto incierto. Vaya pone su liviana mano sobre la mía.

—*Tu hermana es muy agradable. No nos abandonará, ¿verdad?*

—*¡No!* —*insisto, pero un frío helado me recorre por dentro.*

Philippa se sienta junto a Venndarien y me busca con la mirada. Nos miramos durante un momento, y me pregunto si de verdad sé cómo se ha sentido Philippa aquí estos cinco años, arrojada a un mundo desconocido por culpa de mi grito de auxilio desesperado y retenida aquí por su sentido de la responsabilidad y la necesidad de cumplir sus promesas.

¿Qué otra promesa irá a hacer *ahora?* ¿Cuidar de mí o servir a la Tierra de los Bosques? ¿Cuál haría yo en su lugar?

Todas esas cartas entre el heredero Tarsin y ella que nadie más que ella ha leído.

Comienza el banquete, un homenaje de los habitantes de los bosques a este país junto al mar que tanto aman. Soperas con caldo de pescado; cordero asado con especias; pastelitos con trozos de fruta endulzados con miel; manzanas rellenas de frutos secos y mantequilla de cabra, asadas a fuego lento sobre una cama de ascuas. Los músicos de la escuela de música tocan canciones que son como un lamento, y en medio de todo, Venndarien selecciona su comida mientras reflexiona. Las risas, las lágrimas y los aplausos de los habitantes de los bosques dejan una cosa bien clara: esta noche no es para él. El heredero no es más un invitado molesto.

Una chica de los ríos con la piel del color de la arcilla toca el arpa y el sonido recuerda el eco del agua que discurre entre las rocas. Y justo en ese momento, Venndarien echa la silla hacia atrás con brusquedad y se levanta.

—*Acabemos con esto* —*dice lo bastante alto como para que lo oigamos todos los allí reunidos*—. *Mi padre ha sido muy indulgente con este país demasiado tiempo. Lo preguntaré por última vez:* ¿está dispuesta la Tierra de los Bosques a pagar el tributo correspondiente a Tarsa y se arrodillarán los aquí reunidos ante el heredero de su Majestad Imperial?

Se produce un largo silencio, seguido por el chirrido de las sillas y los bancos al moverse cuando los habitantes de los bosques se levantan. Ninguno hinca la rodilla.

Hasta que Philippa da un paso al frente. Los murmullos casi ahogan sus palabras.

—No olvides tu promesa —le dice a Venndarien, las manos enlazadas frente a ella en un gesto de desesperación—. Si voy contigo por voluntad propia, llevarás a Tarsa a mis hermanos también y todos estaremos seguros allí, protegidos de la guerra, y cuando todo esto termine, encontrarás la manera de devolvernos a nuestra casa.

Una capa de hielo comienza a brotar dentro de mí cuando la veo arrodillarse frente al heredero Tarsin. Algo aún más frío y afilado se me clava en la garganta, y cuando miro a un lado con desesperación, veo que dos soldados Tarsin sujetan a Jamie con un cuchillo contra la piel. Nos sacan a rastras por la puerta mientras Philippa lo observa todo con angustia. La daga se me clava en la piel de la garganta cuando intento forcejear para que me suelten, y Philippa grita cuando ve brotar la sangre de mi carne.

Pero los habitantes de los bosques no se alegran de vernos marchar. Empieza a oírse el entrechocar de metal contra metal, y el salón se convierte en un mar de gritos en el que siento que me ahogo. El fuego arde cuando los soldados Tarsin canalizan todo su poder. El viento aúlla y el agua ruge cuando los de los Bosques invocan el suyo. Jamás había visto algo así, y la ira de la Tierra de los Bosques es realmente temible, formidable

Un sonido atraviesa el estrépito reinante, profundo y grave, y dolorosamente familiar. Cuando se apagan los últimos ecos del bramido de Cervus, lo vemos en pie en el umbral de las puertas del gran salón. Todo el mundo calla.

—Philippa Hapwell —digo con una voz que resuena en el profundo silencio como piedras que se lanzan a un pozo—, ¿qué has hecho?

No es una mera pregunta, sino más bien una acusación, y quiero que le duela. Me debato entre la pena y la rabia, aunque la lucha haya cesado en el gran salón.

Cervus camina entre el caos: platos rotos y charcos de vino en el suelo. Giro la cabeza, pero el soldado Tarsin que me sujeta es como una sanguijuela que no puedo quitarme de encima. Cervus se detiene delante de Philippa y Venndarien.

—Vete de aquí —dice el ciervo—. Abandona este lugar y no vuelvas nunca más.

Nada más decirlo, estoy de nuevo en el refugio antiaéreo y Philippa me rodea con sus brazos para que no tenga miedo. Abandono mi casa por primera vez, con siete años, y mi hermana va sentada frente a mí en el tren, inventando juegos para pasar el rato y para ayudarme a olvidar lo perdida que me siento. Voy de casa en casa, todos desconocidos para mí; el único vínculo familiar es el que forman nuestras manos entrelazadas, la de mi hermana y la mía.

Me da igual lo que haya hecho, si Cervus la echa, me partirá por la mitad.

El rostro de Venndarien está rojo de furia y sus ojos son dos pozos hirvientes.

—El Imperio no os obedece —le espeta—. Cuando vuelva será con fuego y una espada, y en todos los rincones de esta tierra se hablará de cómo murieron todos quemados. Puedes considerarlo una declaración de guerra de Tarsa. ¿Philippa?

Le tiende la mano. Las lágrimas caen por el rostro de mi hermana, que sacude la cabeza negativamente.

—Me he equivocado, Venndarien, pero tengo la intención de enmendar mis errores, no de huir de ellos.

Venndarien hace una mueca de asco.

—¿Sabes cómo tratamos a los traidores en el Imperio? Arrancándoles la piel a tiras. No esperes mejor trato si te quedas. Y si sobrevives, yo mismo te llevaré a rastras a Tarsa cuando regrese, y convertiré tu vida en un infierno por haberme engañado.

Philippa da un respingo, pero aguanta en su sitio. La delegación Tarsin abandona el salón como una furia mientras los habitantes de los bosques esperan en absoluto silencio. Cervus se dirige a mi hermana.

—¿Qué ha ocurrido, pequeña? —pregunta Cervus sin juzgarla.

—Creo... —Philippa traga saliva—. Ay, Cervus, siento que me he extraviado.

El ciervo se acerca y ella le rodea los hombros con un brazo como si nadie en el mundo pudiera sostenerla.

—Siempre es difícil encontrar el camino en el bosque —responde el ciervo.

Y pese a sus palabras, o debido a ellas, Philippa rompe a llorar.

Al amanecer, la delegación Tarsin marcha ya hacia el sur, con la noticia de que han declarado la guerra al Gran Bosque.

23

GEORGIE INTENTA TRABAR CONVERSACIÓN, PERO YO LA dejo fuera a base de respuestas cortas y educadas que no llevan a ninguna parte. Me siento sola a decir, recordando otras comidas y otra compañía, y cuando apagan las luces y Georgie duerme, me escapo sin hacer ruido.

Siempre he sido discreta a la hora de ejercer mi libertad. Ahora no me interesa la moderación. Paseo por las colinas durante horas, empapándome de la luz de la luna y el aire frío. Regreso al colegio casi al amanecer, helada hasta los huesos, aunque no tengo ganas. Preferiría seguir vagando por el campo, subir las colinas hasta que me pueda el agotamiento o hasta que aparezca en otro mundo.

Pero regreso. Siempre lo hago. Me meto en la cama con el abrigo y las botas puestas, y me duermo profundamente lo poco que queda de noche. Y cuando suena el timbre que señala la hora de despertarse, me levanto y procedo con la rutina del desayuno, las clases y la sala de estudio como un autómata. Me paso el día soñando medio despierta, medio viva.

Al caer la noche, me despierto. Estoy viva de nuevo. Salgo y bailo en las colinas heladas. Me mojo los pies al cruzar pequeños riachuelos helados. Canto canciones jamás oídas en este mundo con la esperanza de que los árboles levanten sus copas y se pongan a cantar conmigo. Levanto las manos hacia las estrellas, suplicando en silencio que baje una, aunque solo sea por una noche.

Busco un ciervo.

Al cabo de dos semanas así, he encontrado mi lugar. Estoy lo bastante cansada como para no sentir mucho, y hecho pequeñas siestas entre clases en algún rincón polvoriento de la biblioteca cuando debería estar estudiando. Max intenta averiguar qué me pasa, pero yo cambio de tema. Al final, ya no me deja la llave debajo del helecho.

No importa. Salgo por la ventana y voy de puntillas por el borde del tejado hasta el otro extremo del edificio para bajar por la escalera de incendios. Ya que no puedo volver a casa, seré una exiliada como es debido, una chica sin casa, sin raíces, sin corazón.

Hacemos los exámenes en el comedor. Pongo mi nombre en cada hoja y dibujo hojas en los márgenes hasta que nos dejan salir.

Querida Philippa:
Ya se divisa entre las rocas un parpadeo de luces;
se apaga el largo día; sube lenta la luna; el hondo mar
gime con mil voces. Venid amigos míos,
aún no es tarde para buscar un mundo más nuevo...

... pues mantengo el propósito
de navegar hasta más allá del ocaso, y de donde
se hunden las estrellas de Occidente hasta...

Debilitada por el tiempo y el destino, más fuerte en voluntad. No tengo ahora aquella fuerza que en los viejos tiempos movía tierra y cielo.

Soy lo que soy.

Ya no sé quién soy.

No sé quién soy.

Ulysses (fragmento), *Lord Tennyson*, traducción del blog del *Centro de educación secundaria* de Córdoba, España. http://leereluniverso.blogspot.com/2014/01/poesia-ulises-fragmento-alfred-tennyson.html

24

LO ÚNICO QUE NOS PROTEGE DEL IMPERIO TARSIN Y *sus ejércitos es la nieve, que empezó a caer en el momento que Venndarien Tarsin abandonó el Gran Bosque. Nos mantiene en un limbo al caer en las profundidades del bosque, convirtiendo en intransitable el serpenteante sendero que utilizan todos los habitantes de la Tierra de los Bosques para comunicarse. Estamos seguros hasta que el camino se libere en primavera. Ojalá no terminara nunca el invierno.*

El aire del mar azota el castillo. Acojo de buen agrado las tormentas que lo acompañan y la aguanieve que golpea los cristales de las ventanas. Hace frío dentro del castillo. Llevamos ropa de piel de animal la mayoría de los días y pasamos el tiempo junto al fuego en alguna de las habitaciones más pequeñas.

Philippa está más callada de lo normal y más retraída. Siguen tratándola con su indefectible cortesía, pero parece que llevara un peso sobre los hombros. Pasa la mayoría de los días en las cocinas, sudando sobre los fogones. No se sienta en la mesa del salón y está sola siempre que puede.

Cuando le pregunto qué le prometió o qué amenazas utilizó Venndarien con ella para convencerla para tomar el camino equivocado, lo único que me dice es que le contó que Cervus no había tenido nunca intención de devolvernos a casa. Y cuando se convenció, todo lo demás dejó de tener importancia. Intento consolarla diciéndole que sé lo que es tener miedo de que te arrebaten todo lo que quieres, pero ella murmura alguna excusa y se encierra en su habitación. Se ha abierto un mundo entre nosotras y no sé cómo atravesar el vacío.

Un día que deja que esté con ella, Philippa y yo atravesamos la entrada del salón cogidas del brazo. Nos andamos con cuidado en presencia de la otra y hablamos de cosas sin trascendencia. Las dos levantamos la vista cuando se abren las puertas del castillo y entra Héctor con un gabán con capucha y sus inseparables espadas gemelas atravesadas a la espalda. Le salen volutas de vaho de la boca a causa del frío y tiene el pelo negro cubierto de polvo de nieve.

Saludo con un gesto con la cabeza y avanzo un paso, pero mi hermana se detiene.

—¿Cómo están las tropas? —pregunta con voz vacilante—. ¿Están los ánimos altos?

Héctor le hace una reverencia, cortés como solo un habitante de estas tierras puede serlo.

—Lo están.

Me agarro fuerte al brazo de Philippa. Héctor duda un momento antes de seguir hablando.

—Philippa, lo que hiciste fue imprudente, pero hay que lamentar daños, más allá de lo que habría ocurrido de todos modos. No puedes castigarte toda la vida.

Mi hermana hace una mueca de dolor.

—¿Cómo lo consigues? —pregunta ella—. ¿Cómo consigues seguir adelante, sabiendo que estás mirando a los ojos a personas que morirán en los días que se avecinan?

—Todos sabemos por qué luchamos. Estamos dispuestos a dejarnos la vida por el Gran Bosque. Todos aquellos que perdamos habrán muerto defendiendo el lugar que más aman del mundo. Ya sabes lo que dice Cervus sobre aquellos que pierden el camino, en la vida o en la muerte.

—Dímelo otra vez.

Héctor sonríe.

—Dice que el corazón que pertenece a la Tierra de los Bosques siempre encuentra el camino a casa. Y todos lo creemos, con toda nuestra alma. Sabes dónde está nuestro sitio.

Philippa se muerde el labio y sacude la cabeza.

—Yo no sé dónde está mi sitio, Héctor, si aquí o el mundo del que vengo.

Me duele oírla hablar así. Lo único que deseo es que Philippa se sienta tan a gusto en el Gran Bosque como yo.

—Entonces mantente con vida cuando llegue la guerra —responde Héctor—. Sigue buscando hasta que tu corazón encuentre su lugar.

Philippa se queda preocupada cuando Héctor sigue su camino, pero al cabo de un momento se vuelve hacia mí y sonríe, deslumbrándome.

—Evie, cariño, me he dejado arriba una cosa. No me esperes.

La miro alejarse mientras me muerdo un padrastro antes de tomar una decisión. En vez de seguirla, echo a correr detrás de Héctor.

Está en el gran salón, convertido en improvisada armería. Se ha quitado el gabán, pero sigue llevando las espadas cruzadas a la espalda. Ha acercado una mesa al fuego y está de pie ante la lumbre, emplumando flechas de ballesta con manos diestras.

—Héctor —lo llamo con nerviosismo—. Necesito tu ayuda. He aprendido todo lo que Dorien y Vaya me han enseñado sobre árboles y plantas, y todo lo que da la tierra, y Cervus dice que, si los días tuvieran más luz, dejaría que lo acompañara para portar la luz en el solsticio de invierno. Pero quiero aprender algo que ellos no pueden enseñarme.

Héctor coloca otra flecha en la mordaza de madera y hierro, aguardando en silencio a que continúe.

—Escucha —continúo yo—. Lo que te pido es que me enseñes a matar a un hombre.

Héctor se queda totalmente inmóvil.

—¿Y por qué querrías aprender a hacer tal cosa cuando todos los habitantes de esta tierra se interpondrán entre el Imperio y tú? Cuando tienes un mundo al que regresar en caso de que el Gran Bosque caiga.

—No soy soldado ni diplomático —confieso, cogiendo una astilla suelta del borde de una mesa—. No soy tan valiente como mi hermano ni tan lista como mi hermana, pero si toman el Gran Bosque, creo que Venndarien Tarsin vendrá a buscar a Philippa y juré con mi sangre que lo mataría como se atreviera a tocarla, y tengo intención de cumplir mi palabra. Pero no quiero mentirte, la idea de matar a una persona, aunque sea él, me asusta y asquea.

Héctor aguarda un buen rato antes de decir o hacer nada. Y, finalmente, alarga la mano por encima de la mesa y empuja una daga hacia mí.

—Si es tu corazón el obstáculo, enseñaremos a tus manos lo que tienen que hacer. Actuarán antes de que tu corazón las detenga.

25

JAMIE SE PRESENTA EN EL COLEGIO EL DÍA ANTES DE LAS
vacaciones. Estoy en la biblioteca, dormitando en un rincón de lectura puesto que ya he terminado de estudiar. Los exámenes me han salido muy mal,
pero hace años que dejó de importarme. Mi hermano asoma la cabeza por
detrás de una librería, me saluda con un gesto y desaparece. Vuelve con un
sillón y se sienta frente a mí.

La luz mortecina de diciembre entra por la ventana y nos envuelve en un
manto blanco como la nieve. Jamie se inclina hacia delante y apoya los codos
en las rodillas.

—No quiero que vengas a casa mañana —me dice sin andarse por las
ramas.

Me pilla tan desprevenida que me quedo donde estoy sin moverme, sin
saber si sentirme herida, confusa o aliviada.

—Tom se ha ofrecido a llevarte a Yorkshire con él —continúa—. Sé que
las Navidades no son tu época preferida, y pensé que con todo lo que ha
ocurrido, podría venirte bien el cambio.

Me quedo mirándolo sin comprender.

—Siempre pasamos juntos las Navidades.

Jamie se mira las botas.

—No lo pongas más difícil, Ev.

—Voy a ir, no hay más que hablar.

Jamie suspira y se levanta.

—Piénsalo al menos. Sería mejor para ti.

Miro la luz que se refleja en el suelo tan fijamente que se me nubla la vista y el mundo se vuelve borroso y blanco.

—Voy a Londres. Pero no lo llames "casa".

El viaje en tren es tranquilo, solitario incluso. Respiro sobre el cristal hasta que se derrite la escarcha y puedo ver lo que hay fuera.

Jamie espera en la estación. Me saluda con la mano cuando bajo del tren. Está tan desesperado por hacer bien las cosas conmigo que quiero estar bien, aunque sea momentáneamente.

Trato de aprovechar que ya llevamos dos terceras partes del recorrido. Miro de reojo a Jamie, apretujados entre mi equipaje en la parte trasera del taxi. Está igual que cuando éramos mayores y vivíamos en el Gran Bosque; es como si hubiera retrocedido en el tiempo, aunque aún no lo sepa. La llama que arde en su interior brilla más que nunca cuando habla sobre las reformas laboral y de las prisiones, y sabe Dios qué más. Bajo la llama sigue imperturbable como una roca, y sé que le irá bien en este mundo a la menor oportunidad.

Llegamos a casa y salimos del taxi con todo el equipaje. Estampo en mi rostro mi mejor sonrisa. Mamá y papá nos abrazan sin resuello y con cuidado de no mencionar a Philippa. Tomamos una cena fría y un chocolate caliente en la cocina y, cuando queremos darnos cuenta, se hace de noche y el reloj da la media noche.

Subo a la que ha sido mi habitación toda mi vida. Me desnudo a oscuras, de espaldas a la cama vacía de Philippa, intentando no recordar el olor del mar.

Es casi Navidad.

Y mi corazón le ruega a mi mente que pare, pero no puedo dejar de pensar en todos los inviernos que he conocido. Lo recuerdo todo porque no quiero olvidar.

26

EN NOCHEBUENA, VAMOS EN AUTOBÚS A LA IGLESIA Y NOS
quedamos fuera bajo un cielo del que cae la nieve como si fueran pétalos de
flores blancas. Encendemos velas y cantamos villancicos.

*La música resuena en el salón del castillo el día del solsticio de invierno. Los
lugareños están reunidos y se muestran más felices que nunca porque sabemos
que no durará. Estamos levantados hasta el amanecer, acompañando a Cervus
en su vigilia, que está a muchas millas de distancia en el anillo de abedules en
lo más profundo del bosque. Cuando se enciende la primera luz en el horizonte,
una sonrisa me ilumina el rostro.*

Volvemos a casa andando porque está nevando, está todo precioso y estamos juntos (o casi).

—*Otra vez, y deja de pensar* —*ordena Héctor con el ceño fruncido cuando
se me cae la daga por décima vez consecutiva.*

*Lo intento de nuevo, tratando de dejar volar la mente, más allá del castillo,
sobre las copas nevadas de los árboles. Libre de interferencias, mis manos se
mueven veloces como el mercurio, haciendo lo que les han enseñado. Durante
un momento soy Evelyn Hapwell y al siguiente levanto la guardia y burlo las
defensas de Héctor, para tocarle con la punta de mi daga el costado desnudo.*

Héctor sacude la cabeza, pero ya no frunce el ceño.

—Mejor, pero aún no está lo suficientemente bien. Sigues siendo una niña con un cuchillo.

Me aparto un mechón de los ojos.

—¿Y qué otra cosa voy a ser?

—La muerte —contesta Héctor sin más—. La muerte sobre pies silenciosos.

Me estremezco. Lo único que quiero es irme, pero en su lugar guardo la daga y comenzamos de nuevo.

Nos vamos a la cama después de la iglesia y permanezco despierta en la oscuridad, mirando la cama vacía de Philippa. Al final, me levanto y dejo su regalo de Navidad debajo de la almohada.

Carámbanos de hielo cuelgan de las ramas de los árboles. La Tierra de los Bosques es un mundo plateado. Inspiro el aire frío mientras me interno en el bosque. Cuando llego a un claro, me detengo y me giro. Cervus está esperando. Acaba de regresar de su vigilia en el corazón del bosque. Su pelaje rojo como las hojas otoñales contrasta con la nieve y la magnífica cornamenta que corona su cabeza.

A la mañana siguiente, Navidad, desayunamos y abrimos los regalos. Sonrío y hablo lo justo para que los demás no se den cuenta de lo lejos que estoy de allí, perdida en mis recuerdos sin fin.

La nieve se derrite poco a poco, gotea de los aleros del castillo y ninguno de nosotros quiere que desaparezca. La primavera significa guerra. Representa lo que probablemente será el comienzo del fin.

Estoy llegando a ese punto oscuro en el que no pertenezco ni a un mundo ni a otro. No tengo lugar. Le prometí a Philippa que no volvería a ocurrir, pero la fuerza que tira de mí es implacable como la gravedad.

Cuando el día de Navidad por la tarde, suena el timbre y aparece Tom Harper en la puerta, visiblemente incómodo, siento que lo invoqué con mis pensamientos. Es la primera cosa real que ha ocurrido desde que llegué del colegio. Es como si solo él estuviera en color en un mundo en blanco y negro.

—Tengo que salir —digo sin darle opción a hablar siquiera. Tom asiente mientras yo agarro el abrigo del perchero—. ¡Salgo un rato! —grito por encima del hombro.

—¿Quién ha venido, Evie? —pregunta papá, pero no le hago caso, pobrecillo, como siempre.

Tom y yo paseamos por las calles desiertas cogidos del brazo. Tom, como es habitual en él, no dice una palabra. La nieve cruje bajo nuestros pies y el cielo adopta un tono dorado suave a medida que avanza la tarde. La luz que sale de las ventanas deja ver árboles de Navidad y familias sentadas a la mesa, cenando, y el aire frío desgarra la niebla que inunda mi interior. Respiro y respiro y respiro hasta que me encuentro por fin, Evelyn Hapwell, paseando por las calles de Londres en compañía de un chico muy amable que es amigo de mi hermano. Me meto en mi propio cuerpo, alejándome de los fantasmas que me persiguen, y con cada paso que doy en este mundo corriente, voy dejando atrás los recuerdos de mi hogar.

Aquí estoy.

—¿Qué haces en Londres? —pregunto, porque eso es lo que hacen las personas, conversar amigablemente. Preguntarse por las pequeñas cosas de la vida.

Tom se quita la gorra y la retuerce entre las manos.

—Llegué ayer. El tío Morris me llamó porque no se encontraba bien, pero cuando llegué se había recuperado. Sinceramente, creo que no quería estar solo en Navidad. Llamé a Jamie esta mañana para preguntarle por ti y me dijo que haría bien en venir.

Lo miro. Es alto y tiene las mejillas sonrosadas, le sale pequeñas nubes de vaho de la boca al respirar.

—Siento que no hayas podido estar en casa.

Tom se encoge de hombros y sonríe cuando me pilla mirándolo.

—Y yo. Pero si me hubiera quedado allí, no habría podido verte. Evelyn...

Hace una pausa y traga saliva. Veo que está tratando de reunir valor. Yo he hecho lo mismo en incontables ocasiones.

—Vuelvo a casa mañana. ¿Quieres venir conmigo? Sé que me dijiste que me fuera y que tienes tus motivos para querer estar sola, pero sea como sea he venido por ti. Aceptaré lo que me des.

—Sí —contesto casi sin dejar que termine de hablar—. Iré contigo.

Me aferro con fuerza a su brazo. Bendito sea este chico, porque es el vínculo que me une a este mundo y no puedo soltarlo, y menos después de haberme resistido durante tantos años. A fin de cuentas, soy una habitante de los Bosques, y tengo mi orgullo.

—¿De verdad que no te importa, Tom? ¿No lo haces por lástima?

Se para delante de mí y me sostiene por los brazos con dulzura.

—Evelyn, a veces, las cosas no salen como la gente espera y le cuesta encontrar su camino. Lo sé. Lo he vivido. No me asusta que tú aún no hayas encontrado el tuyo.

Miro detrás de él. Han encendido las farolas y motas doradas de nieve flotan en los charcos de luz que desprenden.

Más cerca de mí que la nieve y más sólido que un ciervo macho, Tom Harper sonríe y se mete las manos en los bolsillos antes de volver a hablar.

> *"No puede ser infeliz", dijiste,*
> *Sus sonrisas son como estrellas en sus ojos,*
> *Y su risa es liviana como el vilano*
> *Cuando responde.*
> *"¿Es infeliz?", dijiste*
> *Pero aquel que conoce el*
> *Sufrimiento del otro*
> *Conoce también el sufrimiento propio;*
> *A mí me parece serena,*
> *Tan serena como si*
> *Su corazón fuera la hoguera de un cazador*
> *Ahogada en la nieve.*

Tom traga saliva y veo el movimiento de su nuez. Por un momento noto algo dolorosamente familiar, una tristeza que no se ha atenuado con el

---

Traducción libre del poema de *Sara Teasdale, Snowfall.*

tiempo, un dolor desconocido que lo acompañará toda la vida. Reconozco esa mirada porque es la que me persigue cuando me miro al espejo.

Permanecemos allí de pie, mirándonos a la luz de las farolas, atrapados entre constelaciones de nieve. Hay algo más resplandeciente y cálido entre nosotros que la pena compartida, algo que nos envuelve a los dos. Es el ancla que me mantiene unida a este lugar, un vínculo tenue y que me asusta. Haré lo que sea con tal de no dañarlo, de modo que me echo a un lado en vez de dar un paso al frente.

Después de todo este tiempo estoy empezando a ser sensata.

—Deberíamos volver. Mamá y papá se preguntarán adónde he ido —digo, enlazando mi brazo con el suyo.

Regresamos juntos a casa y la nieve ya no me ahoga tanto como antes.

27 ⁓

LA PRIMAVERA TRAE CONSIGO EL BARRO, LA SANGRE Y
la suciedad de la batalla, en vez de brotes verdes y vida nueva. Jamie y Philippa
insisten en estar en la frontera sur; Jamie porque el frente es su lugar, y Philippa
porque sigue haciendo penitencia. Yo me siento como un lugareño más: prepa-
rada, aunque no tenga ganas. No quiero ir, pero hay que hacerlo, y no pienso
perder de vista a mi hermana.

Los habitantes de los bosques no luchan como otros ejércitos que yo haya visto;
mientras que las fuerzas Tarsin llevan uniforme y confían en maniobras bélicas
cuidadosamente planificadas, los moradores del bosque son invisibles hasta que
atacan. Caen de los árboles y lanzan una lluvia de destrucción sobre nuestros
enemigos, desorientándolos por completo. Cuando los soldados Tarsin quieren
recuperar la orientación, los nuestros ya no están.

Pero eso no quiere decir que no haya bajas. Siempre las hay en una guerra.
Cada noche, una partida abandona nuestro campamento oculto en lo más profun-
do del bosque camuflándose entre las sombras para retirar los cuerpos de los caídos.

Una noche veo a Cervus caminar entre los cadáveres que hemos limpiado y
vestido de verde antes de colocar sobre el suelo del bosque. La luna tiña de plata
sus flancos rojos y me fijo en que se detiene junto a cada uno, baja la cabeza y lo
roza con su hocico, como dejándoles una bendición. Tengo que acercarme más

para oír que también les habla, la misma promesa para cada una de nuestras víctimas: "El corazón que pertenece a la Tierra de los Bosques siempre encuentra el camino a casa".

Tomo a puñados los pocos copos de nieve que aún flotan en el aire y los deposito entre las manos frías e inmóviles de los muertos. Al terminar, Cervus se me acerca y posa la cabeza en mi hombro mientras yo le rodeo los hombros con los brazos. La pena que sentimos es tan grande que no sé quién necesita más al otro.

Así que es aquí donde, al final, Jamie, Philippa y yo volvemos a encontrar nuestro sitio. Jamie se va con Héctor mientras Philippa y Alfreya hacen frente a la sangre y el horror en la tienda que hace las veces de enfermería. Y Cervus y yo nos ocupamos de los muertos, de llevarles la paz y la belleza que podemos una vez perdida toda esperanza. La tierra está helada, pero, aun así, levantamos túmulos hasta que los claros que rodean nuestro campamento secreto se llenan de monumentos silenciosos.

La noticia de que las fuerzas del Imperio están a una milla de nuestro campamento llega una noche ya tarde, junto con el cuerpo sin vida de Dorien. Pestañeo para apartar las lágrimas y las gotas de lluvia cuando me lo dejan y Cervus desaparece. Las flechas salen del cuerpo del centinela como siniestras espinas.

Cuando Cervus vuelve, Jamie y Philippa lo acompañan. Se rodean con los brazos, rotos por la pena como yo. Me arrodillo junto a Dorien con su cabeza en el regazo.

Por primera vez oigo el clamor que llega de la frontera, lo trae una racha de viento, flotando entre los árboles. Me levanto, aunque estoy exhausta, y me acerco a mis hermanos. Los tres permanecemos junto a nuestro amigo caído, con la cabeza gacha, soportando el peso de los mundos sobre nuestros hombros.

Yo soy la primera en erguirse. Me ocuparé de los muertos como llevo haciendo las últimas dos semanas para que sus corazones agitados encuentren el camino a casa si ganamos la batalla.

No quiero ni pensar en lo que ocurrirá si perdemos.

—Jamie, tienes que volver al frente. Desenvaina tu espada —le digo.

Jamie asiento, despacio. Se limpia el agua de la cara con una manga y al momento rompe el aire húmedo el siseo metálico de Anvar, su espada, al sacarla de su vaina.

Quiero gritarle que vuelva cuando lo veo atravesar los árboles hacia el barro y el caos del campo de batalla, de vuelta a su lugar, con los demás luchadores. Pero hicimos un juramento. Hicimos un juramento.

De servir. De mantenernos firmes. Y no romperé mi promesa por nada del mundo en ninguno de los mundos que he habitado.

Philippa permanece inmóvil, mirando el cuerpo sin vida de Dorien sin verlo. Le pongo la mano en el hombro, pero la aparta con brusquedad.

—No, Evelyn —me advierte, y cuando por fin aparta la vista del centinela, veo la angustia que se dibuja en todas las líneas de su rostro—. No. No lo hagas cuando el siguiente puedes ser tú o Jamie.

No tengo consuelo que ofrecer. Tiene razón en lo que dice, por duras que sean sus palabras, no puedo negarlo.

Nos vamos cada una por su lado, cada una en direcciones opuestas del campamento, como desafortunadas estrellas. De camino recuerdo aquella otra noche, hace mucho tiempo y en otro mundo, las palabras que me ardían en los labios mientras las bombas caían sobre Londres: en cualquier lugar menos aquí, en cualquier lugar menos aquí, en cualquier lugar menos aquí.

Pero ahora no me salían por mucho que lo intentara. Mi corazón entona una canción muy distinta ahora: en ningún otro lugar que no sea aquí, en ningún otro lugar que no sea aquí, en ningún otro lugar que no sea aquí. Si voy a morir, quiero que sea como habitante de los Bosques. Porque el corazón que pertenece a la Tierra de los Bosques siempre encuentra el camino a casa.

28

JAMÁS HABÍA LLEGADO A UNA ESTACIÓN DE ESTA MANERA,
del brazo de alguien. Mamá y papá arman mucho revuelo ante la idea de
que me vaya con un desconocido, un chico ni más ni menos, pero Jamie ha
silenciado sus lamentos con brusquedad. Y ha sido él quien nos ha traído
a la estación y quien me ha abrazado tan fuerte como si nos estuviéramos
despidiendo para siempre.

Tom es muy cuidadoso conmigo ayudándome a subir al tren. Nos sentamos el uno junto al otro en un compartimento vacío con una bolsa de tofes,
pero guardamos silencio casi todo el rato. Me gusta que Tom sea un chico
callado, que le guste el silencio y no se sienta obligado a hablar de tonterías.

Me doy cuenta de que me he dormido cuando me despierto apoyada en
su hombro. Me quedo completamente inmóvil un momento, con los ojos
cerrados, tratando de identificar su olor. Azúcar quemada y chocolate de los
tofes, y su abrigo huele a lana y aire puro.

Me incorporo de golpe y me separo de él unos centímetros mascullando
una disculpa. Tom se sonroja, se pone del color de su pelo, pero una sonrisa
se oculta en las comisuras de sus labios.

La llegada del carro de la comida suaviza la incomodidad del momento.
Podemos elegir entre sándwich de ensalada de huevo con una pinta dudosa
o el omnipresente sándwich de jamón reseco y queso. Me he aficionado

bastante a ellos. Pero lo que más me gusta de comer estos sándwiches es ver cómo Tom se come cuatro seguidos. Nos comemos unos cuantos tofes más después y Tom saca un termo de té de su bolsa. Los valles pasan a gran velocidad al otro lado de la ventanilla, dejando adivinar su delicioso verdor por debajo del manto de nieve. El cielo se va cubriendo y las ovejas se apiñan en los prados o junto a un promontorio que les ofrezca algo de protección. Intento no buscar espíritus de los árboles en las copas o centinelas de piedra entre las sombras de los peñascos, pero siempre están ahí, los fantasmas que me siguen a todas partes.

Sin embargo, esta vez veo más allá. Miro las ovejas, el inteligente collie que guarda el rebaño y el pastor que trabaja con él sin necesidad de hablar. Busco la belleza en esas cosas. Busco la magia.

Y para mi sorpresa, la encuentro. Está en la manera en que el perro se anticipa al silbido de su dueño, y la forma en que las ovejas se reúnen y se mueven en grupo. Está en los estorninos que levantan el vuelo asustados cuando cruzamos la llanura moviéndose como uno solo en un murmullo de plumas y determinación. Está en los árboles que siempre me han parecido que no tenían vida, que en este mundo extraño despliegan sus huesos desnudos hacia el cielo invernal, queriendo tocar las estrellas.

Cuando me aparto de la ventana, Tom me está mirando con expresión de curiosidad.

—¿Qué has visto? —pregunta.

—Todo —contesto yo—. El mundo.

—¿Y qué te ha parecido?

No es una pregunta insignificante. Busco las palabras adecuadas antes de contestar.

—Creo que ahora mismo soy feliz aquí, contigo.

El tren comienza a reducir la velocidad y el revisor pasa por el pasillo anunciando la parada de Edgethorn Halt. Me baja un reguero de sudor frío por la espalda. Ya estamos. Final de trayecto. Es hora de bajarse del tren y presentarme.

La granja de los Harper se encuentra a tres millas de la estación de Edgethorn Halt. Como no llevamos mucho equipaje porque la mayoría de nuestras cosas están en el colegio, Tom le dijo a su familia que no hacía falta que vinieran a buscarnos, así que vamos caminando.

Estas son las cosas que quiero recordar: el aire frío. El cielo gris lo bastante despejado como para que el sol se asome de vez en cuando, como una luz intermitente. Los balidos distantes de las ovejas que descienden de las colinas. Tom cargando con nuestras maletas en una de sus fuertes manos, para poder tomarme de la mano con la otra. Entrelazo los dedos con los suyos porque necesito coraje, aún me siento frágil y un poco a la deriva, aunque esté en tierra. He visto la guerra, la muerte y la oscuridad, pero jamás había ido a casa con un chico. El corazón se me sube a la garganta cuando comprendo que al final de este paseo conoceré a esas personas que lo aman y van a evaluarme.

No tardamos en llegar al pie de una colina coronada por una casa de piedra de planta alargada y dos plantas que parece haber brotado de la misma tierra. Nos detenemos, el uno junto al otro, y nos quedamos mirando el sendero de entrada ascendente.

—Ya estamos —dice Tom al cabo de un momento—. Papá y Meg estarán aún en los campos, pero mamá y Annie seguro que están en casa. ¿Quieres que te meta a escondidas?

No me importa que las cosas sean un poco raras más tarde. Acepto.

—Ay, Tom, ¿lo dices en serio?

—Por ti, lo que sea —dice él con una sonrisa ladeada.

No sé qué decir. Estoy otra vez fuera de los márgenes del mapa (parece que vivo aquí, solo que de vez en cuando hago pequeñas incursiones en terreno conocido). Caminamos por el sendero y rodeamos la casa para acceder a la casa por la puerta de atrás, a través de un vestíbulo atestado de botas, palos de críquet y cajas de patatas, para subir por unas estrechas escaleras hasta una pulcra habitación de invitados. La cama tiene una colcha del color del mar embravecido y veo un lavamanos con una palangana y una jarra para el agua. El fuego crepita en la pequeña chimenea. Han sacado toallas limpias y me llega el olor de la pastilla de jabón de rosas que han dejado encima.

Tom permanece en la puerta, retorciendo la gorra entre las manos.

—No me di cuenta de decírtelo, pero no tenemos agua corriente todavía. Es una de las cosas que no hemos llegado a hacer nunca, y sé que no estás acostumbrada, así que ahora me siento como un idiota por no haber dicho nada. Si miras por la ventana, verás el retrete.

Aparto las cortinas de encaje y miro hacia el patio. Ahí está el retrete y dos largos establos de poca altura, y en uno de ellos, una corpulenta novilla come heno tranquilamente.

—Lo siento. ¿No te gusta? No tienes que quedarte si no quieres.

Al oír la incertidumbre en su voz, me doy la vuelta para mirarlo.

Lo que no me gusta es ver al afable y siempre seguro de sí mismo Tom Harper sentir vergüenza de su propia casa solo porque estoy yo aquí.

—Es perfecta.

Mis palabras dejan ver que lo digo es verdad y Tom se alegra al instante. Deja la maleta junto a la cama.

Una vacilante llamada a la puerta llama nuestra atención.

—Hola, Tommy.

Tom cruza la habitación en dos zancadas y toma en sus brazos a su hermana pequeña, Annie, que tiene que rodear el hombro de su hermano para verme porque es demasiado pequeña para mirar por encima. Tiene una carita inteligente como de elfo y me sostiene la mirada con seriedad durante un momento antes de esbozar una cálida y sincera sonrisa, que es como el sol después de la lluvia.

A continuación, y para mi sorpresa, se aparta de Tom y me da un abrazo tan tierno y natural como el que acaba de darle a él.

Vacilo un instante. Hace mucho que no me siento completamente yo para saludar a un desconocido sin mostrar desconfianza, pero no puedo evitarlo; mis brazos rodean a Annie Harper y me siento genuinamente feliz cuando me susurra:

—Hola, Evelyn Hapwell. Me alegro mucho de conocerte.

—Qué extraño —le susurro yo—. Yo iba a decirte lo mismo.

—No estuviste aquí para los regalos —le dice a Tom—. Pero te hice tofes y te he tejido otro jersey. Y esta vez no me ha ayudado Meg, lo he hecho yo solita.

—Esa es mi chica —dice Tom, y lo único que deseo es que alguien me mire con ese afecto sincero que muestra Tom por su hermana pequeña.

La chica se aparta un poco de mí y va hacia la puerta.

—¿Bajáis? La cena aún no está lista, pero os prepararé un té y hay galletas.

Tom me mira.

—Lo que quiera Evelyn. A lo mejor quiere descansar un poco antes de conocer a los demás.

—Enseguida bajamos —le digo—. Me apetece mucho un té.

Annie sonríe de nuevo y habría que ser mala persona para no devolverle la sonrisa. Cuando la oigo bajar las escaleras, abrazo a Tom, un abrazo rápido pero intenso.

—Gracias. Gracias por haberme invitado a venir. Todo es perfecto.

Él sonríe y arrastra un poco la bota por la alfombra trenzada.

Oímos a su madre antes de verla siquiera. El ruido de los cacharros de cocina y su canto suben hasta nosotros mientras bajamos por los estrechos escalones que van del descansillo de la planta superior a la escalera de la entrada principal, junto con el olor a carne guisada con verduras. Tiene una bonita voz, no diría que hermosa, sino más bien fuerte y afinada.

Cuando por fin llegamos a la puerta de la inmensa cocina, siento que conozco este lugar. Jamás había estado aquí antes, pero es muy hogareño. Es tal y como imaginaba que sería el hogar de Tom Harper. Su familia no podía ser de otra manera. Su padre y Meg acaban de llegar de los campos y los oímos quitarse las botas de trabajo en la entrada. Parece que todas las puertas conducen a la cocina en la casa de los Harper.

La señora Harper es pelirroja y huesuda como el propio Tom y como Meg. Los tres se parecen mucho: desgarbados, de ojos brillantes y una sonrisa que derretiría un iceberg. Su padre y Annie son los que no parecen de la familia: más bajos, con el pelo oscuro y un carácter más tranquilo. No es que Tom, Meg y su madre sean personas ruidosas exactamente, pero cuando están juntos, su confianza en sí mismos y su carcajada franca llenan la habitación. Annie y el señor Harper observan el espectáculo y se miran de vez en cuando con sonrisa cómplice.

Yo permanezco un poco apartada, fuera de su cháchara de familia feliz. Me alegra y a la vez siento un poco de nostalgia. Yo también era así, antes, despreocupada y cómoda conmigo misma, porque sabía dónde estaba mi sitio.

En ese momento me fijo en el alféizar de la ventana, justo al lado de los fogones. Entre la gran variedad de objetos, las botellas de cristal azul y los esquejes puestos en agua para que echen raíces, hay dos fotos enmarcadas, cubiertas con un paño negro y flores frescas cuidadosamente dispuestas entre ambas. En cada foto se ve a un chico de uniforme, uno corpulento y de hombros anchos como Tom, y el otro un poco menor, con el mismo aire que comparten su padre y Annie.

Los Harper no son despreocupados. Han conocido calamidades. Y no pueden sentirse tan cómodos como parece cuando llevan la pena en sus corazones, recordándoles que está ahí cuando dan un paso en falso. Y a pesar de ello se ríen. Aman. Siguen adelante.

Me siento en uno de los bancos que han acercado a la larga mesa y observo, ansiosa por aprender el truco de la felicidad.

Meg le da un codazo en las costillas a Tom tras los saludos iniciales y una vez se han puesto al día de todo. Mueve la cabeza en dirección a mí y le pregunta algo. Él se gira hacia mí con una sonrisa tranquila y cómplice en los ojos. Pensar que he vivido mis dos vidas sin saber que quería ser la destinataria de una sonrisa como esa.

Meg dice algo más y cruza la cocina para venir a sentarse a mi lado, las piernas enfundadas en pantalones estiradas, el cuerpo sobre la mesa y los codos hacia atrás.

—Le he dicho que pareces un pájaro silvestre, aquí sola —me dice, sin molestarse en presentarse—. Sentada mientras lo observas todo sin saber si echar a volar o confiar en nosotros. Y me ha dicho que no me equivoco, pero que, como cualquier animal salvaje, tienes que decidir y que nosotros no podemos obligarte a que nos elijas. Así que supongo que, dadas las circunstancias, debería haberme acercado con más sigilo, y un puñado de alpiste.

Esto último lo dice con un tono tan seco y una expresión tan seria que no puedo evitar soltar una inesperada carcajada. La seriedad de Meg da paso a una expresión complacida y a continuación mira a Tom con gesto satisfecho.

Me voy deshelando con el calor que reina en esta cocina atestada. Siento que mi invierno va cediendo a la primavera.

En el otro extremo, Annie va a buscar su regalo de Navidad para Tom, que se lo pone orgulloso, un nuevo jersey con un dibujo que podrían ser hojas o veleros. Después vuelve a guardarlo en la caja y se remanga la camisa. Me sorprendo pensando que es perfecto, todo él, incluso sus orejas un poco de soplillo.

Annie se acerca a nosotras, se sienta a mi lado y entrelaza el brazo con el mío. Tom está de pie frente a las tres, con los brazos cruzados y una sonrisa ridícula. Desprende felicidad por los cuatro costados y no sé si por el hecho de estar en casa, por mi presencia o si es solo la euforia de las vacaciones.

—¿Todo bien, Evie? —pregunta, la primera vez que me ha llamado por el diminutivo—. Pareces una rosa entre tanta espina.

Meg pone los ojos en blanco y Annie sonríe, ajena a la broma. Siento que me pone roja como un tomate, pero la señora Harper me salva cuando se da la vuelta desde los fogones y atiza a Tom en una mano con la cuchara de madera.

—No seas bobo —le riñe—. No creas que le vas a gustar más a la chica por eso. La gente normal charla de cosas normales. Evelyn, cariño, ¿quieres ayudar a Annie a poner la mesa? Ella sabe dónde está todo: ella lo saca y tú lo colocas. Meg, lávate las manos. Llevas medio patatal en esas uñas.

Es mágica la forma en que me integran en la familia sin necesidad de cumplidos y charla incómoda. Estoy aquí como si hubiera sido siempre así. Pongo la mesa y comemos el delicioso asado de la señora Harper; Meg, Tom y su madre charlan entre sí como cotorras mientras el señor Harper, Annie y yo escuchamos y reímos. La emoción de compartir tanto buenos deseos y tantas esperanzas, y la sensación de que he encontrado mi sitio me deja sin aliento cuando llega la hora de irse a dormir

29

A LA MAÑANA SIGUIENTE, CUANDO BAJO A LA COCINA, HACE rato ya que se han ido el señor Harper y Meg. Annie también ha salido a ver a una amiga en el pueblo. Así que quedamos Tom, su madre y yo, así que el desayuno es más tranquilo que la cena de la noche anterior.

—Deja que te vea bien, Evelyn —dice la señora Harper cuando me siento y me sirvo un té con un muffin.

Me clava los ojos verdes y yo la miro un tanto vacilante, no muy segura de lo que verá. Hubo un tiempo en que sí sabía cuál era mi sitio, cuando recorría libre y despreocupada el Gran Bosque. Ahora me siento tan fuera de lugar con esta falda y esta chaqueta, y el pelo recogido en un moño porque no tengo intención de hacerme la permanente. Al menos por fuera. Por dentro ni siquiera yo sé qué aspecto tengo.

Pero la señora Harper parece satisfecha con lo que ve en mi interior, porque eso es lo que está mirando, con unos ojos que me atraviesan, directos al corazón. Al cabo de un momento, asiente y se pone a untar mantequilla en la tostada.

—Sé bueno con ella, Tom. Tiene un corazón sensible.

Es lo mismo que solía decirme Alfreya sobre Philippa cuando entraba en la cocina por la noche, quejándome de lo estricta y quisquillosa que podía ser mi hermana.

Cuánto te echo de menos, Philippa, casi tanto como echo de menos nuestro hogar.

Bebo un sorbo de té para tranquilizarme. Se acabó el arrepentimiento. Se acabó mirar atrás. A partir de ahora miraré hacia delante y seré feliz. Seré la chica más feliz del mundo.

—¿Qué planes tenéis para hoy? —pregunta la madre de Tom mientras echa la silla hacia atrás y se sacude las migas de la amplia falda.

—Había pensado llevar a Ev a Whitcom Manor y enseñarle el invernadero. Si no le importa caminar un rato —dice, mirándome con gesto interrogativo y yo asiento con la cabeza.

—Me encantaría dar un paseo.

—Entonces haremos eso —dice Tom, recogiendo su plato y sus cubiertos, y llevándolos al fregadero.

Hace buen día, el tibio sol arranca destellos a los carámbanos, aunque no es lo bastante fuerte como para derretir la escarcha que cubre los valles. Bajamos por el sendero con gruesas botas, abrigo y guantes, las mejillas sonrojadas y echando vaho por la boca al respirar hasta que llegamos a una enorme verja de hierro forjado tras la que arranca un camino de gravilla que serpentea hasta terminar en una cuidada zona de aparcamiento.

Tom se detiene delante de la verja y manipula el candado. El hierro está hábilmente labrado formando una escena sacada de un bosque, con ciervos entre los árboles y todo. Intento calmar el latido de mi corazón y el movimiento de mi estómago. Es solo una verja de hierro en una zona rural inglesa con un dibujo bastante común.

Cruzamos y los setos que crecen al borde del camino de entrada dan paso a unas praderas de césped perfectamente cortado y arboledas muy cuidadas. Hay un pequeño lago con una fuente en el centro, que no funciona durante el invierno, y hago lo imposible por no fijarme en que también tiene forma de ciervo, con la cabeza echada hacia atrás para que el agua salga de su boca. La mansión se levanta justo detrás del lago, de modo que la fachada de piedra se refleja en sus aguas. Es un lugar lleno de paz, un lugar que podría gustarme si no fuera por los ciervos de bronce que custodian la puerta principal.

Tom me guía hacia la parte de atrás del invernadero y yo procuro mantenerme lo más cerca posible sin agobiarlo. Casi no me fijo en el cuidado jardín de la cocina y sus arriates con cultivos de invierno y verduras en jardineras acristaladas. Sigo a Tom cuando entra en el invernadero, que brilla bajo el sol.

De repente es como si no fuera invierno.

El aire del interior es cálido como un día de verano. El calor sale de una estufa panzuda situada en un rincón proporciona calor sobre la que hay varias cacerolas burbujeantes de las que sale el vapor que mantiene la humedad del aire, casi como si fuera tropical. El dulce aroma de las flores de limonero se mezcla con los aromas ácidos de las hierbas aromáticas que crecen en macetas: estragón, albahaca, romero. Es mágico este pedazo de verano en pleno diciembre. Acaricio los pétalos aterciopelados de una orquídea y sonrío.

—¿Te gusta? —pregunta Tom—. Cuando terminan las clases en verano, vengo a ayudar con las tareas de jardinería. Los jardines están como aquí dentro, hay flores por todas partes.

—Me encanta.

La idea de volver a pasar entre todos esos ciervos me resulta intimidante, pero intento apartar el pensamiento de mi cabeza y permanecer aquí, estar presente, en este momento, rodeada de belleza y calidez.

Nos quedamos un rato más en el invernadero, comiendo cada uno la mitad de un limón maduro. Cuando llega el momento de irnos, Tom me ayuda a ponerme el abrigo y coge un cubo metálico al salir.

—Quiero enseñarte otra cosa más —dice—. No te alejes mucho de mí.

Frunzo el ceño, pero lo sigo al fondo del invernadero y atravesamos el parque, en dirección a los árboles grisáceos y desnudos. Cuando estamos cerca, agita el cubo y grita:

—¡Hola! ¡Vamos, chicos! ¡Acercaos!

Pasa un buen rato sin que ocurra nada. Tom vuelve a gritar y entonces salen de entre las sombras: dos ciervos gemelos, con el pelaje del color de las hojas en otoño.

Tom no puede saberlo, no puede, pero eso no cambia que el corazón esté a punto de salírseme del pecho, el terrible dolor que me presiona el pecho. Me quedo en el sitio, inmóvil, sepultada bajo la avalancha de recuerdos que arrasa mi mente.

Cervus en el Gran Bosque, el círculo de abedules, el castillo. Cervus invocándome desde un lugar al que sí pertenecía. Cervus curándome las manos con solo tocarlas. Cervus y yo ocupándonos de los muertos.

Uno de los ciervos se acerca a comer el grano del cubo y apoya la cabeza en el hombro de Tom, que le rodea el cuello con el brazo.

Cervus en la playa.

Lluvia gris. Mar gris. Cielo gris.

Me giro y salgo corriendo hacia la verja de hierro. No me paro hasta que llego al sendero del otro lado y me cuelo por el seto y sigo corriendo, tropezando de vez en cuando con una piedra o una madriguera de conejo. No miro hacia atrás para ver si Tom me sigue; espero que no, porque siento que me ahogo en los recuerdos y estoy a punto de sucumbir a ellos.

Cuando encuentro por fin un afloramiento rocoso que me ofrece algo de protección contra el frío viento, me siento en el suelo, apretándome bien contra la roca, y me llevo las rodillas al pecho porque...

... estamos perdiendo la batalla.

El Imperio ha abierto un gran boquete en la espesura del Gran Bosque, cortando y quemando en su avance hacia el corazón del bosque con su despiadado fuego heracleo. La lucha se recrudece, se ha extendido a nuestro campamento incluso.

—¡Cervus! —grito entre el caos—. Cervus, ¿dónde estás?

Aparece de repente, la única criatura inmóvil en aquella espantosa escena en movimiento. Corro hacia él, esquivando a un soldado Tarsin en el camino.

Ya quedamos muy pocos, aunque no es posible que nuestro enemigo lo sepa. El ejército reunido por Héctor sigue luchando como humo en el bosque, apresurándose en el ataque para retirarse con la misma rapidez. Son veloces y listos, y están desesperados, pero también los superan terriblemente en número.

—Llévame con mi hermana —le suplico. Atravesamos a duras penas el campo de batalla, sembrado de cadáveres y armas abandonadas, y un humo denso de árboles y tiendas quemados.

A mitad de camino del claro surge un horrible grito entre los soldados Tarsin. Presa de la confusión, miro a nuestro alrededor, y veo, al borde del claro, un carro tirado por una figura formidable con cota de malla dorada reluciente incluso bajo el tenue sol primaveral.

—¿Es él? —pregunto con un susurro.

—El Emperador Tarsin en persona —responde Cervus—. Señor del Mundo Conocido si este frente y el de Illyria caen.

Pero algo ha sucedido, algo de lo que no se han dado cuenta las tropas imperiales, inmersas en sus gritos de guerra.

El campo se ha vaciado de pobladores de los bosques. Aunque aún se oyen los gritos de dolor de los heridos y los moribundos, Cervus y yo permanecemos en pie en mitad del claro, solos, rodeados por las ruinas de nuestro campamento.

—¿Te rindes, Cervus? —clama el Emperador con una potente voz que resuena entre los árboles—. Inclínate ante mí y te juro que dejaré en pie unos pocos árboles. Un puñado de tristes cadáveres desperdigados en los que puedan ocultarse el puñado de habitantes de los bosques asustados que queda con vida y cuenten la historia de cómo destruyeron su país.

Cervus permanece erguido orgullosamente a mi lado. Por encima de nosotros, la brisa agita las ramas de los árboles florecientes. Me aferro con fuerza a Cervus, hundiendo los dedos en su denso pelaje. La brisa se convierte en un viento que va camino de formar una tempestad. Las hojas se arremolinan en el claro y entre los soldados imperiales. Oigo un suave tintineo de campanillas.

Las hojas siguen arremolinándose alrededor del carro del Emperador que guarda silencio, ya no hace más ofertas inútiles. Cervus y yo nos miramos. Los soldados miran a su señor, confusos, y Vaya adopta forma de mujer mientras el

Emperador palidece y se vuelve azul a continuación mientras se lleva las manos a la garganta.

Cuando los primeros soldados corren hacia el carro, Vaya se desvanece, flotando en la brisa, y el Emperador cae al suelo de rodillas, intentando recuperar la respiración con grandes bocanadas. Es un momento de incertidumbre, sin amenaza de fuego, lo único que necesita Héctor.

Los últimos pobladores de los bosques emergen de los árboles cercanos sin hacer ruido, descalzos, sin pronunciar palabra. Héctor carga al frente de sus hombres, Jamie entre ellos. Pero hasta que no empiezan a luchar con los últimos soldados de la guardia del Emperador, los demás soldados imperiales no se dan cuenta de lo que sucede. Los espíritus de los árboles pululan entre el ejército Tarsin, aparecen de repente y al momento ya no están, estrangulando con dedos invisibles y sembrando el terror a su paso. Cunde el pánico entre las tropas imperiales.

Y en ese momento, Héctor detiene la jabalina del Emperador protegiéndose con sus dos espadas cruzadas y alcanza el carro. Durante un instante de confusión no sé quién va a ganar la batalla, pero el miedo es visible en los feroces ojos del Emperador.

La voz de Héctor resuena en el claro.

—¿Nos oye el Imperio ahora?

El Emperador levanta una mano envuelta en llamas, pero las espadas de Héctor se mueven más deprisa; las hojas cortan limpiamente y la sangre brota, humeante, y el Señor del Mundo Conocido cae decapitado en el suelo de la Tierra de los Bosques.

—¡Evelyn! —La voz de Tom flota en el aire—. Ev, ¿dónde estás? Tienes que salir y decirme qué ha pasado.

El Imperio ha sido derrotado. Los soldados que quedan huyen hacia el sur, aterrados, sin atreverse a mirar atrás. Aun así, algo me reconcome por dentro, un desasosiego persistente. Cervus se dirige a Héctor y sus hombres, que se han echado a un lado mientras los soldados Tarsin huían. Yo doy media vuelta y salgo corriendo hacia la tienda enfermería, con el miedo atenazándome la garganta como un espíritu de los árboles.

En el desconcierto de la batalla no había visto al hijo del Emperador. No había visto ni rastro de Venndarien Tarsin y sus ojos hambrientos y codiciosos.

—Vamos, Ev.

Tom intenta no mostrar la exasperación que siente, pero no es la primera vez que oigo ese tono. Se está cansando de mí. Está empezando a preguntarse si de verdad merezco la pena y ya es hora de que se dé cuenta.

La tienda alargada de la enfermería está hecha un desastre, los camastros volcados, la loza hecha añicos, las vendas sucias desperdigadas por todas partes.

—¿Philippa? —la llamo con voz entrecortada—. ¡Philippa, contéstame!

Nada.

—¡Philippa!

Un débil sonido llama mi atención. Viene de detrás del biombo situado en un extremo, donde guardamos a los muertos. Corro hacia él, echando mano de la daga que no he utilizado nunca, pero que Héctor me permitió que llevara encima.

Detrás del biombo está Venndarien Tarsin, inmovilizando a mi hermana con la punta de un cuchillo en el costado mientras le tapa la boca con una de sus manos blancas como un muerto.

—La mataré —sisea—. La destriparé, cervatillo, como no me dejes pasar.

Sin decir una palabra, suelto la daga y me hago a un lado.

Venndarien pasa a mi lado hacia el pasillo central de la enfermería, empujando a Philippa delante de él. Los ojos oscuros de mi hermana están apagados, resignados. Puede que Philippa hubiera albergado una brizna de esperanza en mí, pero creo que nunca creyó que hubiera esperanza para ella.

—Evelyn... —La voz de Tom se va apagando a medida que se aleja por el sendero. Me quedo sola con mis recuerdos.

Que tampoco es que me importe. Llevo años viviendo con estos fantasmas.

Antes de que Venndarien de un paso más, saco otro cuchillo que llevo oculto en la manga.

"Si tu intención es matar a un hombre —me había dicho Héctor—, ten siempre a mano un segundo cuchillo."

Hago lo que él me enseñó, que es silenciar aquella parte más frágil y entusiasta. Sin sentimientos, ya no soy un agente de muerte, soy la muerte, que avanza con paso silencioso. Tiro de la cabeza de Venndarien hacia atrás con mano segura, mientras que con la otra le abro la garganta con un corte limpio.

La sangre brota y me cubre las manos seguras de lo que han hecho mientras mi corazón no tan seguro se rompe en pedazos. Philippa se gira y la sangre la salpica también a ella. Venndarien Tarsin cae de rodillas y se derrumba en el suelo. El siniestro fuego de sus ojos se apaga.

—No se lo digas a nadie —susurro mientras Philippa me rodea con sus brazos y esconde mi cara en su hombro—. He cumplido mi promesa, pero no le digas a nadie lo que he hecho.

Mis manos asesinas siguen tibias y pegajosas, y jamás conseguiré limpiarles la sangre por completo.

Es casi de noche cuando entro en la acogedora y cálida cocina de los Harper. Están todos sentados a la mesa y se vuelven a mirarme. En el rostro de Tom hay una mezcla de alivio y tristeza.

—Vuelvo al colegio mañana —le digo.

—No es necesario, cariño —dice la señora Harper, aunque parece preocupada—. Puedes quedarte con nosotros todo el tiempo que quieras.

—No. Tengo que irme.

Nada podrá hacer que cambie de opinión.

30

PONGO CARA DE VALIENTE POR ANNIE Y POR TOM. CUANDO
sube a mi habitación a la mañana siguiente, estoy tranquila, he hecho el
equipaje y llevo puesto el uniforme del colegio. Le sonrío con los labios, pero
no con los ojos, y él me devuelve el gesto, aunque parece preocupado. Abajo,
en la cocina, abrazo a Meg y a la señora Harper, que me invita a volver cuando quiera, insiste incluso, que vaya a verlos, aunque no estoy muy segura de
que lo diga de verdad. El señor Harper está en el campo ya. Dejo el último
abrazo para Annie, estrechándola contra mi cuerpo como si fuera a asfixiarla
con la fuerza de mis brazos. Me mete una bolsa de tofes en el bolsillo y me da
un beso en la mejilla, mirándome con su rostro franco e inocente.

No cambies nunca, Annie. No dejes que los mundos por los que camines
te corrompan.

Meg nos lleva a la estación en su vieja camioneta. Cuesta mucho hundir-
se en la melancolía mientras vas rebotando con los baches del camino, pero
me mareo. En el tren, me acurruco en el vagón con la cabeza apoyada en la
ventanilla y miro los campos pasar.

Lo único que veo es arena gris. Mar gris. Cielo gris.

Tom no intenta siquiera sacarme de mi encierro y entablar conversación,
y en ningún momento me pregunta qué me pasa. Va sentado a mi lado, mi

mano en una de las suyas. Cuando pasa el carro de la comida, le hace un gesto para que no se pare. No me lo merezco.

Demasiado pronto para mi gusto, el tren se detiene en Hardwick. Tom me acompaña hasta el principio de la calle del St. Agatha y se detiene, arrastrando la bota por el terraplén que se forma en el punto donde nos separamos.

—¿Ev? ¿Seguro que estás bien?

—No lo sé —contesto con sinceridad. A continuación, tomo mi bolso de viaje y sigo por la calle sin decir una palabra más, porque no soy capaz de decir "adiós".

Atravieso el patio al llegar al colegio y voy a mi habitación, desierta tres días antes de que empiece el nuevo trimestre.

Sueño con la Tierra de los Bosques.

Tierra gris. Mar gris. Cielo gris.

Sueño con el momento que recibimos la noticia de que el Imperio se está desmoronando, dividido por las luchas internas por el trono vacante. Y en cómo cada noche, cuando creía que el recuerdo de aquella última batalla y la sangre en mis manos iban a asfixiarme, Philippa se acercaba y lo borraba con su tranquila presencia y sus dulces palabras. Empezábamos a estar enteros otra vez.

Sueño con que, en verano, los que quedábamos volvíamos a la vida. Íbamos al Gran Bosque, no a cantar y a bailar como antes, sino a retirar huesos y armaduras, ramas quemadas y los restos abandonados del campamento. Y así, el día más largo, cuando Cervus hacía su vigilia en el círculo de abedules hasta que se pone el sol, y empezamos a plantar nuevos árboles. Cada joven árbol era un deseo y una plegaria. Yo planté una joven haya en un hueco oculto y recité la bendición de los Bosques sobre los corazones y el camino a casa mientras aplastaba bien la tierra sobre sus fuertes raíces, y al levantarme, susurré también el nombre de Dorien. Planté un roble en un valle que Vaya me mostró una vez, junto al tocón de un inmenso árbol que cantaba su propia canción funeraria. Introduje las raíces del arbolito en la profundidad de la tierra, junto con mi pena, mi miedo y mi dolor, y cuando me fui del valle, volvía a sentirme yo otra vez: Evelyn de la Tierra de los Bosques, una chica que había encontrado su sitio.

Y sueño con aquellas tardes perezosas en las que paseaba por el Bosque con Cervus, en silencio, compartiendo el peso del mundo.

Lejos del Gran Bosque, el mundo me pesa demasiado sobre los hombros, Cervus. No soy Atlas, no puedo soportarlo yo sola.

—¿Te has olvidado? —pregunta Jamie, arrancándome de mis sueños despierta. Parpadeo, sin saber a ciencia cierta dónde estoy, pero veo las paredes de la biblioteca. Ahí están la ventana que da al patio de entrada, por la que se ve que hace un día de finales de invierno con cambios de tiempo, ahora nubes, ahora sol débil.

Me froto los ojos con una mano.

—¿Qué he olvidado?

El rostro de Jamie es como un campo de batalla en el que lástima y rabia, tristeza y miedo pelean por la supremacía.

—Te llamé la semana pasada. Es tu cumpleaños. He venido para sacarte de aquí. Ev, ya lo habíamos hablado.

Es mi cumpleaños. Diecisiete. La misma edad que cuando abandoné la Tierra de los Bosques.

Darme cuenta hace que me maree un poco cuando me levanto y Jamie me sujeta del brazo.

—Tranquila.

Si Philippa estuviera aquí, me diría que tengo que controlarme, que no puedo derrumbarme así, que no es propio de una chica que ha vivido la guerra no en mundo, sino en dos. Pero es Jamie, por lo que se limita a mirarme con gesto de tensión y preocupación. Nos andaremos por las ramas todo el día, hasta que lleguemos a su sermón bienintencionado después de horas preparándolo.

Suspiro y me resigno a mi destino.

—Y bien, ¿qué quieres hacer? —pregunta Jamie mientras me siento en el asiento del copiloto—. ¿Ir al cine? ¿Ir a comer a algún sitio? Es tu día.

No lo sé. Si no sé quién soy, ¿cómo voy a saber qué quiero hacer? Quiero irme a casa, pero ese deseo no me lo puede conceder Jamie.

—Tú conduce —digo, y me pierdo en el paisaje que se ve por la ventanilla. Subimos colinas y atravesamos valles, dejamos atrás bosques y arroyos, seguimos el camino de cercados de piedra y los campos al otro lado, cubiertos con un manto blanco.

Jamie se detiene en un pub a comer algo, pero yo no quiero entrar porque no soporto el ruido y pide que le envuelvan los sándwiches para llevar. No como nada. No tengo hambre ni palabras. He perdido la voz en este lugar, igual que les habrá pasado a los árboles y los animales.

A media tarde empieza a llover. Seguimos conduciendo. La ventanilla se llena de gotas, mientras que el limpiaparabrisas barre el agua de la luna delantera con un rítmico sonido, como olas grises sobre la arena gris.

Estoy esperando en la playa. ¿Dónde estás?

Cuando subimos por el sendero de entrada del St. Agatha, Jamie ha tenido que encender las luces del coche. La grava cruje bajo las ruedas cuando se detiene. Miro a través de la cortina de lluvia el patio oscuro y mojado.

—Ev —dice Jamie, jugueteando con un hilo suelto del guante.

Aquí llega el sermón. Pobre Jamie. Tiene un gesto derrotado en los labios. Siempre ha podido resolver los problemas de todos menos los suyos.

—No quería llegar a esto, pero creo que debo hacerlo, así que te lo diré sin rodeos.

Se queda mirando el triángulo que forman los faros del coche y yo guardo silencio. Así no es como empiezan sus sermones habituales sobre lo de estar presente, vivir las circunstancias que me rodean y asumir responsabilidades. Se trata de otra cosa.

Jamie se vuelve hacia mí y me mira como desafiándome a preguntarle qué es lo que quiere decir. Y al mismo tiempo es una mirada triste y me hago pequeña, me alejo de lo que se avecina.

—No vamos a volver —dice—. No hablo solo de mí, sino de también Philippa y de ti también. Ninguno de los tres volverá, nunca. Tienes que dejar de esperar. Tienes que empezar a vivir en este mundo. No somos habitantes de la Tierra de los Bosques, nunca lo fuimos. Somos lo que somos y tenemos que sacarle el mayor provecho.

—¿No te acuerdas? —pregunto yo y mis palabras suenan extrañas y distantes, como si salieran de mi boca en un susurro apenas audible. Son como las olas, como la lluvia—. El corazón que pertenece a la Tierra de los Bosques siempre encuentra el camino a casa. ¿No significa eso que vamos a volver?

Jamie se quita los guantes y los aprieta con una mano.

—Ya sabes lo que nos dijo Cervus, aquel último día en la playa. Pero tú tienes que decirlo también, Ev. Lo siento, pero tienes que hacerlo.

Yo sacudo la cabeza.

—Jamie, no me hagas decirlo.

Pero Jamie no cede. Siempre ha sido así cuando las circunstancias lo exigían.

—Dime lo que Cervus nos dijo en la playa, Evelyn.

Arena gris. Mar gris. Cielo gris. Mis palabras apenas audibles como si estuviera exhalando mi último aliento.

—Dijo que no volverá a invocarnos. Que no puede.

—Puedes construirte una vida aquí —me dice Jamie con la mirada iluminada—. Sé que puedes. Eres lo bastante fuerte.

—¿Cómo? —pregunto yo, desesperada por encontrar esa esquiva brizna de esperanza.

—Las cosas no son tan fáciles aquí, lo sé —admite mi hermano—. Creo que nuestro mundo se parece más a Tarsa que al Gran Bosque la mayoría de las veces. Pero tú y yo nacimos en este mundo, Ev, y no tenemos que abrirnos paso a machetazos en sus partes más oscuras. Podemos darles la vuelta a las cosas. Buscar el lado positivo, algo a lo que agarrarnos.

Pero yo no sé cómo vivir en este mundo gris, cómo separar la luz y las sombras cuando para mí van juntas.

—Lo intentaré —digo, la mentira más gorda que he dicho en mi vida. Ya me he cansado de intentarlo. Lo he hecho durante seis agónicos años, atrapada en este mundo por la fuerza de voluntad de mis hermanos.

Salgo del coche sin darle opción a que diga nada más y espero en la entrada del edificio de los dormitorios hasta que se va. Cuando desaparece, salgo otra vez. Libre en la noche fría de febrero, atravieso corriendo el patio de grava en dirección a la verja de atrás, dejo atrás el establo y salgo al sendero y de ahí a los bosques, el mundo abierto que tanto se parece a mi hogar pero que nunca lo será.

Me siento en una colina y dejo que la lluvia fría me empape, porque ya estoy congelada por dentro, qué más me da estarlo también por fuera. Me quedo allí hasta que empiezo a temblar y no puedo aguantar más el castañeteo de los dientes, y entonces me doy la vuelta y trepo por el tejado helado y traicionero en dirección a la ventana que Georgie deja sin echar el pestillo. Me meto en la cama con la ropa mojada y me acurruco con una bolsa de agua caliente que solo está tibia.

No tengo intención de volver a salir de la cama. Ya he visto este mundo. No hay en él nada que yo desee. Todo lo que he tenido, lo he dejado atrás.

31

HACE SEIS MESES QUE EMPEZÓ LA GUERRA EN LA TIE-
*rra de los Bosques. Philippa, Jamie y yo estamos en la playa, a solas un rato pese
a la llovizna grisácea que cae de un cielo también gris. Sé que mis hermanos no
saben muy bien qué hacer. Jamie intenta encontrar su lugar ahora que el ejército se ha disgregado y Philippa está ocupada con la enfermería y el castillo con
Alfreya, pero no está segura de cómo vivir en un mundo en el que no ha sido ni
mucho menos perfecta.*

*Pero ya nos adaptamos al cambio de roles una vez desde que estamos aquí
y podrán hacerlo de nuevo. La próxima será una cosecha para el Palacio de la
Hermosura. Las hojas nuevas tiñen de verde el Bosque. La guerra ha terminado
y en la Tierra de los Bosques vuelve a reinar la paz. Sabía que todo iría bien
cuando Héctor se subió a una barca de pesca sin sus espadas.*

*Olas de color gris lamen la orilla. Soy feliz y me siento completamente viva.
Sé dónde está mi sitio, sé quién soy. Mi hogar está aquí, en este reino por el que
todos hemos luchado. Viviré y moriré al servicio del Gran Bosque. Ya casi no
recuerdo mi otra vida, me parece muy lejana.*

*Cuando levanto la vista y veo que Cervus con su pelaje rojizo y reluciente
viene hacia nosotros, me da un vuelco el corazón. Pero entonces me fijo en que
lleva la cabeza gacha y camina pesadamente por la arena.*

—¿Qué te pasa, Cervus? ¿Ha ocurrido algo?

Jamie y Philippa se ponen a mi lado y el ciervo retrocede.

—Niños —dice en voz baja, aunque hace ya tiempo que dejamos de serlo—. Vuestro mundo os aguarda. Es el momento de mandaros de vuelta, como me pedisteis. Pero debéis estar seguros de vuestra elección porque una vez que regreséis, no podré volver a invocaros.

Noto el miedo alojado en la boca del estómago.

—Yo nunca pedí que me devolvieras al otro mundo. Este es mi mundo. Este es mi hogar. Nuestro hogar. ¿Jamie? ¿Philippa?

Pero al volverme hacia ellos, no hay miedo en sus ojos, solo pena.

—Evie —dice Jamie con una dulzura que se me clava en el alma—. Eras solo una niña cuando llegamos. Es hora de volver a casa. Nunca pensamos que nos quedaríamos tanto tiempo.

Philippa me rodea la cintura con el brazo y me atrae hacia ella.

—Estaremos contigo. Vivamos en el mundo que vivamos, te lo prometo. Pero el Gran Bosque está seguro ahora, ya no tienes que preocuparte por él. Este no es nuestro lugar, Ev.

Descubrir el complot que había urdido Philippa con Tarsa no fue nada comparado con esto, con saber que mis hermanos han decidido mi destino sin hablarlo conmigo siquiera.

—No me pidáis que me vaya —les suplico.

Jamie tiene mala cara y Philippa está llorando.

—Evelyn —dice mi hermana con tono suplicante también—. Tenemos que hacerlo. Y no podemos volver sin ti. Me rompería el corazón incumplir otra promesa y juré que cuidaría de ti. Ven con nosotros, Evie. Te lo pido por favor.

Miro a mi hermana por quien he derramado sangre. ¿Y qué pasa con mi corazón, Philippa? ¿Qué pasa con él? En mi interior soy como un océano de tristeza lamiendo la playa. Por fuera, me quedo inmóvil mientras Philippa me aprieta la mano.

—Nos vamos a casa por fin —dice con gran alivio—. Cervus, terminemos con esto.

Cervus me mira una última vez con unos ojos que parecen insondables pozos oscuros. Lo único que deseo es abrazarlo, pero no soy capaz de soltar a Philippa.

—Yo ya estoy en casa —susurro.

Las palabras no se oyen bien entre el sonido de la lluvia y las olas. Quedan amortiguadas por el suelo de tierra y las paredes metálicas del refugio antiaéreo. Fuera, una bomba cae tan cerca que me retumban los oídos. Las sirenas aúllan.

Philippa y Jamie están a mi lado, volvemos a ser niños en pijama y mi cuerpo no es mi cuerpo, ni mi voz es la mía. Este mundo no es mi mundo.

32

POR LA MAÑANA, GEORGIE NO INTENTA DESPERTARME
cuando suena el timbre, así que me doy la vuelta en la cama y me quedo
mirando la pared. Me deja el plato con el desayuno antes de bajar a la iglesia
de piedra de Hardwick con las otras chicas. Me deja el plato con la comida.
Me deja el plato con la cena. Al final del día se los lleva todos sin tocar.

No intenta despertarme tampoco al día siguiente, pero en un momento
dado aparece Max. Lo sé porque me llega su perfume, fresco y juvenil, no
ese aroma a agua de rosas que llevan las demás profesoras. Oigo el chirrido
de una silla en el suelo y Max se sienta.

Espero el sermón que seguro está por llegar. Pero en vez de un sermón,
oigo que pasa las páginas de un libro y un carraspeo antes de empezar a
leer. Es poesía, pero no he oído nunca estas palabras, que me llegan al
corazón.

> El corazón de una mujer marcha con la aurora,
> Como pájaro solitario que vuela en silencio y sin descanso,
> Sobrevolando torretas y valles,
> Siguiendo los ecos del que su corazón llama hogar.

El corazón de una mujer se repliega al caer la noche,
Atrapado en una jaula extraña en su dilema,
Intenta olvidar que ha soñado con las estrellas
Mientras rompe los barrotes de su encierro.

Después, nada. Permanece sentada. Está tomando un té. Deja el libro en la mesilla y se va.

Sé que espera que lo lea, pero no puedo. Cuando me quedo sola, bebo el agua que me ha dejado Georgie. Voy al baño. Vuelvo a meterme en la cama. A finales de semana, me visita la enfermera. El Ogro me ha dicho con tono preocupado que mis padres han sido informados de mi comportamiento, y que, si continúo así, tendrán que venir a recogerme.

Mamá y papá vienen por mí. Un día, se abre la puerta de mi habitación y en la corriente que se produce me llega a la nariz el olor a jabón de lavanda. No me hace falta darme la vuelta para saber que mi madre ha entrado en la habitación. Philippa y ella son las únicas personas del mundo que conozco que huelen siempre a lavanda, pero los pasos son silenciosos, y Philippa siempre lleva tacones.

Ya hay una silla junto a mi cama. Oigo el chirrido de la silla del escritorio de Georgie al acercarla a la cama, lo que me indica que papá también ha venido.

—¿Qué te ocurre, Evie? —pregunta mamá con dulzura, pero yo me niego a darme la vuelta. No sé qué es lo que me dice. Para evitar sus palabras, me pierdo en mis recuerdos de la Tierra de los Bosques después de la guerra: montando a caballo en la playa y lanzando las redes por la borda de la barca con Héctor, corriendo por las praderas con Vaya.

Pero entonces oigo la sugerencia que hace mi padre, afilada y transparente como un trozo de cristal roto.

—Tal vez sea mejor que vengas a casa con nosotros.

Traducción libre del poema de Georgia Douglas Johnson, *The Heart of a Woman.*

Me incorporo bruscamente y los miro. Debo tener cara de terror porque los dos palidecen al verme.

—No —les digo, aunque parece más una orden—. Londres me mataría.

Mamá se lleva un pañuelo a la boca y se pone a llorar. Papá me mira con gesto serio, pero yo niego con la cabeza.

—Volved a casa. Dejadme en paz.

Les doy la espalda nuevamente y no soy capaz de sentirme culpable por ser tan cruel.

Duermo. Es lo único que hago. Después de tantas noches soñando, creo que podría pasarme el resto de la vida durmiendo.

Viene Jamie. Habla muy bajo. Se aturulla con las palabras sin saber muy bien qué decir. Philippa era la que se encargaba de esas cosas.

Vuelve y lo intenta de nuevo. Me infunde ánimos, pero no percibo dolor en su voz. Sé que estoy siendo injusta. Lo sé, pero no alcanzo a ver al final del túnel. No soy capaz de perdonar a mis hermanos por todo a lo que me han obligo a renunciar.

Al día siguiente de la visita de Jamie, por la noche, sesteo y miro la luna. Georgie no ha vuelto todavía, así que tengo la habitación para mí sola. Me siento y encojo las piernas, acercando las rodillas al pecho mientras me sujeto en el cabecero de la cama. El pomo de la puerta gira y apoyo la barbilla en las rodillas. No tengo fuerzas ni para meterme debajo de la manta antes de que Georgie entre, y seguro que se alegrará de verme sentada. Oigo pasos y noto el peso de alguien que se sienta en mi cama, pero cuando levanto la mirada veo que no es Georgie.

Es Tom.

Me mira a los ojos y me sostiene la mirada antes de que me dé tiempo a desviarla.

—Ponte el abrigo. Vamos a salir —dice.

Se levanta y sale de la habitación sin darme opción a decir nada. No creo siquiera que pudiera hacerlo. Hace más de una semana que no hablo con nadie. Por un momento, considero la posibilidad de meterme debajo de las mantas para que me protejan de él como si fueran un escudo, pero se ha mostrado muy decidido y no tengo fuerzas para discutir. Me pongo el abrigo y las botas, y salgo detrás de él como un corderito.

Max y Georgie están en el vestíbulo principal y le hacen un gesto con la cabeza a Tom cuando pasamos junto a ellas. Los tres son cómplices, aunque todo esto lleva la marca de Jamie. La puerta se cierra detrás de nosotros y salimos a la oscuridad de la noche. Tom no me suelta la mano. ¿Cómo sabe que, si lo hiciera, me escaparía corriendo hacia el campo y no volvería?

Pero no me suelta. Entrelaza los dedos con los míos para asegurarse y me lleva hacia el bosque. Apenas presto atención al camino, voy mirándome los pies. Los mismos que me han permitido recorrer millas y millas, hasta llegar a otro mundo literalmente, y que ahora están aquí, atados a este lugar para siempre por una fuerza mucho más poderosa que la gravedad.

Se oye el ulular de un búho en algún lugar entre la celosía de ramas y hojas, y la luna surca el cielo entre un mar de nubes delgadas como el papel.

Me dejo llevar hasta que me doy cuenta de adónde vamos, pero para entonces ya es demasiado tarde y estamos llegando al claro. Los abedules que lo rodean tienen un bonito color plateado a la luz de la luna y se estremecen un poco con la brisa. Los oigo susurrar, casi oigo sus voces, como si estuvieran vivos. En cualquier otro mundo, sus espíritus saldrían al círculo y se pondrían a bailar.

Pero en este, no pueden hacer otra cosa que susurrar sin palabras sus secretos. Tom me suelta la mano por primera vez desde que salimos y yo encojo entre los árboles.

Tom se sienta en el centro del claro, pero no me indica en modo alguno que me acerque a él, sino que se reclina hacia atrás, apoyando las manos en el suelo y mira el cielo nocturno.

—Jamie vino a verme —dice. Está casi guapo a la luz de la luna, sentado en mitad del claro como un caballero en un círculo de hadas—. Me dijo que has perdido algo y que no te gusta hablar de ello. Me dijo que todo te lo recuerda y que, a veces, se te hace demasiado duro. Es la segunda vez que me lo sugiere, pero sin llegar a decirme abiertamente de qué se trata.

Me siento y me apoyo contra la base del tronco de un abedul, oculta entre las sombras. Tom se pasa la mano por la cara y de repente parece muy cansado. Traga saliva, veo el movimiento que hace su nuez, y hunde los hombros antes de retomar la palabra.

—El 7 de abril de 1942, mi hermano, Charlie, cumplió dieciocho. Se alistó el día de su cumpleaños. Estaba contento. Fred, el mayor de todos, tenía diecinueve y ya llevaba varios meses en Francia. Recibíamos muchas cartas de los dos, cartas alegres, y el tío Morris tocó algunos hilos para que los pusieran en la misma unidad. Después de aquello, era como si creyeran que nada podría hacerles daño siempre y cuando estuvieran juntos. Yo los adoraba, Ev. Eran los chicos más valientes y buenos del mundo.

Estoy inmóvil como una roca, pero me abrazo tratando de calmar mi corazón. Estas historias terminan siempre igual.

—El 7 de abril de 1943, el día que Charlie cumplía diecinueve años, uno después de alistarse, vinieron a vernos unos hombres del ejército. Mis hermanos habían resultado muertos en acto de servicio en Libia. No habían quedado restos que traer a casa.

Tom se gira hacia las sombras entre las que me oculto y me mira con esos ojos grises como el mar, llenos de tristeza.

—Todos hemos perdido algo que amábamos, pero no es bueno para nadie echarse en la cama y tirar la toalla. Creo que tienes el coraje necesario para vivir con la pena, Evelyn Hapwell. De hecho, tú también sabes que lo tienes. Vas por el mundo como una chica salida de un cuento de hadas y ves la belleza en cosas que a otros les pasan desapercibidas.

Se levanta y cruza el claro en dirección hacia mí.

—Te ayudaré a levantarte si me dejas caminar a tu lado.

Por un momento me quedo mirando la mano que me ofrece y, al final, la acepto y dejo que me ayude a levantarme. Entonces, Tom me estrecha entre sus brazos. Nunca me había sentido tan segura.

—Siento lo que les ocurrió a tus hermanos —digo, y me abraza un poco más fuerte aún.

—Y yo, pero de nada les sirve a los muertos que nos neguemos a vivir.

—No soy una chica salida de un cuento de hadas, ¿sabes? —murmullo contra la lana de su jersey—. Nunca lo he sido. Me temo que no soy más que Evelyn Hapwell.

Tom apoya suavemente la barbilla en mi coronilla y los dos nos encajamos a la perfección, como si estuviéramos hechos el uno para el otro.

—Da la casualidad de que a mí me gusta mucho esa Evelyn Hapwell.

No soy ni de aquí ni de la Tierra de los Bosques, y Cervus no me llamará para que vuelva a casa, pero después de todos estos años sé qué es lo que tengo que hacer.

33

FINJO QUE ESTOY NORMAL. ME SIENTO EN CLASE Y ESCUCHO a medias. Me siento en el comedor y finjo que como. Hago todo eso que sé que hará que Georgie se sienta mejor: recojo, me peino y dejo preparada la ropa por las noches. Miro la luna desde mi cama y observó cómo se mueve por el cielo invernal, sintiendo que es invierno dentro de mí.

Max se para junto a mi mesa al final de su clase de literatura. Las otras chicas ya están saliendo y trato de no mirarla, porque no he oído nada de lo que ha dicho desde que entró en el aula. Cuando nos quedamos solas, se sienta en la mesa que está enfrente.

—Como no me dijiste nada sobre el recital de invierno, te he puesto en el programa. Vendrán todos los chicos del St. Joseph. Espero que tú también estés, Evelyn, y sería buena idea que invitaras a tus padres, como hacen las otras chicas.

Hoy lleva un pañuelo de color rojo y su perfume invade mi nariz cuando se dirige hacia la puerta.

—Max —la llamo—. Recitaré, pero no quiero que venga mi familia. ¿Cuándo es?

—El concierto es mañana por la noche, Evelyn, hay carteles publicitarios por todo el centro. Lee si es necesario, pero ve —me dice ella mientras se aleja por el pasillo.

Iré. Todas mis vidas en los distintos mundos me han traído hasta aquí.

Han sacado las mesas del comedor para poner varias hileras de sillas en su lugar. El improvisado escenario está situado en la parte delantera de la sala y del techo cuelgan banderolas de colores primaverales un tanto incongruentes: azul, verde claro, rosa y dorado. Me siento junto a Georgie mientras la gente va entrando en la sala, y trato de respirar para calmar los nervios y que dejen de temblarme las manos. El rumor apagado de voces me inunda como si fueran las olas del mar, interrumpidas de cuando en cuando por el chirrido de una silla y una carcajada.

—¿Estás bien, Ev? —pregunta Georgie, alargando el brazo para infundirme ánimos con un apretón en la mano.

—Lo estaré —respondo—. Oigas lo que oigas, Georgie, te juro que estaré bien.

Georgie se vuelve hacia mí con gesto interrogativo, pero antes de que pueda decir nada más, el Ogro sube al escenario y todo el mundo se calla. Están las actuaciones de siempre: un cuarteto de cuerda, recitación de poesía, y juegos de malabares. Tengo calor y estoy nerviosa, y cuando oigo mi nombre me entran ganas de estar en el bosque.

Aunque estoy cerca, el espacio hasta llegar al escenario se me hace exageradamente largo. Mis pasos suenan mucho, reverberando en la sala de altos techos, y el corazón me martillea dentro del pecho. Una línea blanca de tiza marca el punto en el que me tengo que poner. Al llegar, me giro hacia el público.

Un centenar de ojos están pendientes de mí. Alguien se aclara la garganta, expectante.

Recorro los rostros que esperan buscando a alguien en particular. Cuando encuentro a Tom, me sonríe y me saluda con la mano, un movimiento breve y contenido. Lo hago por él, el único regalo que puedo darle. Tras una larga exhalación, empiezo a recitar.

Cayeron como Copos,

Cayeron como estrellas.

Como Pétalos desde una Rosa,

Mi querido Dorien y muchos otros habitantes de la Tierra de los Bosques, muertos en el suelo del bosque.

Cuando de repente a través de junio

Pasa un Viento con dedos.

La Tierra de los Bosques, el Palacio de la Belleza, la chica que fui.

Perecieron en la Hierba sin costuras,

Ningún ojo podría encontrar el lugar.

Charlie y Fred Harper, hermanos de mi amigo. Millones de personas en toda Europa, en todo el mundo.

Pero Dios puede convocar a cada una de las caras

De su Lista - Irrevocable.

Venndarien Tarsin, muerto a mis propias manos para salvar a mi hermana.

Te echo de menos, Philippa. Vuelve a mí.

Te echo de menos, Cervus. Llévame a casa.

Recibo un callado aplauso al terminar. Han pasado solo cinco años de la guerra y todos llevamos escondidas heridas que jamás sanarán del todo.

En vez de sentarme, salgo del comedor a la fría noche oscura. Está cayendo aguanieve que forma perlas húmedas en mi pelo y mi jersey de lana. Me apoyo en la pared del comedor y espero fuera del círculo de luz que sale de la entrada.

Traducción del poema de Emily Dickinson, *They Dropped Like Flakes, They Dropped Like Stars*, en *Poemas 1-600 Fue culpa del Paraíso*. Emily Dickinson. Traducción de Ana Mañeru Méndez y María Milagros Rivera Carretas. Madrid, Editorial Sabina, 2012. Publicado con permiso.

Cuando finaliza el programa, la gente sale del colegio por la puerta principal, riéndose felices otra vez, una transformación que yo nunca he sido capaz de experimentar. Desaparecen al final del sendero. Un buen rato después, cuando ya no se ven más invitados, aparece Tom tras conseguir zafarse de los supervisores del St. Joseph. Aguarda de pie a la luz que sale del edificio, mirando a un lado y a otro. Me quedo mirándolo un rato hasta que lo llamo, reticente a salir de entre las sombras.

—Estoy aquí.

Tom se acerca y le doy la mano. Mi corazón late como una fiera asustada, nerviosa y deseando estar en casa, pero lo obligo a calmarse.

—Gracias, Tom, por hablarme de tus hermanos. Por estar aquí conmigo.

Él mira el suelo y aunque no hay luz suficiente para verlo sonrojarse, sé que está rojo como un pimiento.

—Será mejor que te vayas —le digo—. Se está haciendo muy tarde.

Tom que no me ha soltado la mano en ningún momento, me acaricia el dorso con el pulgar.

—¿Te veré el sábado?

Le miento una última vez.

—Por supuesto. Hasta el sábado.

Permanece un momento más con la cabeza agachada y después se yergue.

—Tienes razón. Debería irme. ¿Vas a entrar?

—Aún no.

—Está bien. Buenas noches, Ev.

—Buenas noches, Tom.

Lo veo desaparecer al fondo del camino y trato de no moverme antes de tiempo, pero en cuanto lo pierdo de vista, me doy media vuelta y salgo corriendo hacia la parte trasera, más allá del cobertizo de Hobb.

La verja trasera chirría un poco cuando la abro camino del bosque donde reina el silencio porque todos duermen. Avanzo por el sendero hasta el círculo de abedules y me quedo en el centro, bajo la gélida lluvia. Me quito el jersey de lana y me quedo solo con la fina camisa, dejando que el agua me cale hasta los huesos. Me quito también los zapatos y los calcetines mojados para permitir que el barro corra entre mis dedos.

Tierra gris, mar gris, cielo gris. Es hora que siga yo sola.

—Cervus, Guardián que vigila el Gran Bosque, invócame. Cumple tu palabra. Llévame a casa. Te juro que este corazón que late dentro de mi pecho es un corazón de la Tierra de los Bosques, y el corazón que pertenece a la Tierra de los Bosques siempre encuentra el camino a casa.

Espero bajo la lluvia hasta que se me entumecen los dedos de las manos y los pies, y estoy helada hasta los huesos. Tengo la cara empapada y no sé qué parte es agua de la lluvia y qué parte son lágrimas. Quiero tumbarme y dormir, ceder a la placentera modorra que se apoderado de mis huesos, pero he llegado demasiado lejos para rendirme ahora. Soy una chica sin ataduras, sin lazos que la sujeten a nada.

—Muy bien —digo a la oscuridad—. Si no me llamas, caminaré hasta que encuentre el camino.

Doy un paso al frente en la oscuridad, confiando en que mis pies me lleven a casa.

PHILIPPA

FEBRERO DE 1950

34

CUANDO LOS GOLPES EN LA PUERTA ME DESPIERTAN EN PLE-
na noche en la fría Nueva Inglaterra, experimento un segundo de absoluta
clarividencia. Sé lo que está ocurriendo. Estoy a punto de que me van a
avisar del desastre que se ha estado gestando durante los últimos seis años.

La culpa me hace un nudo en el estómago, macizo e indisoluble, un
sentimiento que ya me resulta tan conocido como un viejo amigo. Lo que
quiera que haya pasado, es por mi culpa.

Los suelos de pizarra de la Residencia para señoritas están helados en
invierno, así que me pongo unas gruesas zapatillas de estar en casa y me echo
la bata por encima. Me siento desnuda sin mi maquillaje y mi lápiz de labios,
pero no se puede hacer nada al respecto. Me arreglo un poco el pelo, cuadro
los hombros y abro la puerta.

Es la profesora Allard, una mujer alta y poco agraciada, con la tez pálida,
y cuando la miro, no es capaz de mantenerme la mirada. Sabe, igual que yo,
que una llamada transcontinental a estas horas solo puede significar algo
malo. Desconoce los detalles, pero los adivino aun antes de escuchar la voz
de Jamie.

Cuando la profesora Allard me conduce a su austero despacho y me señala el teléfono, me siento con la mirada fija al frente hasta que me deja a solas.
solo entonces levanto el auricular.

—¿Diga?

Cuento con que el crepitar de la llamada de larga distancia disimule mi voz adormilada y borre cualquier marca de la vergüenza que pesa sobre mí.

—Soy Jamie.

—Ya lo sé.

Pausa larga.

—Espera un momento. ¿Qué hora es ahí?

Miro el reloj que hay en la mesa de la profesora.

—Las tres y veinte de la mañana.

—No he caído. Perdona.

Resulta extraño escuchar la voz incorpórea de Jamie sin tenerlo delante de mí. La conexión les aporta un halo extraño a sus palabras, una especie de tensión estática. Guardamos silencio un momento, con el chisporroteo de la línea entre los dos. Va a salirnos muy cara la llamada.

En eso es en lo que voy a concentrarme, en el gasto, y en que la profesora Allard está esperándome fuera. No voy a pensar en nada más.

—Es Evelyn —dice Jamie por fin.

—Ya lo sé.

Abro uno de los cajones de la profesora y miro en su interior, pero solo hay papel de cartas. Espera encontrar algo que me sirviera para cotillear.

—Ha desaparecido.

Oh, Evelyn.

—¿Cuándo?

El segundo cajón está lleno de lapiceros. Debe haber cien por lo menos. ¿Quién necesita tantos lapiceros? Y todos ellos afilados. La profesora Allard tendría que buscarse algún pasatiempo.

No quiero pensar en Ev, aunque esté hablando de ella. No pienso derrumbarme en el despacho de esta extraña mujer que es mi profesora. No lo haré.

—Hace dos días. No digo que tengas que venir ni nada de eso, pero quería que lo supieras.

Claro que no vas a decirme que vaya, Jamie. Tú nunca dices las cosas como son, tú esperas que sucedan por sí solas. Creo que mediría casi un metro más de altura si tus expectativas no me aplastaran con el peso.

El tercer cajón revela una petaca de whiskey. No es que sea un terrible escándalo, pero me vale. Doy un sorbito y hago una mueca. No sé si es demasiado pronto o demasiado tarde para beber, pero desde luego es demasiado algo.

—Me harán falta uno o dos días para arreglarlo todo, pero puedo estar allí a finales de semana.

Otra pausa. Van a salirle muy caros estos silencios taciturnos.

—No hace falta que vengas, Philippa.

Pongo los ojos en blanco con la esperanza de que mi hermano lo oiga a través de la línea.

—No seas absurdo. Los dos sabemos que lo haré, no te hagas el tonto. No necesito una fiesta de bienvenida ni nada de eso. Tomaré un taxi en el aeropuerto. Llegaré el viernes.

Sigue sin colgar. Por el amor de Dios, Jamie, ¿es que nadas en dinero?

—Volveré a llamar si sabemos algo más. Si averiguamos que ha vuelto a ca... la invocaron.

Pero si no es así... Siento calor en la nuca y trato de respirar para calmar la culpa que se está convirtiendo en náuseas. Cuando ceden, me aferro a la amarga esperanza que me ofrece mi hermano, que al final Ev ha vuelto al Gran Bosque. Que, a pesar de que Cervus nos dijera que nuestros días allí habían llegado a su fin, a pesar de que no nos daríamos cuenta del tiempo transcurrido, puede que Ev tuviera razón.

No podemos pensar en la alternativa. Yo no puedo hacerlo. Aún. Ev y yo nos hemos de pasar un verdadero infierno, pero es mi hermana y solo le deseo lo mejor.

Guardo la petaca y apoyo la cabeza en el respaldo del sillón. Estoy exhausta. Nos quedamos hasta tarde en la ciudad y las clases empiezan temprano. Ya sé que seguiré asistiendo hasta que salga mi vuelo, solo para mantenerme ocupada.

—¿Podemos colgar ya, Jamie?

—Sí, lo siento, no debería haberte entretenido tanto. Buenas noches, Philippa.

Hago una pausa yo también para seguirle el juego antes de preguntar:

—¿Estarás bien hasta que yo llegue?

Jamie suspira y si yo puedo "oírlo" asentir con la cabeza, estoy segura de que él también ha tenido que "oírme" poner los ojos en blanco.

—Sí, puedo defender el fuerte hasta entonces. Duerme un poco.

Cuelgo y es como si estuviera en la habitación conmigo y acabara de salir por la puerta. Jamás dejaré que sepa lo mucho que lo he echado de menos estos meses, por mucho que sea un santurrón autoritario.

Llaman discretamente a la puerta. La profesora quiere volver a entrar.

—Adelante —le digo, y la mujer cruza el umbral. La miro. Se muestra vacilante, de pie en medio de la habitación mientras yo estoy sentada en su sillón, como si el despacho fuera mío. Tal vez por un momento. Lo único que sé es que me he abierto camino aquí y en el otro mundo aprendiendo a mirar como si fuera dueña del suelo que piso.

—¿Malas noticias? —me pregunta, con las manos delante de sí, pero yo sigo en el sillón.

—Mi hermana pequeña ha desaparecido —contesto yo. Es el ahora, pero llevo años esperándolo.

La preocupación de la profesora se intensifica.

—¿Puedo hacer algo?

Mis labios se curvan involuntariamente en una sonrisa amarga, otro truco que aprendí hace mucho, en otro mundo, como mecanismo de defensa, para que no vieran lo perdida que me sentía.

—No. Si se pudiera hacer algo, lo habría hecho yo misma. Vuelvo a casa el jueves y no regresaré.

La profesora dice algo amable y contradictorio al mismo tiempo, pero ahora sé que Estados Unidos y la universidad, por mucho que me hayan gustado ambos, solo han sido el lugar al que vine mientras esperaba que sucediera lo que acaba de suceder.

Lo siento, Evelyn. Lo siento mucho.

No tardo mucho en hacer el equipaje, apenas tengo posesiones. Tampoco me demoro mucho en las despedidas. Conozco a todo el mundo, pero no he dejado que nadie se acerque lo suficiente como para merecer un adiós cara a cara. Además, cuando el autobús sale de la Residencia para señoritas, todo el mundo sabe ya que me voy. Solo la profesora Allard sabe lo que ha pasado, así no tendría que molestarme en contarlo a todo el mundo.

La niebla envuelve los bosques de Nueva Inglaterra, pero se disuelve al llegar a las calles sin árboles de Queens. El avión busca posición para el despegue, los motores rugen y levanta el vuelo con esa indescriptible sensación de que flotaras. Me transporta a un reino que incluso a mí me resulta extraño, un país mágico de suaves montañas y valles envueltos en una severa luz blanca. Al final, cae la noche y el cielo se convierte en un manto tachonado de estrellas.

No me duermo en el avión. Prefiero beber café, cansada pero bien despierta, y lo veo todo azul. El cielo nocturno es azul, la tapicería es de un color azul marino desvaído. Incluso yo me veo un poco azul. Es ridículo.

Miro por la ventanilla obligándome a no pensar en Evelyn, en dónde estará, qué estará haciendo o si se encontrará bien. No contemplo siquiera la otra posibilidad. No puedo soportarlo y menos aún cuando estoy atravesando el Atlántico, sin dormir y abrumada por la melancolía, suspendida entre dos mundos.

De pronto, el cielo se vuelve gris por el este. Sobrevolamos un espacio sin nubes, el mar oscuro y en calma se extiende hacia el horizonte. El gris se vuelve carmesí, pasa al salmón y después al dorado, y un momento después vemos el reflejo de un reguero de luces en el agua. Resplandecen tanto que hace daño a los ojos.

Aparto la vista, característica de la familia. Una porción de sol se desliza sobre la superficie del agua y, de repente, ya no es de noche. El sol se eleva en el cielo, triunfante, cubriendo las aguas de fuego y diamantes. Cuando me giro hacia el interior tenuemente iluminado de la cabina, veo puntitos blancos de luz.

Cuando aterrizamos, siento que tengo las mejillas coloradas, me duele cuando pienso en el motivo de mi regreso y estoy un poco mareada por la falta de sueño. Pero desde que regresamos de la Tierra de los Bosques, he aprendido a disfrutar de ese confortable entumecimiento que sientes cuando estás al borde del agotamiento. Así me siento ahora, en un limbo desprovisto de sentimientos, mientras arrastro mi maleta por el aeropuerto hasta la fila de taxis. El taxista carga mi equipaje en el coche. Tiene el rostro curtido y arrugado, y sonríe con facilidad mientras charla con un acento londinense veloz y despreocupado. Me doy cuenta, de pronto, de lo mucho que he echado de menos esta ciudad.

Las calles se convierten en una mancha borrosa y me despierto de golpe cuando el taxi se detiene y el conductor me abre la puerta. Mis cosas están en la acera, delante de la casa en la que siempre han vivido mis padres.

—Gracias —digo, sacando el dinero para pagar la carrera más la propina. El taxista se toca la punta de la gorra con una mano y sonríe.

—De nada, señorita. Duerma un poco.

Le devuelvo la sonrisa, consciente de que todo es resplandor y brillo, los restos del brillante sol que he visto salir sobre el océano, porque, por dentro, la desaparición de Ev me ha dejado un moratón que se van expandiendo.

Nadie abre la puerta cuando llamo. No tengo idea de adónde habrán podido ir, pero saco la llave que guardamos debajo del felpudo y entro en casa. Dejo las maletas en el estrecho vestíbulo de entrada y subo corriendo a mi habitación, la que siempre compartí con Evelyn. El equipaje tendrá que esperar. Me quito los zapatos y me tapo hasta la barbilla antes de caer en un profundo sueño.

Me quedo dormida mirando la cama de mi hermana, el vacío que ha dejado, la interrogación en que se ha convertido.

Evelyn Hapwell, siempre supe que me partirías el corazón. Y que lloraría, pero no tengo nada más que darte. Se me han secado todas las lágrimas.

35

ESTOY MIRANDO A CERVUS BAJO LA LLUVIA QUE GOL-
pea la playa y al minuto siguiente estoy en el interior húmedo y atestado de cosas del refugio antiaéreo, con la mano de Evelyn dentro de la mía.

—Ya estoy en casa —dice Ev a Cervus, pero él ya no está y jamás había oído unas palabras pronunciadas con tanta tristeza. No tengo tiempo para la sorpresa o el malestar al ver lo extraño que me resulta mi cuerpo de trece años, el modo en que nos han arrancado de una vida para devolvernos a otra como si no hubiera pasado el tiempo, porque mi hermana pestañea dos veces, como un ciervo asustado, y cae al suelo.

—¡Jamie! —grito. Mi voz es aguda y deja traslucir el pánico, es la voz de una niña. Mi hermano se encuentra apenas a dos pasos de distancia, y entre los dos levantamos a Ev y la ayudamos a sentarse en el mohoso camastro. Se acurruca a mi lado, temblando tanto que le castañetean los dientes. La rodeo con los brazos mientras Jamie se asoma a la puerta buscando a nuestros padres una vez más después de todos estos años.

—¿Los ves? —pregunto cuando estalla otra bomba.

—Sí —dice él, derrumbándose contra la pared con gran alivio—. Están saliendo por la puerta. Mamá cojea. Debe haberse caído, pero parece que está bien.

Nos miramos en silencio un momento.

—Philippa, ¿hemos...?

—Sí.

—No podemos decírselo. No podemos decírselo a nadie. Pensarán simplemente que el efecto de los bombardeos ha sido demasiado para nosotros.

Miro a Evelyn y le retiro el pelo rubio de la frente.

—¿Lo has oído, Evie?

Asiente una vez con la cabeza, sin mirarme a los ojos.

Nuestros padres entran corriendo en el refugio. Mamá hace una mueca de dolor al sentarse en el borde del camastro.

—He tropezado con un escabel y me he torcido el tobillo —dice en respuesta a nuestras miradas—. Una tontería. Siento haberos asustado. ¿No se siente bien Evie?

La abrazo con más fuerza y ella se pega a mi cuerpo.

—No, pero enseguida se le pasará.

Te prometo que te pondrás bien con el tiempo. Nuestra casa está aquí, en este mundo, y las guerras pasan. Te pondrás bien. Te lo juro.

Los cinco nos quedamos allí sentados, a oscuras, hasta que el ruido de los aviones se desvanece a lo lejos y, finalmente, dejan de sonar las sirenas. Pero el miedo me corroe por dentro: miedo a que traer a Ev de la Tierra de los Bosques haya sido el peor error que podría haber cometido. Miedo de que haya nacido para causar problemas, tan segura de ello como que las chispas ascienden, y que solo consigo hacer daño cuando intento ayudar.

Me trago la culpa mientras abrazo con fuerza a mi hermana.

36

LA LUZ DE LA TARDE SE CUELA POR LAS VENTANAS CUANDO
bajo de la habitación. Puede que aún esté un poco atontada por el viaje, pero
mi maquillaje está perfecto y no tengo un pelo fuera de su sitio.

Maquillaje y tacones. Jamie le dijo a Evelyn en una ocasión que eso era
lo único que me importaba desde que volvimos de la Tierra de los Bosques,
pero de lo que no se da cuenta es de que se puede llevar maquillaje como
escudo y usar la barra de labios como espada. Puede que me dejara ganar
por las palabras envenenadas del heredero Tarsin una vez, pero no volverá a
ocurrir. Ahora siempre estoy en guardia, controlando al milímetro mis pensamientos y sentimientos, y siempre salgo vestida para la guerra.

Abro la puerta de la cocina y veo a Jamie sentado a la mesa de la cocina
con el rostro ceniciento y una taza de té en las manos.

—¿Dónde están mamá y papá? —le pregunto, pasando junto a él para
poner la tetera en el fuego.

—Los he mandado a la cama. Ya han tenido bastante esta semana.

Noto que su voz sale amortiguada y cuando me doy la vuelta, veo que
tiene la cara entre las manos. Es duro verlo así; estoy acostumbrada a recibir
los golpes de su honor y había venido preparada para que me echara en cara
haber dejado sola a Evelyn.

Me siento a su lado, enlazo el brazo con el suyo y apoyo la barbilla en su hombro.

—Pobrecillo. ¿Lo has pasado muy mal?

Él asiente, pero no levanta la cara.

—Fui al colegio la mañana que desapareció. Llamaron a Scotland Yard y acudieron con los perros. Siguieron su rastro hacia el bosque, encontraron su jersey y sus zapatos en el claro, y aún siguieron su rastro un poco más. Pero se perdió al llegar a...

Se detiene y yo me separo de él y me encierro en mí misma. Echo los hombros hacia atrás, alargo el cuello y aprieto los labios en una línea escarlata. Cuando por fin hablo, cualquiera diría que estoy dando el tiempo.

—Se perdió al llegar al río.

Veo el río Went en mi cabeza, las veloces aguas que discurren por el bosque que rodea St. Agatha hasta llegar a los rápidos que van más allá de los campos que rodean Hardwick. Se me hace un nudo en el estómago, pero la tetera está ya puesta, así que creo que me vendrá bien un té.

—Han interrogado a todo el mundo en el St. Agatha y también en el St. Joseph. Salía con un chico de ese colegio.

—¿Evelyn, nuestra hermana Evelyn estaba saliendo con un chico? —le pregunté, atravesándolo con una afilada mirada de incredulidad.

Jamie me mira entonces por primera vez con cara de angustia.

—No lo hagas, Philippa. No te pongas así en un momento tan difícil. Yo lo conocía y le pedí que le echara un ojo de vez en cuando. Se cayeron bien y pensé... pensé que podría ser bueno para ella.

—Pues parece que no —espeto yo, sin poder controlarme, con un tono seco e hiriente, en absoluto lo que pretendía.

Jamie echa la silla hacia atrás y cruza la cocina en dirección al fregadero, para mirar por la ventana que da a una pared de ladrillo.

—No pude con ella. No sé cómo lo conseguiste tú todos estos años, pero yo no pude. Lo intenté, bien lo sabe Dios, pero creo que fue algo que dije lo que...

No me gusta ver que Jamie se queda sin palabras por culpa de Evelyn. Odio ver cómo le tiemblan las manos y cómo aprieta los puños al final.

—Ya vale. Jamie Hapwell, date la vuelta y mírame.

Jamie lo hace, aunque con reticencia, y se arruga como aquella vez en la Tierra de los Bosques, aplastado bajo el peso de los mundos que cargaba sobre los hombros.

—No sé qué habrá pasado —digo—. Ninguno de nosotros lo sabe, pero fue decisión suya, igual que ha estado haciendo desde que volvimos a casa.

Ojalá pudiera creer mis propias palabras. Sé como que me llamo Philippa que Evelyn seguiría aquí si yo no la hubiera abandonado. Pero no puedo soportar ver a Jamie así de derrumbado, como si algo en su cuerpo no funcionara bien. Él, que durante mucho tiempo ha sido el mejor de los tres, el único que conseguía mantener el tipo, ha terminado derrumbándose. Sería capaz de mentir mil veces y ocultar toda una vida de sufrimiento con tal de aliviarle el dolor a él.

—La policía dice que hay pruebas de bastante peso, pero que sin un... cuerpo... tendrán que pasar siete años antes de poder declararla... lo que no es desaparecida. ¿Podremos vivir con ello esos siete años, Philippa?

Me levanto y me acerco a él. Ninguno de nosotros se ha preguntado nunca desde que éramos niños cuánto podría aguantar en la vida, ya fuera la guerra que desgarró Europa, el mundo que destrozó a Evelyn, y ahora esto. Estoy delante de Jamie y lo miro como si estuviéramos a punto de entrar en el campo de batalla: la mirada que dice que no pienso ceder ni permitir que el otro lo haga.

—Siempre hemos estado en el medio, Jamie, aguantando lo que la vida nos ha puesto en el camino. —Jamie agacha la cabeza y cuando me mira de nuevo se encuentra con una sonrisa brillante como el acero—. Ahora estoy aquí y no pienso irme. Aguantaremos el chaparrón juntos.

Cruza su rostro una expresión que podría ser una sonrisa o el fantasma de otra expresión, la que solía tener cuando estábamos en el Gran Bosque.

—Eres muy fuerte, Philippa. Me alegro de que hayas vuelto.

Me aprieta el hombro y sale de la cocina. Cuando me quedo sola, me derrumbo sobre la silla.

El sitio vacío de Evelyn justo enfrente de mí es un reproche.

Oh, Evelyn. Vuelve a casa. Vuelve sana y salva. Hemos vivido nuestro cuento de hadas con bosques y magia, solo me falta el "fueron felices y comieron perdices".

La tetera rompe a hervir y empieza a pitar desde el fuego. Me preparo una taza de té y me la bebo porque no estoy segura de qué otra cosa hacer.

Jamie sale a ocuparse de no sé qué asunto relacionado con Scotland Yard. Me ofrezco a acompañarlo, pero me dice que no, que acabo de llegar. Me alegra estar sola, y mamá y papá no dan señales de querer salir de su habitación.

Me preparo la bañera y me siento en el borde mirando el agua caliente y las ondas que forman en la superficie las gotas que caen del grifo mal cerrado. No quiero meterme. No quiero que el agua vuelva a tocarme, pero precisamente por eso lo estoy haciendo sin poder quitarme de la mente la imagen del río Went. Hace mucho tiempo aprendí que la mejor forma de superar los miedos era enfrentarse a ellos desde el principio.

De manera que me meto en la bañera y dejo que el agua me envuelva con sus acogedores brazos. Me acaricia las orejas, amortiguando los sonidos de la casa, que se vuelven ininteligibles como si sonaran muy lejos. Me quedo dentro todo lo que puedo, tratando de calmar los nervios, pero al final tengo que salir porque noto que me falta el aire, sin haberme lavado el pelo siquiera.

Me visto, me maquillo y salgo de casa porque si el baño ha sido horrible, el silencio que reina en la casa es aún peor. Tomo un autobús a Trafalgar Square y me subo a las zarpas de uno de los leones de bronce que custodian la columna de Nelson. La luz, densa y pegajosa, se mezcla con el sonido del tráfico, y bandadas de palomas levantan el vuelo para volver a posarse en el suelo como nubes inquietas. Me arrebujo en el abrigo, pero el pelo húmedo no ayuda a entrar en calor.

El imponente pórtico de entrada a la National Gallery se levanta frente a mí. Las columnas llegan al techo, más altas y gruesas que cualquier árbol de la Tierra de los Bosques. Recuerdo cómo era el museo durante la guerra.

Íbamos de visita una vez en verano, cuando terminaban las clases y nos permitían el lujo de volver a casa, a Londres, una semana. Con sus conciertos al mediodía y las exposiciones temporales, el museo era el único lugar al que podías ir para olvidarte de las bombas, los apagones y los ataques aéreos. El único lugar en el que podíamos olvidar lo perdidas que seguíamos estando Evelyn y yo, tratando de asumir el hecho de volver a casa cuando nadie sabía que habíamos estado fuera.

Quiero olvidarme de todo, así que bajo de mi escondite entre las zarpas del león y subo corriendo las escaleras. Dentro, acepto la guía que me da en el mostrador central una chica rubia con los labios rosas como una muñeca de porcelana y cara de aburrimiento.

—Queda una hora para el cierre. No te entretengas mucho —dice, bostezando.

Han pasado años desde la última vez que entré y aún quedan salas cerradas al público porque están reparando los daños causados por las bombas. Hojeo la guía hasta que llego a lo que busco y me dirijo con paso decidido hacia allí, sin dejar que me distraigan los cuadros que cuelgan de las paredes de las salas por las que paso.

Encuentro lo que busco con el resto de los Rembrandt, en una sala prácticamente desierta. Allí está, recogiéndose la camisa de lino por encima de los muslos, preparada para internarse en el río que ya le cubre las piernas. Me acerco y la miro ladeando la cabeza, buscando en su rostro inescrutable las respuestas que necesito. Hubo un tiempo en que creía saber lo que pensaba y sentía. Era un consuelo y una guía para mí, pero ahora desconfío de esa serena sonrisa, de esas pálidas extremidades expuestas a unas aguas engañosamente tranquilas.

Me quedo tanto tiempo mirándola, tratando de adivinar lo que hay de cierto en su expresión y su postura, que el único otro visitante de la sala se me acerca.

Se trata de una mujer mayor con el pelo gris como el acero y una piel fina como el papel que deja ver unas venas azules. Tiene un aire severo y no me mira a mí, sino a la pintura observo fijamente.

—¿Qué piensas de esta *Mujer bañándose* de Rembrandt? —me pregunta la desconocida.

Me cruzo de brazos antes de contestar.

—Hubo un tiempo en que pensaba que era hermosa y segura de sí misma. Pensaba que era la mujer que yo quería ser. Pero ya no confío en ella. ¿Y si solo finge? Mire su cara: sonríe, pero ¿de verdad es feliz? Imposible decirlo.

La mujer mira fijamente la pintura, pero su delgada boca se curva en una sonrisa.

—¿Sabes qué es lo que diferencia a una pintura normal de una obra de arte?

Podría darle una respuesta de manual, después de años estudiando arte por mi cuenta y el trimestre dedicado a historia del arte en Estados Unidos, pero tengo la sensación de que no es eso lo que quiere oír la mujer.

—¿Por qué no me lo dice usted?

Da un paso al frente entornando los ojos e inspecciona con aire crítico la obra.

—La diferencia está en que no ves lo que el artista ha querido pintar. Miras este cuadro y no puedes evitar ver reflejado en él un poco de ti misma. Un poco de la verdad.

No me quedo muy satisfecha con la respuesta.

—Pero es que ya no sé qué es la verdad.

La mujer se gira para mirarme.

—Eso es una verdad en sí misma, ser consciente de que hay más de lo que se ve a simple vista. Sea como sea, la mujer parece estar dándose el baño semanal. Puede que dentro de un mes o dos, cuando ya se haya refrescado, te diga algo más.

—Oh, por favor, tenga cuidado con ella —digo sin pensar.

La mujer se da la vuelta por completo y me mira a los ojos por primera vez con la misma mirada crítica con la que estaba examinando el Rembrandt.

—Si tanto te incomoda la modelo, ¿por qué te importa tanto?

Me muerdo el labio y miro el precioso rostro de la mujer del cuadro.

—Porque deberíamos ser cuidadosos con todo, no solo con aquello que entendemos. Puede que no me guste tanto como cuando pensaba que era una mujer en la que podía confiar, pero aun así merece respeto. Ocurre lo mismo con todo lo que significa algo para ti.

Se me forma un nudo de culpa en el estómago y empiezan a sudarme las manos, y no puedo mirar a esa desconocida a los ojos, pero para mi sorpresa, la mujer me da una tarjeta.

—Soy Presswick. Superviso el Departamento de Conservación del museo, y resulta que busco asistente. Si te interesa, creo que podríamos ayudarnos mucho mutuamente. Toma mi tarjeta y piensa en ello.

—Necesito un poco de tiempo —respondo con precaución, aunque me aterra la idea de pasarme el día intentando aclararme las ideas en casa de mis padres acosada por todos los espacios vacíos que ha dejado Evelyn—. Estoy en la ciudad para ocuparme de unos asuntos familiares. ¿Cuándo tengo que darle una respuesta?

Presswick sonríe y su rostro severo se suaviza un poco.

—Tómate el tiempo que necesites, señorita...

—Hapwell. Philippa Hapwell.

—Hapwell. No hace falta que me llames cuando te decidas. Preséntate aquí por la mañana, dile a Kitty, la persona que está en el mostrador central, que te he contratado, y ella te llevará a mi despacho.

Y se va. Me ha dejado atónita su confianza en mí, tanto al ofrecerme el trabajo como al asumir que lo aceptaré. No estoy contenta exactamente —mi corazón no es capaz de adoptar su forma verdadera en este momento— pero me alivia tener algo en la reserva por si lo necesitara. Esta es mi magia particular: no importa las circunstancias, siempre caigo de pie.

El pensamiento hace que me sienta aún más culpable, pues me trae a la mente las palabras de Evelyn: "Quiero que te vayas, Philippa. Tengo que valerme por mí misma".

Debería haberla escuchado.

37

SUENA EL TIMBRE Y SALGO DE LA CLASE DE LATÍN CON
la esperanza de pillar a Evelyn en el cambio de clase.

La encuentro sentada sola en la escalera que lleva a la clase de Literatura,
pegada a la pared y mirando por la ventana que da sobre el bosque cercano al
colegio. Me siento con ella y dejo los libros a un lado. El timbre vuelve a sonar,
lo que indica que ya deberíamos estar en clase, pero ni Ev ni yo hacemos caso.

—¿En qué piensas, cariño? —le pregunto.

—En casa —contesta ella, sujetándose la barbilla con las manos—. Mira
el tono dorado que van tomando las hojas de las hayas. Tenían ese color cuando
nos fuimos. ¿Estará nevando ahora?

—No lo sé.

Hace un mes que empezamos el semestre, han pasado ocho desde que volvimos de los Bosques. Aún se me hace extraño que volvamos a tener once y catorce
años, que volvamos a estar obligadas a cumplir las restricciones que marca el
timbre del colegio, el momento de apagar las luces y los juegos infantiles. Evelyn
está retraída, cada vez más callada. Conozco ese deseo de no dejar que los problemas se alejen de ti, de ocultar las heridas hasta que tengan oportunidad de
curar, así que intento dejarla en paz siempre que puedo. En cuanto a mí, desde
que hemos vuelto a nuestro mundo, me he dedicado a hacer justo lo contrario:
siento que tengo que mantenerme ocupada o me hundiré. De modo que he

convertido el colegio en mi proyecto personal y he reclutado al resto de las chicas para formar mis tropas. Aunque nunca son suficientes.

Le doy un papel a Evelyn.

—Estoy formando un club...

—¿Otro? —me corta ella, y yo respondo poniendo los ojos en blanco. Pero me agrada que se haya dado cuenta de todo lo que hago.

—Sí. Y este te gustará. Me encantaría que te unieras a nosotras, Ev. Te vendría muy bien.

Evelyn lee el folleto manuscrito con ciertas dudas.

—¿El Comité de Ayuda del St. Agatha?

—Sí. Empezaremos por enviar libros a los soldados que están en el hospital. No será un trabajo muy exigente, te lo prometo. ¿Vendrás, Evie?

Evelyn me mira en ese momento por primera vez y siento que me encojo por dentro. No hay luz en sus ojos. Es como mirar el fondo de un pozo profundo y oscuro.

—Muy bien. Si quieres que vaya, iré.

—Gracias —le digo, apretándole cariñosamente el hombro—. Tengo que irme. Llego tarde a Matemáticas. ¿Tú no tendrías que ir también a clase?

Ev se retira con brusquedad y su voz adquiere un tono duro.

—Sí.

No sé qué decir. No puedo cambiar lo que he hecho, y todos tomamos una decisión aquel día en la playa. Llevo temiendo este momento desde que volvimos, el momento en que Evelyn me pedirá que me vaya.

Pero no lo hace. Vuelve a suavizarse instantáneamente casi, y me regala una sonrisa.

—Querida Philippa. ¿Qué haría yo si no estuvieras tú para recordármelo?

Yo también le sonrío y bajo corriendo las escaleras sin hablar. Cuando llego a la base y ya no puede verme, me paro y me tapo la cara con las manos, tratando de respirar hasta que se me pasan las náuseas y el picor de ojos por las lágrimas. No quiero tener que recordárselo. Lo que quiero es que mi hermana olvide.

Cuando recupero la compostura, echo a correr por el pasillo. No hay tiempo para regodearme en la tristeza y el dolor. La guerra no ha terminado en este mundo y tengo mucho que hacer.

38 ⚹

HAY UN GATO DESCONOCIDO SENTADO DELANTE DE LA CASA, dentro del círculo de luz que arroja la farola de la calle. Paso a su lado y abro la puerta.

—¿Hola? —pregunto, quitándome el abrigo y la bufanda. Me asomo a la sala de estar, pero no hay nadie.

—Philippa —contesta Jamie desde la cocina—. Estamos aquí.

Hay dos hombres sentados a la mesa con papá y Jamie. Mamá está delante del fregadero, lavando unas tazas de forma mecánica. Mis padres están tan pálidos y callados que parecen fantasmas. Es Jamie quien toma el mando, quien se inclina hacia delante para hablar con gesto serio con aquellos hombres desconocidos. Hay dolor en la forma en que aprieta la boca.

—Estos son los inspectores Dawes y Singh —dice, señalando a los hombres, que me miran y saludan con un gesto. El más joven, el inspector Singh, intenta darme ánimos con su sonrisa. Tiene unos amables ojos castaños y su arreglado bigote negro contrasta con su piel morena. El otro, Dawes, un tipo de aspecto duro con el rostro curtido y rubicundo, se levanta y me tiende una mano que yo estrecho antes de sentarme. Soy perfectamente consciente de la silla que queda libre, del sitio en el que me siento, aunque los inspectores no lo sepan.

Pero nosotros sí lo sabemos, todos los Hapwell, y se produce un momento de tensión cuando me siento. Dawes pasa las hojas de su libreta, ajeno a lo que he tenido que hacer, a las pequeñas muertes que estoy sufriendo.

—Señorita Hapwell, me gustaría hacerle unas preguntas sobre su hermana, Evelyn.

—Por supuesto. He estado un tiempo viviendo en Estados Unidos, así que no tengo mucha información reciente.

Mamá me pone una taza de té delante sin decir nada, moviéndose en silencio con sus zapatillas de estar en casa.

—¿Cómo era la relación con su hermana? —pregunta el hombre, dándose unos golpecitos con el lápiz en la barbilla.

—Complicada —contesto, dando un sorbo, con la esperanza de que me reconforte. Está caliente y amargo, como me gusta. Aunque la guerra haya pasado, me quitó todas las ganas de dulce—. Las dos podíamos ser muy difíciles, pero la quería, por supuesto.

—¿Le escribía mientras estuvo usted fuera?

—Sí.

—¿Le mencionó algo en sus cartas? ¿Algo que le preocupara? ¿Algo relacionado con el pueblo o con un chico del St. Joseph?

—No lo sé —contesto, mirando la taza mientras admito la verdad—. Nunca leí sus cartas.

El inspector Singh mete baza en la conversación por primera vez sin dejar de mirarme.

—¿Y cómo es eso, señorita Hapwell? ¿Discutieron por algo?

Suspiro y el vapor que sale de la taza de té se retuerce.

—Sí, antes de irme. Yo... no quería saber nada de ella estando tan lejos.

Lo siento, Ev. Lo siento. Pero todos nos hundíamos y te sostuve todo lo que pude. No podía seguir aguantando el peso si no quería mantener la cabeza fuera del agua.

El inspector Dawes se remueve su asiento.

—Señores Hapwell, ¿les importaría salir un momento? Me gustaría hablar con su hija a solas —dice con el tono un poco brusco.

Mis padres salen y nos quedamos Jamie y yo con los inspectores. Nada más salir mi padre, me cambio a su silla, para dejar libre el sitio de Evelyn otra vez. Dawes frunce el ceño, pero no le doy ninguna explicación.

—Señorita Hapwell —dice el inspector Singh, haciendo una pausa después de decir mi nombre. Parece reticente a hacerme la pregunta—. ¿Tiene alguna razón para pensar que su hermana pudiera querer autolesionarse?

Guardo silencio y centro la mirada en el sitio vacío de Evelyn.

—¿Se ha autolesionado alguna vez?

Jamie me mira tan fijamente que siento que me arde la piel. Son muchos los secretos que nos hemos guardo mutuamente que jamás han visto la luz, y que deberían seguir ocultas, pero aquí estamos, desenterrándolos. ¿Dónde estás, Evelyn, cariño?

—Sí.

La palabra es corta, una cosita pequeña como una canica, y, sin embargo, resuena profundamente en cuanto la pronuncio.

—Oh, Philippa —dice Jamie.

El silencio nos envuelve como un pesado manto.

El inspector Dawes retira la silla y se levanta.

—Creo que esto es todo por el momento. Si tenemos más preguntas, nos pondremos en contacto con usted. Pero me temo que sí vamos a necesitar las cartas, señorita Hapwell.

Todos nos levantamos para dejar salir a los inspectores y subo corriendo a sacar las cartas de Evelyn del fondo de mi maleta, con cuidado de no fijarme en su conocida caligrafía. Me preocuparía que estuvieran llenas de recuerdos del Gran Bosque si no fuera por la promesa que hicimos cuando regresamos de no poner por escrito nada relacionado con el tema y no hablar de ello con nadie, excepto entre nosotros tres.

Los inspectores toman las cartas y se despiden de nosotros. Jamie y yo nos quedamos solos en la cocina rodeados de tazas de té frías, la prueba de la policía nos ha interrogado. Ignoro dónde estarán mamá y papá. Tal vez se hayan ido a su habitación o al salón.

—No me lo habías dicho nunca —dice Jamie.

Me levanto y me pongo a caminar de un lado para otro, inquieta, deseando salir de la casa. No, lo que realmente quiero es montar a caballo. Quiero ver a Gensa, el alto caballo de tiro que había en el Palacio de la Belleza, y cabalgar por la playa al pie de los acantilados. Si estuviera allí, hincaría los talones en los costados de Gensa y galoparía hasta perderme en el horizonte.

Pero en vez de eso, me rodeo con los brazos y miro por la ventana el muro de ladrillo.

—Y no te lo habría dicho si no hubiera ocurrido esto.

—¿Quieres... que hablemos de ello? —pregunta Jamie con tono vacilante. No está seguro de querer hacerlo ni tampoco de que yo vaya a aceptar.

—No. No quiero hablar de ello. Necesito que me dé el aire.

Tomo mi abrigo y salgo a la calle londinense. Mi decisión está tomada. Lo primero que haré el lunes será pasar por la National Gallery y decirle a Presswick que acepto el trabajo. Tengo que mantenerme ocupada o me derrumbaré.

Y me niego a terminar como mi hermana.

El museo se alza sobre mí cuando subo los escalones de la entrada el lunes por la mañana, aferrada a un termo de café. Estoy siempre cansada, pero me cuesta dormir viendo la cama vacía de Evelyn junto a la mía.

Acaban de abrir las puertas cuando me dirijo al mostrador principal, donde encuentro a la misma mujer con cara de aburrimiento del sábado. Intenta acabarse la taza de té sin ser vista.

—Busco a Presswick —le digo—. Me ha ofrecido trabajo como asistente.

La expresión confusa de la mujer desaparece. Se mueve hacia mí con los ojos chispeantes de curiosidad.

—¿Presswick ha dicho? ¿Presswick la ha contratado? Eso es imposible. Para hacerlo tendría que gustarle, y a ella no le gusta nadie. ¿Seguro que fue Presswick? ¿Qué aspecto tenía?

—Gris. Espinosa como un cardo.

La mujer del mostrador forma una O con la boca.

—Es Presswick, sin duda. ¿Qué le dijo?

Levanto un hombro mínimamente, un gesto elegante que viene a decir: "Philippa consigue todo lo que se propone" y que no es extraño que me caigan ofertas de empleo.

—Hablamos de arte, eso es todo. Puede que le causara buena impresión.

Jamie se reiría de buena gana si me oyera decir hablar con esa fingida inocencia. La primera impresión que doy a la gente es justo la que yo quiero, ha sido siempre así. Sin embargo, lo cierto es que con Presswick había sido sincera. Me había mostrado como realmente soy, sin protección alguna, algo que rara vez hago, y me sorprende tanto como a la chica del mostrador que algo bueno haya podido salir de esa sinceridad.

—No lo creo —me contesta la chica con cara de admiración y no puedo evitar sonreír.

—Soy Philippa Hapwell —me presento, extendiendo la mano enguantada—. Pero todos me llaman Phil.

—Kitty Foster —contesta ella, estrechándome la mano para a continuación llamar a un vigilante de seguridad que pasa por el vestíbulo—: ¡Albright! Esta es Philippa. La ha contratado Presswick. ¿Puedes acompañarla a la antigua oficina de las hachas de guerra? No puedo dejar el mostrador.

Albright va todavía de uniforme, pero lleva una bolsa en la mano. No hay duda de que acaba de terminar su turno.

—Venga ya, Kitty —dice él con gesto de cansancio—. Ya me iba. ¿No puede hacerlo Billings?

Pero en ese momento comete el error de mirarme. El pobre Albright me sacará por lo menos quince años, tiene la piel cenicienta de trabajar siempre en un lugar cerrado y está bastante deteriorado, mientras que yo voy vestida para matar con mi traje azul marino y mis tacones a juego. Le regalo una sonrisita cómplice y está perdido. Aquí tienes no hay que reírse del poder de una barra de labios y un buen maquillaje. Del maquillaje y los tacones en realidad. Se te olvida que una vez me rechazaron solo por mis palabras, Jamie, pero ahora mi vida es una ofensiva constante de encanto y sonrisas, para que no vuelva a suceder.

—Está bien. —Albright es hosco y torpe, tratando de disimular la bandera blanca de la rendición, aunque para lo que hace, bien podría llevarla sobre la cabeza—. No me vendrá mal andar, de todos modos. Venga conmigo, señorita...

—Hapwell —digo yo con tono musical.

El hombre sale andando y espera que lo siga. Yo lo hago, dejando tras de mí un satisfactorio repiqueteo de tacones en el vestíbulo, pero me da tiempo a girarme hacia Kitty, que también me mira. Enarco una ceja y sonrío, como si la rendición de Albright fuera una broma entre las dos. Kitty me devuelve la sonrisa y sacude la cabeza, pero nadie puede ver lo complacida que está.

Recorremos galerías durante lo que me parecen varias millas, algunas abiertas e iluminadas y con cuadros en las paredes, otras todavía dañadas por las bombas, cubiertas con lonas y llenas de escombros. Caigo rendida a los encantos de este sitio que presenta su rostro sereno y hermoso al público, mientras en su interior se ocultan salas destrozadas como comienzan ahora a recomponerse.

Albright me deja delante de un despacho con la puerta cerrada y se aleja gruñendo no sé qué sobre Presswick. No ha sido una rendición muy elegante, así que tendré que trabajar un poco más. Si todo va bien, nos volveremos a ver.

No me quedo mirándolo, sino que llamo a la puerta.

—Adelante —dice Presswick con su tono cáustico. Entro y cierro la puerta.

La mujer que conocí mientras contemplaba un cuadro de Rembrandt está sentada tras un escritorio en un despacho decorado con austeridad.

Tiene el rostro delgado, lleva el pelo recogido hacia atrás con estilo severo y viste traje de pantalón de *tweed*. Tomo asiento y espero al ver que no se molesta siquiera en levantar la vista de lo que sea que esté escribiendo en una gruesa hoja de papel.

Por fin, termina y deja a un lado la pluma. Se reclina en el sillón y me observa detenidamente, evaluándome.

—Y bien, ¿qué es lo que quieres, niña? Suéltalo.

Me niego a dejarme acobardar por ella.

—Usted me contrató ayer por la tarde. Soy su nueva asistente.

—Ah, sí. Me había olvidado de ti. *Mujer bañándose.* Toma, puedes empezar pasando a limpio estas cartas.

Miro el taco de páginas desordenadas que empuja hacia mí.

—¿Tiene máquina de escribir?

Presswick levanta bruscamente la mirada.

—¿Tienes mala caligrafía?

—No —le aseguro yo—. Lo digo únicamente porque con una máquina de escribir sería más rápido.

—Esas máquinas horribles con tanto botón y tanto ruido, aparte de que la letra es una afrenta a la sensibilidad artística de uno —responde ella con desprecio—. Escríbelas a limpio a mano, gracias.

—¿Qué clase de tareas tendré que llevar a cabo en este trabajo? —pregunto antes de que siga con su trabajo.

—No tengo ni idea —responde ella con un gesto de absoluta indiferencia—. Pero el director Hendy lleva diciéndome que necesito un asistente desde que terminó la guerra, desde que se creó el propio departamento de Conservación de hecho, pero ninguno de los candidatos que me ha enviado servía para el puesto.

La miro detenidamente, tratando de entender que pudo ver en nuestra conversación que convenciera a esta extraña mujer para contratarme.

—¿Qué me diferencia a mí de todos ellos?

Presswick me mira por encima de sus gafas de lectura.

—Sospecho que eres una persona cuidadosa, no el tipo de persona que toma decisiones apresuradas o que hace las cosas sin cuidado. Al menos, esa fue la impresión que tuve de ti ayer. Si resulta que me equivoqué, lo que no suele suceder, te despediré.

—Me parece justo —le digo, y me pongo a pasar en limpio la primera de las cartas. No tardo en sumirme en nuevas políticas y aprender los vericuetos del museo mientras escribo.

Aún tengo la cabeza llena de disolventes, restauración de imágenes y los Maestros Antiguos cuando llego a casa y me encuentro con el equipaje de Jamie en la puerta.

39

ESPERÉ EN VANO QUE FUERA LA GUERRA LA CAUSANTE
de lo mal que lo estaba pasando Evelyn y que, cuando terminara, la situación mejoraría. Pero ahora, todos juntos en la National Gallery un mes después del Día de la Victoria en Europa y un año y medio después de regresar de la Tierra de los Bosques, me doy cuenta de que estaba equivocada.

El museo está atestado de gente. Todo el mundo quiere ver a los Maestros Antiguos, recuperados tras la guerra de su estancia temporal en una cueva en Gales. Me aparto del mostrador central y veo que Ev está sola en un rincón dentro de esa burbuja que parece acompañarla allá donde va. Mamá y papá se encuentran a poca distancia, hablando en voz baja y lanzando miradas ocasionales a Ev. Están hablando de ella, por supuesto, y cuando me acerco con las entradas, mamá me lleva a un lado.

—Philippa, ¿qué ha ocurrido en el colegio este año? Tu hermana no parece la misma.

Me muerdo el labio y trago saliva. Si me dieran una moneda de seis peniques cada vez que me preguntan qué le ha ocurrido a Evelyn, sería rica. Primero fue Max. Después, las otras profesoras y, al final, la propia directora Ogro. Luego fueron la enfermera y un médico de Hardwick que no conseguía averiguar qué le ocurría.

Y ahora es mi madre la que me hace la pregunta que no puedo responder. Hablando en serio, ¿qué diríamos si quisiéramos hablar? Nadie nos creería. Ya murmuraban cosas sobre Evelyn, sobre su salud. Si Jamie y yo empezáramos a contar historias sobre un misterioso país en el que pasamos varios años que aquí no fue más que un momento en el interior de un refugio antiaéreo, caerían sobre nosotros las mismas sombras de locura que perseguían a Ev.

—Supongo que simplemente será que le cuesta estar de vuelta en Londres —digo, dándole unos golpecitos en el hombro—. No es por ti o por papá, es solo que la ciudad no es un lugar muy alegre con todos estos escombros.

Me alejo de allí llevándome a Ev del brazo a través de pasillos y galerías hasta que llegamos a lo que busco. Evelyn se comporta con docilidad y no muestra interés alguno hasta que nos colocamos delante del cuadro.

Rembrandt. He visto cuadros suyos en libros de arte, pero nunca había visto uno en vivo. El sencillo fondo, la figura femenina que se adentra en un arroyo constituyen una imagen elegante, sutil e íntima. La mujer muestra seguridad y a la vez da la impresión inmediata de que sabe mucho más de lo que se puede apreciar a simple vista.

A mi lado, Ev se echa hacia delante con la boca entreabierta.

—Mírala —susurra. Casi no la oigo con el murmullo de la multitud que llena el museo en vacaciones—. Se la ve tranquila por dentro. Sabe perfectamente quién es y dónde está su casa.

Nos quedamos allí, mirando a la bañista, todo el tiempo que podemos. Cuando nos alejamos, veo la sonrisa abierta de Evelyn.

Aunque estamos ya a mitad de verano, es como si hubiera estado congelada por dentro, pero noto que he empezado a descongelarme con el calor de esa sonrisa. Las cosas irán mejor ahora. Claro que sí.

Tienen que hacerlo.

40

ESTOY DE PIE EN EL VESTÍBULO PRINCIPAL CON LAS MANOS en los bolsillos de mi jersey, tratando de sentirme perdida porque mi hermano se vaya.

—Tengo que volver a la universidad —dice Jamie todo contrito—. Si necesitas algo, llámame. O ven a pasar el fin de semana. Oxford no está lejos. Y no creo que la policía vaya a incordiarte mucho, así que no tendrás que preocuparte por eso.

—No te preocupes —digo, sonriendo, aunque su marcha me destroce—. He conseguido trabajo, y están mamá y papá...

Dejo la frase a medias. La verdad es que Jamie y yo no hemos sido muy buenos hijos. Hemos estado tan obsesionados con nuestras preocupaciones por la Tierra de los Bosques, por Ev y por nosotros mismos, tan centrados en que no se nos escapara nada sobre nuestra vida secreta que no nos dimos cuenta de que nuestra autonomía dejaba fuera a nuestros padres hasta que fue demasiado tarde. Ahora llevamos vidas paralelas y no estoy muy segura de cómo cerrar el abismo que nos separa. Ni siquiera estoy segura de que ninguno de nosotros quiera hacerlo. El vínculo que nos une es la desaparición de Evelyn y por lo menos en lo que a mí se refiere no tengo intención de reconstruir nuestra relación sobre esos cimientos.

Abrazo a Jamie con fuerza. Es el único que sabe lo que yo sé, el único que entiende la verdadera razón de que Evelyn haya desaparecido. Cuando sale por la puerta, tengo que apoyarme en la pared para no caerme. Si algo le sucediera a mi hermano también no sé si podría seguir adelante.

Mamá sonríe cuando entro en la cocina, pero es una expresión desvaída que no alcanza sus ojos. Me da una taza de té y nos sentamos en silencio. Cuando no puedo seguir soportándolo, retiro la silla y mascullo una excusa para ausentarme. Desearía ser más valiente, no ahora mismo, siempre. Desearía poder retroceder en el tiempo y deshacer lo que he hecho.

A solas en nuestra —mi— habitación, me pongo el pijama a oscuras y me quedo mirando la cama vacía de Evelyn. La luz de la farola se cuela por un hueco abierto en las cortinas y divide la cama por la mitad exacta, dos surcos de oscuridad separados por un bloque de luz.

Espero que haya algo de cierto en la imagen que tengo delante. Espero que, aunque Jamie y yo sigamos vagando en la oscuridad, en algún lugar Evelyn encuentre la felicidad y la luz.

Al cabo de un buen rato me levanto y cruzo la habitación. Me pongo de lado con mucho cuidado en el espacio vacío dejado por mi hermana y me abrazo a la almohada, inhalando lo poco que queda ya de su olor. Me quedo allí, anhelando y esperando hasta que el deseo de estar en un mundo perfecto que desconozco puede conmigo.

¿Adónde te has ido, Ev?

¿Qué has hecho?

Encuentro a Kitty detrás del mostrador de las entradas en mi segundo día de trabajo. No parece encontrarse bien, pero se anima cuando me ve entrar.

—¡Hola! ¿Qué tal te ha ido en el Departamento de Conversación?

—¿Departamento de Conversación? —repito yo, arrugando la nariz.

Kitty saca la taza que tiene escondida y da un sorbo rápido.

—Todos lo llamamos así por lo mucho que se habla ahí abajo. Se generan miles de documentos relacionados con cada pintura que restauran. ¡Por no hablar de las reuniones! Y todos salen despavoridos después de lo que le sucedió al director Clark.

—Perdona, debería saberlo, pero he estado un poco ocupada los últimos años —digo yo, frunciendo el ceño.

Kitty se asoma un poco hacia delante con aire conspirador y baja la voz.

—No veas qué escándalo, Philippa. Como sabes, se llevaron todos los cuadros del museo durante la guerra y los metieron en no sé qué cueva en Gales, pero durante el tiempo que estuvieron allí, los vigilantes de la cueva limpiaron muchos de ellos. No se les puede culpar, ¿qué otra cosa se puede hacer en Gales? Pero cuando los trajeron de nuevo hubo quien pensó que habían resultado dañadas durante los trabajos de restauración, vamos, que los galeses se habían pasado un poquito. Se reunió un comité de investigación y todo, y terminaron enviando al director Clark a Oxford. Entonces llegó el director Hendy y se creó el Departamento de Conversación.

—Madre mía —exclamo sin levantar la voz, aunque ahora empiezan a encajar todas las piezas. Por qué Presswick necesita un asistente cuidadoso y por qué es necesario tanto papeleo.

—Presswick dirige el departamento con mano de hierro —continúa Kitty—. Si estás bien con ella, háblale bien de mí. El director confía en ella y quiero salir de este dichoso mostrador. Me muero por entrar en adquisiciones.

—Puede que me lleve un tiempo —contesto yo—. Y no puedo prometerte nada. Pero si sale la oportunidad, le hablaré de ti.

Kitty me lanza un beso.

—Eres un encanto. El viernes por la noche voy a bailar con unas amigas. ¿Te apetece venir?

Debería decir que sí y lo habría hecho antes de la desaparición de Evelyn. Me habría propuesto la tarea de añadir Londres a mi lista de conquistas y la habría completado antes de llegar a septiembre.

Pero ya no soy la que era. No estoy de humor para juegos de deseos y palabras. solo quiero estar aquí, encajar como un diente más en el complejo engranaje del museo. Que sea otro el que gire la llave que pone en marcha el mecanismo por una vez.

—Ya te diré algo. Eres un encanto por invitarme.

41

LAS COSAS MEJORAN A VECES, NORMALMENTE EN PRI-
mavera. Al llegar la primavera del tercer año de nuestro regreso de la Tierra de
los Bosques, me doy cuenta de que las cosas funcionan de la siguiente manera:
empeoran en invierno, mejoran al final. Los días son más largos, el mundo se
vuelve más verde y mi hermana sale de su concha. Siempre que puede, le gusta
perderse en los campos que se extienden por detrás del colegio o en el bosque que
hay más allá. Cuando puede pasar un rato en el bosque, vuelve con más ganas
de vivir, más presente, casi como la chica de antes. Hablo con Max sobre ella y
llegamos a un acuerdo. Max dejará una llave para que Evelyn salga del edificio
si yo la superviso.

Así que, aunque he regresado a este mundo, al final aprendo a andar como
los lugareños de la Tierra de los Bosques. Aprendo a no hacer ruido para que
Evelyn no sepa que la sigo, fiel como su sombra. Cuando ella camina, yo cami-
no. Cuando se sienta, me siento. Cuando les cuenta a los árboles en susurros sus
nostálgicos recuerdos, soy yo quien los escucha.

Una noche, la sigo hasta su lugar favorito, un círculo de abedules en el cora-
zón del bosque. Una luna delgada como una hoz pende sobre nosotras y corre
una brisa suave. Me quedo unos pasos por detrás de Evelyn, en un círculo de luz

y campanillas azules. Despacio, con una sonrisa en su rostro iluminado por la luna, se deshace la trenza y se deja suelta la melena dorada.

Está espectacular a la luz de la luna, parece una criatura de otro mundo. Cuando levanta el rostro hacia el cielo y empieza a cantar, incluso los árboles dormidos de la campiña inglesa se acercan a escuchar.

Canta una canción que aprendimos hace mucho tiempo en un palacio junto al mar. Los abedules se mecen y tiemblan, como si la voz cristalina de Evelyn traspasara sus troncos hasta llegar a la médula. Me traspasa a mí, que floto a la deriva, perdida en una playa de arena gris, bajo un cielo gris, a la orilla de un mar gris.

42

SCOTLAND YARD REQUIERE MI PRESENCIA, PESE A QUE
Jamie me aseguró que no ocurriría. Acudo a la llamada a primera hora de la
mañana y me meto como puedo en un despacho minúsculo con los inspectores Singh y Dawes, tratando de no toser en medio de una asfixiante nube
de humo. Una parte de mí quiere sentirse acobardada por ellos, que parecen
mucho más grandes dentro de aquel cubículo sin ventanas que en la cocina
de mis padres, pero me siento muy erguida y calmada, con las manos en el
regazo, y finjo no saber lo que van a preguntarme y que no tengo un terrible
nudo en el estómago.

—Señorita Hapwell —comienza Dawes con tono enérgico—. Sé que se
mostró reticente a hablar delante de su familia, pero tengo que preguntarle
una vez más por su hermana. Nos dio la impresión de que era una chica con
problemas.

Oh, Evelyn.

—¿Acaso existe alguna chica que no los tenga? —digo yo sin inmutar-
me—. Pero sí. Ev lo pasó mal con algunas cosas que le han sucedido. A
veces, la situación la superaba.

Dawes tamborilea con los dedos en el brazo de su sillón.

—¿Y cómo se comportaba cuando eso ocurría?

No quiero pensar en ello. No quiero recordar los peores momentos de Evelyn.

—A veces se encerraba en sí misma. No salía de la cama. No comía, no hablaba. Otras veces, salía por las noches y vagaba por ahí hasta el amanecer.

—Dijo que se había autolesionado en el pasado —interviene Singh.

No me gusta ese "pasado", lo que implica que sabemos lo que le ocurrió y que esta investigación es una mera formalidad.

—Sí. Se hizo cortes, una vez. Tuvieron que darle puntos. Pero hizo otras cosas, como no ponerse el abrigo durante los días más fríos del año o caminar descalza sobre unas zarzas. Creo que no fui testigo de todo lo que hacía.

El inspector Dawes se reclina en su sillón y me mira.

—¿Se definiría usted como la persona que mejor conocía a su hermana?

Pienso en las conexiones entre las dos, los años que nadie vio de historias y momentos de caos compartidos. Estamos unidas a través del tiempo y los mundos, y nada podrá cambiarlo.

—Sí.

—¿Y aun así abandonó el país sabiendo que era una persona inestable?

No sabría decir si es una pregunta o un reproche, y el inspector Singh mira a Dawes de manera significativa.

—¿Cómo puede ser eso, señorita Hapwell? —presiona Dawes al ver que no respondo.

—Discúlpenme un momento —digo.

Salgo de la diminuta oficina, paso por los cubículos de las máquinas de escribir y el mostrador principal, y me dirijo al cuarto de baño, en el que vomito fácilmente sin hacer mucho ruido. Práctica no me falta, con lo nerviosa que he estado los últimos meses preguntándome todas las mañanas si Ev seguiría en su habitación al fondo del corredor. Al ver que no dejo de temblar, me siento en el suelo y me apoyo en la pared, sin preocuparme por la ropa.

No puedo quedarme. No lo soporto más, no podría ver cómo Ev se derrumba de nuevo, preguntándome si esta vez sería la última y no habría manera de recomponer las piezas rotas. Intentar mantenernos a flote a ambas me estaba destrozando y aquellas amargas palabras fueron la excusa que necesitaba para irme.

Pero tampoco estoy segura de que pueda vivir con esto, no saber qué le ha ocurrido a mi hermana; el sentimiento de culpa constante y devastador ante lo que podría haber pasado si hubiera tomado una decisión diferente.

Si me hubiera quedado.

La respuesta es simple. Evelyn seguiría aquí. La he salvado del abismo las suficientes veces como para saber que tengo razón.

Para acabar aquí, yo misma podría haber hecho magia negra para apartarla definitivamente. Esos son mis pecados imperdonables, haber traído a Evelyn a casa de la Tierra de los Bosques y haberla abandonado después, y no pudo arreglárselas ella sola.

Me levanto del suelo del baño, me enjuago la boca en el lavabo, me pongo un caramelo de menta debajo de la lengua y me pinto de nuevo los labios con sumo cuidado.

—Lo siento —me disculpo, sentándome de nuevo—. ¿Por dónde íbamos?

—Sus motivos para irse.

—Me dieron una beca —contesto, consciente de mi rostro sereno e insondable—. Una beca muy buena. Pueden comprobar mi expediente académico. Dediqué años de mi vida a cuidar de Evelyn, no podía renunciar también a esto.

Es verdad que me dieron una beca. Tengo un cerebro bastante decente. Pero también conseguí la beca del Christ Church College de Oxford, lo que habría significado estar a unos minutos de distancia de Jamie y a un breve trayecto en tren de Ev.

La idea de ir y venir en tren, las llamadas telefónicas que recibiría, los numerosos viajes en estado de pánico absoluto para ir a verla es lo que me impulsó a cruzar el océano en busca de la libertad.

Y ahora aquí esto, encadenada por los poderosos grilletes de la culpa, más incluso que los de la obligación.

—Esto es todo por el momento —dice el inspector Dawes—. Sin embargo, es posible que nos surjan más preguntas en el transcurso de la investigación y que tengamos que pedir su cooperación.

—¿Es que no he cooperado hasta el momento? —Me inclino hacia delante, pero no es la Philippa Hapwell de ahora, la que se siente abatida por todos sus fallos, la que lo hace, sino la que ha caminado entre dos mundos y visto más de lo que pudiera imaginar cualquiera. Y lo hace de un modo muy significativo—. Daría lo que fuera, lo que fuera, por ver a mi hermana entrar por esa puerta, sana y salva. Espero que, al menos, eso haya quedado totalmente claro.

—Jamás lo pondríamos en duda —me tranquiliza Singh.

Cojo el bolso y los guantes, y salgo deprisa antes de que vean que me tiemblan las manos o adivinen que aún tengo náuseas.

43

ESTAMOS EN OCTUBRE. TENGO DIECISIETE AÑOS Y estoy a punto de vivir la peor noche de mi vida. Evelyn tiene catorce, y ya hace más de tres años que volvimos de la Tierra de los Bosques, cuando Cervus nos dijo que no volvería a llamarnos.

Me despierto a la una de la mañana porque llaman a la puerta, y no es un toque suave, sino un golpeteo urgente acompañado de un susurro penetrante.

—¡Philippa! ¡Philippa! Soy Georgie. Despierta.

Me levanto de la cama, me pongo la bata y salgo antes de que mi compañera de habitación, Milli, pueda preguntar qué pasa. Georgie está de pie en el pasillo oscuro, retorciéndose las manos.

—Ev se levantó en plena noche y ya sabes que últimamente se comporta de un modo extraño. Pensé que se encontraba mal, pero al ver que no volvía del baño, fui a ver qué pasaba, pero no me deja entrar. Creo que le ocurre algo malo.

Se me hiela la sangre y el miedo me atenaza el estómago.

—Georgie, seguro que no pasa nada. Le habrá sentado algo mal, nada más. Eres muy amable al preocuparte así de ella, pero ya me ocupo yo.

Pese a tener el pulso desbocado, hablo con tono moderado y razonable. El pánico va desapareciendo de los ojos de Georgie, que asiente con la cabeza y *regresa a la habitación que comparten las dos. Cuando veo que la puerta se cierra, salgo corriendo hacia el cuarto de baño al final del pasillo.*

—Evelyn —digo con un tono suave como el ala de una polilla—. ¿Evelyn, estás bien?

Agarro el pomo, pero no gira porque está echado el pestillo. Saco una horquilla del bolsillo de la bata y hurgo en la cerradura medio a oscuras y aguantando la respiración hasta que oigo el clic que me dice que se ha abierto la puerta. Las manos me tiemblan tanto que hago tintinear el pomo metálico al empujar la puerta del baño y cerrar detrás de mí.

La luz blanca de la luna se cuela por la única ventana, envolviendo a Evelyn y tiñendo de plata la sangre que tiene en las manos, las piernas, la ropa interior, el camisón levantado hasta la cintura. A su lado, en el suelo, la hoja cortante lanza su vil destello.

—Evie —digo, tomándole el rostro con las manos. En sus ojos hay una mirada perdida—. Evie, cariño, ¿de dónde ha salido toda esta sangre? ¡Evie, qué has hecho?

—Ya no sé quién soy, Philippa —contesta ella con un delgado hilo de voz, casi inaudible—. Ya no miro como se supone que tendría que hacerlo. No siento como debería sentir. Tenía una cicatriz...

Evelyn se lleva la mano al costado, al lugar en el que se enganchó con un clavo largo en un establo que había fuera del Palacio de la Belleza hace años, en otro mundo. Ahora lo veo, debajo de sus dedos ensangrentados, un corte dentado que va desde la curva de su cintura hasta su ombligo, la herida gemela de la que se hizo en la Tierra de los Bosques.

Le retiro la mano porque sigue saliendo sangre de la herida y a continuación la cubro con mi bata y la estrecho contra mí.

—Evelyn —susurro, odiándome por lo que voy a decir—. Tenemos que entrar en el castillo para que pueda curarte esa herida, solo tenemos que cruzar el patio. ¿Puedes andar?

Sus ojos se iluminan.

—Con tu ayuda, Philippa.

Salimos al pasillo oscuro, bajamos las escaleras y llegamos a la planta principal del edificio de los dormitorios. La enfermería atestada no tiene la llave echada. Y es una suerte porque no estoy de humor para forzar otra cerradura.

Una vez dentro, enciendo la luz y parpadeo varias veces ante la súbita luz blanca. Evelyn se tumba obedientemente en el colchón desnudo que usa la enfermera para los reconocimientos. Rebusco entre los cajones y los armarios, consciente de que cada minuto que pasa es sangre que pierde mi hermana. Aunque no creo que se haya hecho una herida muy grave, la letanía no deja de resonar en mi cabeza: odio esto, lo odio, lo odio, quiero que la noche termine.

Encuentro al fin hilo y una aguja.

—Ev —mascullo mientras corto un trozo de hilo—. Voy a coserte. Te va a doler, igual que la otra vez en casa, pero estoy aquí, igual que entonces.

—Claro que sí —me dice ella con gesto angelical—. Y cuando volvamos, seguiremos estando juntas.

Mojo un paño para limpiar la sangre que sale de la herida. No puedo hacer nada con el camisón y la ropa interior; tendré que esconderlo y quemarlo toda una noche que pueda salir sin que me vean. Enhebro la aguja, inspiro y trato de no dejarme vencer por el calor que me sube por la nuca. No puedo ponerme mala ahora, no es el momento.

Ev hace una mueca al sentir el pinchazo, pero sonríe. Le cuesta, pero lo hace. Le doy veinticuatro puntos con el pulso firme a pesar de haberme pasado el rato conteniendo las náuseas, pero mi hermana se curará y no le quedará más que una fina cicatriz.

He perdido la cuenta de las heridas que he cosido en mi vida, en el campo de batalla o en la enfermería cuando estábamos en el Palacio de la Belleza, y puedo decir que este ha sido el trabajo más difícil que he tenido que hacer.

Tras suturar, vendo la herida. Obligo a Ev a jurarme que no se la enseñará a nadie, que la ocultará lo mejor posible. No estoy segura de hasta qué punto entiende lo que le digo, pero tengo que intentarlo. Si alguien lo descubriera... Moriría antes de permitir que llevaran a mi hermana a uno de esos lugares que afirman que son hospitales para chicas con problemas como los suyos.

Meto a Evelyn en la cama con mi camisón; el suyo sigue en la enfermería y yo no llevo nada debajo de la bata, pero no tengo tiempo ahora de ir a buscar otro camisón.

Bajo las escaleras de nuevo y limpio las manchas de sangre que haya podido dejar Ev en la enfermería. Doy también la vuelta al colchón para ocultar la mancha rojiza. Después, guardo entre el camisón los paños que utilicé para lavarla y cojo unos cuantos más para limpiar el cuarto de baño de arriba.

Cuando termino de limpiar los baldosines del suelo y de ocultar las pruebas del desliz de Evelyn, la luna ha desaparecido y los pájaros cantan medio adormilados en las ramas de los árboles. La mañana se está desperezando y no tiene sentido sacar ahora ropa de cama limpia. Me pongo el uniforme y me tumbo en la cama para echar una cabezadita.

Veo a Ev en el desayuno, charlando y riendo con unas chicas de su curso. Hay un brillo en sus ojos que no veía desde hacía meses. Desearía poder alegrarme por ello, pero estoy muy sensible por dentro y me duele el alma. Una compañera se sienta a mi lado:

—¿Una noche larga, Philippa? ¿Saliste con algún chico del St. Joseph o fuiste al pueblo?

Le dirijo una sonrisa deslumbrante, un truco que nunca me ha fallado para ocultar la oscuridad que habita en mi interior.

—Ya sabes que nunca hablo de mis conquistas.

Evelyn sale del comedor sola, con paso ligero y silencioso, como el de un habitante de la Tierra de los Bosques.

44

ME PASO LA MAÑANA TOMANDO CAFÉ SOLO, TRATANDO DE olvidar la entrevista en Scotland Yard y de perderme en pasar a limpio los documentos que me encarga Presswick. Tanto café me corroe el estómago vacío y no me doy cuenta de que el golpeteo seco que se oye en el despacho es mi propio pie hasta que Presswick me llama la atención.

—¡Hapwell! ¿Qué diantres te pasa hoy, niña? Lleva estos expedientes a la sala de restauración y ve por el camino largo, a ver si quemas un poco esos nervios.

Recojo los papeles y salgo a toda prisa. Las escaleras que conducen a la sala de restauración no están muy lejos del despacho, pero no subo por ahí, sino que opto por caminar sin rumbo por las salas de la planta baja, el Departamento Científico, donde se hacen pruebas de rayos X y fotografías antes de proceder a la limpieza, y la Sección de Referencia, una especie de limbo en el que se encuentran aquellas pinturas que aguardan para ser restauradas o expuestas de nuevo. Algunas llevan esperando años, desde la guerra.

Al fondo del pasillo, me cuelo en una de las salas abiertas y subo las escaleras que conducen a la planta principal. Kitty está en el mostrador central, como siempre, escondiendo su taza de té, también como siempre, y la saludo, pero sin acercarme. No estoy de humor para charlar. Estoy que muerdo de impaciencia, culpa, arrepentimiento y agotamiento, un cóctel tóxico de emociones, agitado y removido con una desmedida cantidad de cafeína.

Ni siquiera la tranquilidad que reina en la planta principal logra calmarme: las hermosas paredes forradas de damasco, el rumor de los murmullos, el paso meditativo de los visitantes. Y me niego a mirar los cuadros expuestos. No quiero conocer las verdades que ocultan, sean las que sean. La única verdad que me interesa ahora mismo es saber qué le ha pasado a mi hermana y por muchos secretos y símbolos que alberguen, los Maestros Antiguos no me lo pueden decir.

He dado un buen rodeo por todo el museo, y al final del camino me encuentro con cinco salas en construcción entre las que elegir. Los albañiles enviados por el Ministerio de Obras Públicas se afanan en lijar, enyesar y vete tú a saber qué más. Hay polvo, desorden y ruido, no se parecen en nada a las salas abiertas.

Por fin llego a la sala de restauración. Presswick me llevó un día y pasamos por la puerta, pero nunca he estado dentro. Nada más atravesar el umbral me quedo paralizada.

La sala de restauración consiste en un espacio alargado y profundo con el techo acristalado que deja penetrar la luz del día. El suelo es un revoltijo de caballetes, mesas y peanas, pero las paredes que se extienden a derecha e izquierda de donde me encuentro están vacías, lo que dirige mi atención hacia las tres pinturas colgadas en fila en la pared más alejada.

Cada una es un reproche en forma de óleo y pinceladas.

La primera es sencilla, un paisaje verde bajo la lluvia, bañado por la luz gris de la tormenta que se cuela por una rendija entre las nubes. Un río fluye entre los campos y una arboleda oculta las lejanas tierras altas. De allí debe de haber salido el ciervo, porque ocupa el primer plano, en pleno salto. Se le ve el blanco de los ojos, y la mano del pintor lo ha captado para siempre retorciéndose frente al perro que se lanza sobre su garganta, echando espuma por la boca.

La segunda pintura es más compleja. Muestra un exuberante paisaje griego con vistas en tonos morados y un edificio con columnas en ruinas. Varios hombres armados con arcos y seguidos por sus perros aguardan en la orilla de un río, mientras que un ciervo los observa con tranquilidad desde la otra orilla. Parecen no importarle los arcos tensos que lo apuntan, la flecha preparada contra la cuerda, la punta brillante que anuncia la muerte.

La última pintura es una mezcla confusa de figuras vestidas en tonos sepia principalmente, como si el mundo se hubiera quedado sin color. El lienzo muestra una tumultuosa escena de hombres y perros, y la algarabía se centra en una extraña pareja en primer plano. Una mujer en cuclillas ante un ciervo herido por una flecha. Le toma la cabeza en los brazos y se miran, muy de cerca, a apenas unos centímetros de distancia. Los dos son como una isla de calma en mitad del tumulto de la escena, sus expresiones no muestran tensión o lástima, sino nostalgia intensificada por el recuerdo, unidos en un momento de aceptación y resignación que parece no tener fin.

No tardo ni un segundo en absorber lo que veo y trago el amargo nudo que se me ha hecho en la garganta.

—No puede ser cierto —mascullo para mí con amargura y en ese momento me doy cuenta de que no estoy sola. Creía que la sala estaba vacía cuando entré.

Un joven inclinado sobre una mesa de trabajo se incorpora. Está limpiando una pintura en la que se ve un ciervo con pose orgullosa en un paisaje dominado por la bruma y el brezo. Vislumbro brevemente su perfil antes de que se gire hacia mí: pelo y ojos castaños, facciones regulares, tez blanca tal vez un poco demasiado pálida por pasar tantas horas ahí entro. Guapo sin ser espectacular, agradable y de aspecto serio.

Pero cuando se da la vuelta por completo hacia mí soy capaz de leer su historia en un segundo, en las quemaduras que le arrugan la piel de un lado del rostro y tiran de su boca de una forma extraña, en el pelo ralo de ese lado y las manchas que motean su mano izquierda, a la que le faltan tres dedos. La leo también en la forma en que se apoya en el lado malo, el dolor que lastra su paso y la diferencia entre sus zapatos, que indican que no son solo dedos lo que ha perdido, sino también una pierna.

Inglaterra está llena de chicos como él. También los había en la Tierra de los Bosques después de la guerra. Nunca aprendí a sobrellevar ese sacrificio y sigo sin hacerlo.

El joven se sonroja incómodo, aunque hace un valiente intento de que no se le note. Un lado de su boca se curva en una sonrisa triste, pero aparta rápidamente los ojos. Está avergonzado.

—Deberían habérselo advertido. Sé que es un poco impactante.

Se me cae el alma a los pies y noto la presencia cálida de las lágrimas que he estado conteniendo desde la desastrosa entrevista con los investigadores.

—No, por favor —le ruego—. No es lo que quería decir. He tenido una mañana horrible y al ver estas pinturas... Son todo ciervos y ese animal tiene un significado especial para mí, algo de lo que no puedo escapar. Lo siento. Lo siento mucho. No lo sabía y ni siquiera veía por dónde iba.

No sé cómo enmendar la situación y no puedo soportar la idea de hacerle daño a nadie y menos cuando he pasado media vida en guerra, rodeada de jóvenes destrozados por el momento y las circunstancias que les tocó vivir.

No puedo retirar lo que he dicho y tampoco se me ocurre nada para arreglar el daño. Hay mucha tristeza atrapada en mi interior, peligrosamente cerca de la superficie, pero no quiero cargar a este chico con mis lágrimas; no las derramaré para forzar su compasión. Salgo apresuradamente del estudio de restauración y consigo mantener la compostura hasta que llego a una sala vacía. Sorteo las lonas tiradas por el suelo y me tropiezo dos veces, pero al final me rindo y me siento en un montón de escombros a llorar.

Resulta de lo más apropiado terminar aquí, cuando todas mis palabras desembocan en ruina y destrucción. Esas palabras que, al final, no bastaron para evitar la guerra en los Bosques; las palabras que me llevaron a hacer tratos con un tirano; las que le dije a Evelyn en la playa, el día que volvimos a casa; las palabras pronunciadas en un momento de ira antes de marcharme.

Y ahora esto. Me he convertido en la chica del cuento. Da igual lo que diga, da igual cual sea mi intención, de mi boca no salen más que sapos y culebras.

Ojalá salieran rosas y piedras preciosas, aunque me pinchara la lengua con sus espinas y me cortara con sus bordes.

Oigo el eco de pasos en la otra sala y me tapo la cara con las manos porque no soporto que me vean así.

—Oye, te creo —me dice una voz amable al cabo de un rato—. Yo también lo siento. Estoy acostumbrado a pensar lo peor de las personas. Es mejor que llevarse una decepción tras otra.

Al levantar la cara me encuentro con el chico de la sala de restauración, en cuclillas delante de mí. Se levanta un poco titubeante y cuando recupera la estabilidad me tiende una mano. Yo la tomo y dejo que me levante.

Hay un momento en que podríamos habernos soltado, pero no lo hago porque siento la desesperada necesidad de aferrarme a alguien, anhelo la compasión en los ojos castaños de este desconocido. Él tampoco me suelta a mí, sus motivos tendrá. Allí estamos los dos, de pie, tan cerca como unos amantes, sujetándome con firmeza a su mano.

Me mira con una expresión que no podría analizar y le dejo los documentos de Presswick en la mano libre. Ahora es mi rostro el que se ruboriza avergonzado porque yo no suelo comportarme así. En mis dos vidas, siempre he sido fría y distante, intocable en mi pedestal, pero la ausencia de Ev me ha hecho caer, me ha convertido en una chica confusa, que llora cuando se queda en una sala vacía porque de repente todo se le hace un mundo.

—¡Hapwell! —La voz de Presswick se eleva por encima de los ruidos de la sala en construcción contigua—. ¿Dónde te has metido? Dije que te dieras una vuelta, no que subieras una montaña.

—Gracias por creer en mí —susurro y le doy un beso en su cara marcada—. Tengo que irme.

Presswick no dice nada de mi rostro enrojecido y con la huella de haber llorado. Se limita a sacudir la cabeza y mascula algo sobre los jóvenes mientras me conduce de nuevo a la planta inferior.

Cuando me acuesto por la noche, en la cama contigua a la de Evelyn, tengo un nudo en el estómago. Tardo en dormirme, pero cuando lo hago, tengo un sueño perfecto. Es como si en alguna parte, más allá de los límites de este mundo, Cervus tratara de disculparse por todas las cosas horribles que he tenido que recordar.

En mi sueño, me encuentro en mi lugar favorito de la Tierra de los Bosques, un lugar al que me es imposible llegar cuando estoy despierta, me siento en el tronco de un árbol medio caído, suspendido sobre el tranquilo lecho del río. El agua, transparente como un cristal, refleja el cielo. Las tortugas toman el sol en la orilla y no se oye más que el zumbido de alguna mosca o el aleteo de un pez al salir del agua. Podría ser una de esas tardes de verano en las que decidía escapar de mis obligaciones y tomarme una hora para mí sola, excepto por un pequeño detalle.

En este sueño me siento ligera como una pluma, totalmente libre.

No me preocupan en absoluto las cosas que debería estar haciendo. No me acuerdo de lo cerca que estuve de traicionar a la Tierra de los Bosques. No me corroe por dentro la idea de que estoy a mundos de distancia de mi hogar.

No me preocupan mis hermanos. No me pregunto qué estará pasando en Inglaterra o si mis padres llorarán por nosotros por las noches. Siempre hemos estado divididos en dos, desde el momento que Cervus nos invocó. En mi sueño, no hay cicatriz siquiera de la herida curada. Simplemente, nunca existió.

Estoy entera. Estoy bien. Y ser consciente de que las personas a las que quiero también lo están me llena de luz.

Me siento y me pongo a cantar, los pies dentro del agua, hasta que me despierto al amanecer, llevando conmigo las sensaciones del sueño como coletazos de esperanza. ¿Y qué era lo que decía Evelyn sobre la esperanza? *Cantaba mientras yo estaba llorando,*

Si yo la atendía, ella paraba.

Me siento en el borde de la cama, fingiendo que la esperanza me acompañará cuando salga por la puerta en vez de estallar como una pompa de jabón.

Miro la alfombra y trato de aferrarme a ese instante de libertad, pero noto que ya se me está escapando de las manos. Ya casi he olvidado cómo era.

Una vez maquillada, peinada y con los tacones, me atrevo a bajar a la cocina. Mamá está sentada a la mesa. Saco fuerzas del recuerdo de mi sueño, las suficientes para sentarme frente a ella y sonreír mientras me prepara una taza de té.

—¿Cómo estás, mamá? —le pregunto, y aunque la pregunta me aterra, las palabras me parecen sinceras.

Para mi sorpresa, alarga la mano y aprieta la mía.

—Philippa, tu padre y yo estamos bien, ¿sabes? No tienes que sujetarnos sobre esos competentes hombros tuyos.

Bebo un sorbo de té demasiado caliente que me abrasa la garganta por la sorpresa que me produce su respuesta.

—Si no hemos estado muy presentes últimamente, ha sido porque no queremos ser una carga —continúa—. Cargas con un peso con el que nunca debiste cargar. Nadie esperaba que te quedaras con Evelyn para siempre. Ni siquiera ella. Era cuestión de tiempo que tratara de llevar las cosas a su manera.

No puedo respirar. He intentado ocultar el sentimiento de culpa que me sigue a todos lados. Se suponía que nadie, y menos mamá, debía verlo. Tendré que esforzarme más.

Mamá alarga la mano por encima de la mesa y deja algo junto a mi taza. Es una cajita envuelta en papel de regalo navideño, y la nota que sobresale lleva mi nombre escrito con una letra angulosa que me resulta muy familiar.

—No sabía si dártelo o no —dice—. Lo encontré en tu habitación, antes de que la Policía lo registrara todo. Me pareció que era algo íntimo y lo guardé. Independientemente de lo que queramos que ocurra, *ella* quería que tú lo tuvieras. Adelante, ábrelo.

Mis manos descansan sobre mi regazo como dos objetos inertes.

—¿Lo abres tú por mí? —susurro.

Mamá toma el regalo y lo desenvuelve con mucho cuidado, dobla el papel y lo deja a un lado. Es una cajita sencilla, con un emblema dorado encima de la tapa que no me suena de nada. Mamá retira la tapa.

—¡Qué preciosidad! —exclama.

Del interior saca una fina cadena de plata con un colgante en forma de ciervo en pleno salto. Cuando veo lo que es, no puedo mirarlo de nuevo. Mi madre rodea la mesa y me pone la cadena al cuello con el mismo respeto que si fuera una reliquia. El colgante descansa sobre mi piel, es una sensación fría y desconocida, solo tres personas en este mundo reconocerían el profundo significado que se esconde tras este regalo y el peso que supone.

He sido una estúpida al pensar que alguien podría descubrir lo que le ha pasado de verdad a Evelyn. Scotland Yard seguirá dando palos de ciego. Como siempre, el cuidado y la protección de mi hermana rota recae sobre mí.

Es hora de salir a buscarla. Escucho la voz de la esperanza que sentí al despertar, pero ya no la oigo cantar.

45

—TENGO QUE TOMARME MEDIO DÍA LIBRE EL VIERNES —LE digo a Presswick. Llevo casi dos semanas tratando de reunir el valor para pedírselo. Llevo el colgante de Ev oculto debajo de mi blusa, junto al corazón—. Lamento tener que pedírselo cuando llevo tan poco tiempo trabajando aquí, pero tengo que ocuparme de un asunto familiar.

Presswick deja la pluma en la mesa y me lanza una astuta mirada.

—¿Un asunto familiar?

—Un asunto familiar *personal*.

Mete la mano en el cajón de su escritorio y saca un periódico. Siento como si me atenazaran el estómago, que apenas contiene café.

"Continúa la búsqueda de la chica desaparecida", reza el titular, acompañado por una foto del colegio de Ev, seria y solemne, su pelo dorado rodeado de un halo de luz que parece de otro mundo.

—Tu hermana —dice Presswick sencillamente.

Dejo el bolso en el suelo y me siento por miedo a que no me sostengan las piernas.

—¿Desde cuándo lo sabe?

—Lo adiviné cuando me dijiste tu nombre. Tenías la expresión de alguien que vive rodeada de preguntas sin responder —contesta ella, encogiéndose de hombros.

La miro con los ojos entornados, su aspecto severo con su traje de tweed.

—¿Y cómo sabe cómo es esa expresión?

Presswick guarda el periódico en el cajón de nuevo y saca una foto enmarcada del mismo sitio. Me la entrega. En ella se ve a un joven de uniforme.

—Se llamaba Arthur Merritt —explica, sin el tono brusco de siempre—. Estábamos prometidos, antes de la Gran Guerra, yo no era más que una niña. Pilotaba aviones de combate hasta que lo derribaron en Francia. Encontraron los restos del avión, pero ni rastro del cuerpo.

Presswick recupera la foto y vuelve a guardarla en el cajón. Toma de nuevo la pluma y sigue hablando por encima del sonido rasposo que hace sobre el papel.

—Tómate el tiempo que necesites, Hapwell, y encuentra todas las respuestas que puedas. Espero que recupere el trabajo el lunes.

Me inclino sobre mi trabajo y dejo escapar un suspiro de alivio.

Te encontraré, Evelyn. Voy a buscarte. Enmendaré mis errores.

Presswick ha salido a comer cuando oigo que llaman suavemente a la puerta.

—Adelante —digo sin levantar la vista. Las bisagras chirrían un poco y oigo las ruedas metálicas de un carro empujado por alguien. Ignoro los sonidos, el susurro de un lienzo al colocarlo contra la pared.

Pero a continuación oigo un carraspeo educado que me obliga a dejar a un lado los papeles que tengo delante y mirar hacia la puerta.

Pero no es en la puerta en lo que me fijo o en la persona que está en el umbral. Me quedo hipnotizada con el lienzo que cuelga de la pared. Es azul verdoso, el color del mar que había debajo del Palacio de la Belleza, el color de la tristeza, el color de mi corazón. El fondo resalta por su simplicidad, la sencillez de las dos figuras femeninas resulta engañosa. Están de pie, acercando la cabeza entre ellas, vestidas con túnicas de un sencillo color azul, contentas de estar juntas. Me siento por segunda vez en dos días como si me estuvieran diciendo algo en una lengua sin palabras y noto que un escalofrío me recorre la espina dorsal.

—Venga ya —mascullo—. Bastante tuve ya con los ciervos, pero ¿qué hace esto aquí? Se supone que estaba en Leningrado.

—¿Sabes? Nunca he conocido a nadie que reaccione a las cosas como tú —dice la figura que está en la entrada, con un tono divertido en la voz.

Me llevo las manos a la cara involuntariamente, las noto frías sobre mis mejillas ardientes, porque no es otro que él, cómo no, el joven de la sala de restauración, delante de quien hice aquel espantoso ridículo.

—Soy Jack Summerfield —dice, avanzando con dificultad hacia mí apoyado en un bastón sencillo y me tiende la mano—. Creo que lo del otro día no puede considerarse una presentación formal, así que lo hago ahora. Encantado y todo eso.

—Philippa Hapwell—contesto yo, estrechándole la mano con cuidado de no alargar el contacto excesivamente—. Siento lo de... todo. ¿Crees que podríamos empezar desde cero? Si no quieres, lo entiendo. Intentaré no molestarte...

—Es lo que estamos haciendo, empezar desde cero. Por eso precisamente he bajado —contesta él con una sonrisa que le levanta solo una comisura de los labios, pero llega a sus ojos.

Desvío la mirada avergonzada por no parar de ponerme en ridículo. Tranquilízate, Philippa, has tratado con reyes extranjeros y manejado declaraciones de guerra con más aplomo.

Jack pasa por alto mi falta de compostura y se da la vuelta para quedar a mi lado, los dos frente a la pintura.

—¿Qué tienes en contra de Picasso?

Yo muevo negativamente la cabeza y me quedo mirando las figuras tristes.

—No es Picasso, solo este cuadro.

—¿*Las dos hermanas?*

—Exacto.

—¿Debería preguntarte por qué?

—Preferiría que no lo hicieras, pero sí podrías decirme cómo es que está aquí.

Jack sonríe de nuevo.

—Soy bueno en mi trabajo, tengo un amigo en el Hermitage y ellos no tienen departamento de conservación. No es una historia muy emocionante.

Me saco del colgante de debajo de la blusa inconscientemente y acaricio el pequeño ciervo con dos dedos, como si quisiera que me diera suerte.

—Tienes que ser más que bueno para que alguien envíe un cuadro desde Leningrado.

—No es eso —dice él, moviendo la cabeza—. Simplemente soy...

—Espera —lo interrumpo yo—. ¿Te contrató Presswick?

—Sí, hace algo más de dos años.

—Déjame que lo adivine. Ibas a decir que eres cuidadoso.

La sonrisa de Jack se amplía.

—Exacto. Supongo que por eso te ha contratado a ti también, ¿no?

—Sí. Al parecer es una cualidad que valora especialmente.

Jack se acerca al cuadro y lo pone recto, un diminuto ajuste que no me había fijado siquiera que necesitara.

—Una persona que no tenga la paciencia de un santo duraría muy poco en este departamento. El trabajo es lento y el papeleo previo necesario aún más lento. Supongo que por eso busca personas cautelosas. Aunque no puedo decir que me parecieras una persona muy cautelosa la primera vez que nos vimos.

—Venga, ya, eso no es justo —contesto yo, enarcando las cejas—. Ya te he pedido disculpas por la escenita.

—Lo sé. Y no debería bromear con ello. Ya está olvidado. Si Presswick no está por aquí, ¿te importa que me siente un minuto antes de volver a subir las escaleras? No hace falta que dejes lo que estabas haciendo.

—Por favor —le digo, ofreciéndole la silla de mi jefa mientras me siento yo también, pero me cuesta concentrarme sabiendo que lo tengo enfrente. Aún recuerdo el calor de su mano y no pienso seguir comiéndome el sándwich y ponerme perdida de migas.

—¿Sabes? —dice Jack al cabo de un momento—. No suelo invitar a cenar a una absoluta desconocida, pero ¿qué pensarías de mí si lo hiciera?

Levanto bruscamente la mirada. No me está mirando, sino que juega con un lapicero con una expresión divertida en el rostro.

Bajo la cabeza y sigo obstinadamente con mi trabajo.

—Depende. ¿Soy yo la desconocida?

—Preferiría que no me hicieras más preguntas —contesta él, repitiendo en cierto modo mis palabras de antes.

—En ese caso, creo que es muy posible que te arrepientas toda la vida —contesto yo—. Y que deberías tomar esa valiente decisión, aunque te parezca difícil.

Cuando levanto la mirada de nuevo, no puedo decir que esté sonriendo, pero sí parece complacido.

—Una muy buena respuesta, Philippa Hapwell. Tengo la impresión de que eres extremadamente inteligente. Debería irme ya.

Deja el bastón encima del carro en el que ha bajado el cuadro de Picasso y maniobra hacia la puerta. Yo espero en el pasillo y lo veo alejarse por el laberinto que lleva de vuelta a la sala de restauración.

—Espera —le grito—. ¿Entonces me has invitado a cenar o no?

—No —contesta él.

—¿Y vas a hacerlo?

Levanta una mano a modo de despedida, pero no se da la vuelta y sigue empujando su carrito.

—Aún no estoy seguro. Todos no somos tan valientes como tú, Philippa.

No quiero que nada empañe el momento, pero no sabe lo acertado que está.

46 ~

MAX Y YO ESTAMOS EN CLASE DE LITERATURA, REVI-
sando los libros que vamos a enviar a un hospital de Leeds. No tardarán en
llegar las demás miembros del Comité de Ayuda, entre ellas Ev, y me asomo a
la venta, impaciente.

Hace cuatro años que volvimos de la Tierra de los Bosques. Estamos en ene-
ro, en mitad de la temporada mal de Evelyn, que empieza en octubre cuando
el bosque se llena de ciervos y su insistente berrea. Levanto la vista y me quedo
paralizada al ver a mi hermana atravesar el patio de abajo. Pese al viento helado y la nieva que azotan los cristales, va sin abrigo, ni siquiera lleva el jersey del
uniforme. Algo le pasa en los pies, porque camina despacio y parece que le cuesta.

—Voy un momento al baño antes de que lleguen las demás —le digo a Max,
pero echo a correr hacia las escaleras y salgo por la primera puerta que veo.

Hace un frío que pela, un frío cortante que te congela el aliento en el pecho.
Me encuentro con mi hermana en mitad del patio, la rodeo con los brazos y la
llevo al interior. Una vez dentro del pequeño vestíbulo trasero, justo al pie de
la escalera que lleva a la clase de Literatura, la miro sacudiendo la cabeza con
gesto desaprobador.

—Evie, tienes que ponerte el abrigo. Pillarás una pulmonía si sales así. Como
vuelva a verte sin el abrigo otra vez, iré a tu habitación y te lo pondré yo misma.

—Sí, Philippa —responde ella obedientemente. Está temblando de frío, pero cuando me mira, le brillan los ojos.

—¿Y qué te pasa en los pies? —digo con un suspiro—. ¿Has atravesado un banco de nieve descalza? Mira, mejor no me lo digas. Dejaste la ventana abierta toda la noche porque Georgie no está.

Evelyn me mira con sarcasmo.

—Qué cosas piensas, Philippa, de verdad. Me quedan pequeños los zapatos.

Siento tal alivio al escuchar una respuesta tan trivial que me suelto una carcajada, pero me detengo en seco al sentir náuseas.

—¿Estás bien? —pregunta Ev.

Exhalo lentamente y sonrío.

—Por supuesto. Venga, vamos, tenemos que preparar esos libros para enviarlos.

Pero más tarde, cuando se apagan las luces, me acerco de puntillas a la habitación de Evelyn y abro la puerta sin hacer ruido, una rendija nada más.

La veo sentada en el borde de la cama. En su mesa, sin abrir, hay un paquete de mis padres que parece una caja de zapatos. La miro mientras se quita los zapatos y los calcetines y veo que hace una mueca de dolor.

No tiene ampollas en las plantas. Tal vez se le hicieran al principio, pero ahora, las ampollas han dado lugar a unos círculos supurantes en los talones, toda la zona de alrededor está muy roja. Me derrumbo contra la pared y trago saliva. Tendré que obligarla a que vaya a la enfermería, aunque no me guste la idea. Cualquier día tendré que dejar que terceras personas entren en el mundo secreto de mi hermana, es un peligro para ella. ¿Quién sabe si no se le ocurrirá a alguien que estaría mejor en una institución especial? Y eso nos mataría a las dos.

Apoyo la cabeza en la pared y suplico que el invierno se acabe pronto para dar paso al alivio de la primavera.

47

NO HE TENIDO EL VALOR DE DECIRLES A MAMÁ Y PAPÁ LO
que estoy planeando, así que les dejo una nota el viernes por la mañana antes
de salir hacia el museo. Estoy tan distraída que Presswick no deja de lanzarme miradas asesinas y da permiso para que me vaya una hora antes.

En Charing Cross, un lugar impersonal, atestado de gente y desconocido, compro un billete para un tren que está a punto de salir de la
estación y tengo que salir corriendo para pillarlo. Me meto en el vagón en
el que no viaja más que un hombre de negocios y rechazo sus intentos de
entablar conversación con fríos monosílabos. Después me quedo a solas
con mis pensamientos, viendo pasar por la ventana el paisaje de finales
de invierno.

Las hayas sin hojas me saludan. Al mediodía una azafata pasa con un
carrito ofreciendo sándwiches resecos de jamón y queso. Mi compañero de
vagón pide dos, pero yo no puedo comer nada, aunque quisiera. Bebo café
mientras intento pensar en qué voy a decirle a Max, Georgie y el propio
Ogro. Eso si no me acobardo y regreso a casa en el primer tren que salga
para Londres.

Llegamos demasiado pronto a la parada de Hardwick.

El pequeño andén descubierto parece haber encogido desde la última vez que estuve aquí; el pueblo de Hardwick también me parece más pequeño y desvaído. Nadie me espera, así que hago a pie el trayecto de dos millas que hay hasta St. Agatha, pasando por St. Joseph de camino. Sopla un viento gélido, así que me subo el cuello del abrigo para protegerme el cuello y sigo andando. Subo la cuesta y ahí está el colegio, como por arte de magia, recortándose contra el bosque grisáceo que no parece real bajo los últimos rayos del sol poniente. Parece que el edificio saliera del mismo bosque, un lugar con los que suelen empezar los cuentos de hadas, no acabar, y no sé si amarlo u odiarlo.

Pero ya no hay vuelta atrás y la cadena de Evelyn reposa con una sensación fría contra mi piel. Sujeto con fuerza mi bolsa de viaje y empiezo a bajar la colina.

Las clases han terminado por hoy y las chicas salen a los clubes del pueblo. Veo varios grupos atravesar el patio a toda prisa; hace demasiado frío para estar fuera. De la cocina sale un fuerte olor a carne de vaca cocida que se mezcla con el olor a leña quemada y nieve derretida. Miro hacia el edificio de los dormitorios, pero aún no estoy preparada para entrar. En su lugar, me dirijo al comedor, el lugar en el que solía dar audiencia.

Las chicas me parecen extremadamente jóvenes. Veo algunas caras conocidas, todas ellas abiertas, alegres, libres de problemas. Como no quiero empañar su alegría, rodeo la enorme sala por el borde externo y salgo por un pasillo sin que me reconozcan. Los recuerdos de Ev me asaltan a cada paso, pero los atravieso como si fuera un banco de niebla hasta llegar a una escalera trasera.

Al final de las escaleras hay una puerta, cerrada. Llamo y entro sin esperar respuesta.

Max está de espaldas a mí, mirando hacia el bosque por la ventana, con los brazos cruzados.

—¿Qué le ocurrió a mi hermana, Max? —pregunto sin poder disimular la desesperación.

Ella se vuelve y al ver que soy yo, cruza de dos zancadas la habitación.

—Oh, Philippa —murmura, rodeándome con sus brazos—. Lo siento. Lo siento mucho.

—Por favor. Tengo que saberlo.

Max parece encoger, retraerse en sí misma.

—No fue distinto de otras veces. Quité la llave que dejaba escondida para que saliera, por miedo a que no regresara de una de sus salidas, pero encontró la manera. Participó en el recital de invierno, lo hizo muy bien, y pensé que, tal vez, estaba empezando a mejorar, pero aprovechó el tumulto de gente cuando terminó y desapareció.

—Quiero ver su habitación.

Max asiente.

—Scotland Yard se llevó todas sus cosas por si hubiera dejado alguna pista entre sus cosas que indicaran su estado de ánimo.

—Y Jamie dice algo de un chico —añado—. Tengo que hablar con él también.

—No puedes —dice ella haciendo una mueca de tristeza—. Se ha vuelto a Yorkshire lo que queda de semestre.

—¿Por qué? ¿Sospechan algo de él? —pregunto yo, entornando los ojos.

—Oh, Philippa —dice ella. De pronto, me parece agotada—. Claro que no. Si lo conocieras, sabrías que no le haría nada. Pero fue el último que la vio y se lo tomó muy mal.

—No te habrán causado problemas, ¿verdad?

—No, pero todos nos lo veíamos venir.

—Sí. Y, aun así, me fui.

—Philippa, tú no tienes la... —comienza a decir Max, pero levanto una mano para impedir que siga hablando.

—¿Podría ver la habitación, por favor?

El ala de los dormitorios es aún peor que el comedor. Hay chicas por todas partes, en los pasillos, en las habitaciones con las puertas abiertas. Oigo que me llaman varias veces, pero aprieto el paso y no contesto.

Max gira la llave y abre la puerta.

—Georgie está en mi habitación ahora. Está más afectada de lo que deja ver, y las otras opciones que quedaban era dejarla aquí sola con una cama vacía al lado o traer a otra chica. Ninguna de las dos nos parecía justa, así que hemos decidido que no se use por el momento.

Cuando se abre la puerta, nos golpea el aire de la noche. Max enciende la luz y cierra la ventana, que estaba entornada.

—El pasador no cierra bien.

La habitación está desnuda. No hay sábanas ni objetos personales todos los rincones, el armario medio abierto deja ver el interior vacío también. No sé qué espero encontrar.

—¿Puedo quedarme aquí un momento?

Max se detiene en la puerta antes de salir.

—Tengo que estar en el comedor dentro de poco. ¿Te importa quedarte sola? Si necesitas algo, mi habitación está abierta. Puedes prepararte un té o usar el teléfono.

—Sí —digo, sentándome con cautela en el borde de la cama de Evelyn—. Estoy bien. Gracias, Max, de verdad. Por todo. No sé qué habríamos hecho ninguna de las dos sin ti.

La puerta se cierra detrás de Max y me quedo sola en esta habitación demasiado fría y vacía, que parece más una celda que una especie de hogar. La bombilla proyecta sombras afiladas sobre las paredes y parpadea cuando una racha de viento sacude la ventana. El pasador se suelta con un sonido seco y la ventana vuelve a abrirse, solo un poco.

Me acerco y quedo atrapada por la vista del bosque, inquieto y susurrante con el viento. Cierro la ventana y aprieto la mandíbula. Aquí nadie puede decirme nada sobre mi hermana que no sepa.

Pero tal vez sí pueda el río junto al cual encontraron su rastro.

Fuera, el viento es aún más frío, y no llevo los zapatos más adecuados para caminar por el bosque precisamente. Atravieso a tropezones el campo de la parte de atrás con los hombros inclinados hacia delante para mantener el calor corporal y llamo a la puerta del cobertizo de Hobb.

Se oye el ruido de los cacharros de cocina y de los pasos que se acercan a la puerta, y abre. Me envuelve la luz, el calor y el olor de algo que se está cocinando. Hobb está en el umbral, pestañeando sorprendido.

—¿Señorita Hapwell? ¿Es usted?

—Sí, soy yo. ¿Puedo pasar, Hobb?

—Sí, sí, por supuesto.

Se hace a un lado para dejarme entrar y dejo mi bolso de viaje junto a la puerta. El cobertizo del jardinero es pequeño, tan solo una estancia alargada con una cama a un lado y el espacio suficiente para una cocina, una mesa y dos sillas, pero hay una olla al fuego y sale música de la radio, que Hobb se apresura a bajar para que podamos hablar. Saca una silla y me siento.

Aún sin pronunciar palabra, sirve el estofado en dos cuencos; me pone uno delante y él se sienta en la otra silla. Como una cucharada por educación, y resulta que está mucho mejor que la comida del colegio: sabroso, con mucha carne y verduras. Yo voy por la mitad del cuenco cuando él aparta el suyo a un lado, vacío, y se reclina en su asiento con mirada expectante.

—Tengo que pedirle unas botas y una linterna —le digo, dejando la cuchara sobre la mesa—. Voy a bajar al río.

Hobb asiente con la cabeza.

—Muy bien, señorita, pero iré con usted.

Casi se lo discuto, pero entonces clava los ojos en los míos y veo el pesar que hay en ellos, el mismo que tengo yo desde que me desperté aquella noche en mi habitación de Nueva Inglaterra.

—Está bien —digo, asintiendo con la cabeza—. Si insiste, señor Hobb.

—Insisto.

No tardamos en equiparnos para el frío y el jardinero toma una linterna de una balda alta. No es eléctrica, sino una lámpara de queroseno de las de antes, que llena y cierra bien antes de salir. Abrimos la puerta al frío y salimos.

El vendaval arranca murmullos y lamentos a las copas de los árboles. Al llegar a la verja oxidada, Hobb pasa primero y me tiende una mano reumática para ayudarme. La situación desde que he llegado me parece surrealista, totalmente alejada de mi vida en Londres, como si hubiera magia en estos bosques y en el rostro arrugado de mi guía. Camino detrás de él y del bamboleante círculo de luz que arroja la lámpara. Las hojas secas del otoño forman remolinos y se han formado charcos poco profundos en los hoyos del camino. Un búho ulula sobre nuestras cabezas. Es una noche sobrenatural, una noche en la que puede pasar de todo, una noche para viajar entre los mundos.

Pero ya atravesé el velo, ya pagué mi billete de ida y vuelta con sangre, dolor y lágrimas. Da igual lo astutos y medio despiertos que parezcan los bosques por la noche, no voy a dejarme engañar: los árboles solo son árboles y las cautivadoras sombras solo efectos ópticos.

Dejamos el círculo de abedules, blanco y resplandeciente, a mi derecha, pero no lo atravesamos ni nos detenemos. Oigo el fragor del río cargado, su canción a voz en cuello. Seguimos avanzando.

—Cuénteme una historia, señorita Hapwell —me pide Hobb, girando la cabeza hacia atrás—. Hace una noche para recordar el calor del hogar y no salir de casa.

Cautivada por la magia del bosque, empiezo a contar algo que no debería.

—Érase una vez tres hermanos pequeños, un niño y dos niñas, que se querían mucho. Llevaban una vida normal y corriente en un lugar normal y corriente hasta que un día...

Las piedras del camino se mueven y casi me caigo. Hobb me sujeta del codo. El río está un poco más adelante.

Salimos del bosque. Delante de nosotros solo está la orilla pedregosa, el canto del agua y el resplandor de la luna sobre la espuma de las aguas bravas.

Y aunque estoy de pie en la orilla y Hobb sigue sujetándome el brazo, noto cómo el frío del agua se me agarra a las rodillas, la cintura, las costillas y los hombros, y después me envuelve el pelo, el cuello, los labios...

Me vuelvo hacia Hobb con un grito ahogado. Su rostro me parece más inescrutable que nunca en este lugar en mitad de dos mundos.

—¿Sabe lo que dicen de ella? —me pregunta con voz áspera—. Dicen que se...

—Por favor —lo interrumpo, notando el agua que me rodea la garganta, quitándole peso al resto de mi cuerpo—. Por favor, no lo diga usted también. Aquí no. No podría soportarlo.

El hombre saca una pipa del bolsillo de su abrigo, la carga y la enciende con una cerilla. Aspira y tras expulsar una voluta de humo como un dragón, continúa hablando:

—Yo nunca me lo creí, señorita Hapwell. De la señorita Evelyn no. Se habrá ido en busca de aventuras o la habrán raptado los habitantes del bosque, pero eso no; ella no. Tal vez sea un iluso por albergar esperanzas, y tal vez usted también lo sea, pero seguiremos haciéndolo, ¿verdad que sí? Hasta el final.

Siempre he sido una ilusa por albergar esperanzas. Ahora lo veo. Me llevo la mano a la nuca y suelto la cadena. Me acerco al agua que lame la puntera de mis botas prestadas. Aquí, sujetando el colgante el ciervo con una mano tan fuerte que los cuernos diminutos se me clavan en la palma, susurro una última confesión.

—Lo siento, Ev.

El último regalo que me hizo mi hermana cae en las oscuras aguas y se aleja arrastrado por la corriente.

En el camino de vuelta a St. Agatha, mojada y helada hasta los huesos, intento encontrar algo de paz. Recojo mis cosas del cobertizo y, evitando acercarme al edificio de los dormitorios, emprendo el camino a la estación para tomar un tren de vuelta a Londres y no volver jamás a este sitio, pero en ese momento una voz me detiene.

—¡Señorita!

Una alumna de primero viene corriendo detrás de mí envuelta en su abrigo y con una bufanda al cuello.

—Se le ha caído esto en el patio, señorita. Tome.

En su mano enguantada está la cadena de plata con su colgante en forma de ciervo. Tiene enganchadas unas algas de río.

Lo cojo y me quedo mirándola mientras regresa corriendo al edificio de los dormitorios. Cuando entra en él, me pongo la cadena al cuello de nuevo. Otro susurro más en esa lengua sin palabras, pero no sé quién habla. No sé qué puede significar nada de esto.

Lo que sí sé es lo ilusa que he sido también con esto, al pensar que se contentaría con el ofrecimiento de algo mío. El vínculo que nos une a Evelyn y a mí, va más allá del tiempo y los mundos. Seré libre cuando conozca toda la verdad, y no tengo ni idea de dónde buscarla.

48

EL PICASSO SIGUE EN EL DESPACHO DE PRESSWICK EL LUNES, esperando a que llegue el momento de volver a Leningrado. Me alegra estar de espaldas, y cuando Presswick sale a comer, yo me quedo en el despacho como siempre, pero no me cambio de sitio. No soy capaz de estar allí, viendo esas dos tristes figuras, aunque sea de reojo.

Como siempre, estoy tan absorta pasando documentos a limpio que me sobresalto cuando Presswick entra con un hombre esbelto y elegante vestido de traje. Parece sorprendida de verme, aunque llevo sentada todo el día en mi mesa, enfrente de la suya.

—Ah, Hapwell —dice—. Me había vuelto a olvidar de ti. Este es el director Hendy, tenemos un asunto que discutir. Búscate algo que hacer en otro sitio, ¿quieres? Pide a alguien de la sala de restauración que te enseñe esto.

Y con estas palabras, me acompaña sin contemplaciones hasta el pasillo y cierra la puerta con decisión. Hacía mucho que no me habían echado de ninguna parte con tanta brusquedad. Desde antes de ir a la Tierra de los Bosques. No puedo evitar sonreír, pero no es una sonrisa deslumbrante, sino de resignación.

Subo a la sala de restauración evitando deliberadamente mirar los ciervos de las paredes. Un ventilador situado en la entrada del extremo opuesto trata en vano de impedir que se cuele en la sala el polvo procedente de la sala contigua, la que están reconstruyendo, y veo a tres restauradores. Una mujer de mediana edad con el pelo negro recogido en una trenza está inclinada sobre una mesa reparando las partes dañadas de un lienzo con una espátula térmica. No muy lejos de ella, un hombre más mayor con gafas mezcla colores en una paleta para pintar de nuevo las partes dañadas de otro cuadro.

Jack Summerfield está sentado delante de un caballete cerca de la otra puerta de la sala. Atravieso la sala como si hubiera ido con un propósito y no porque Presswick me hubiera echado con viento fresco.

Jack está concentrado en su trabajo limpiando un cuadro con un bastoncillo de algodón y algún tipo de líquido con olor fuerte y astringente. Es mi antigua némesis, *Mujer bañándose*, la que Presswick prometió que limpiarían. Observo un momento, con los labios entreabiertos, hechizada por el movimiento lento y seguro de la mano de Jack, en pequeños círculos que van sacando a la luz detalles que antes estaban cubiertos por la suciedad y la decoloración. Los intensos colores del tapiz que hay detrás de la mujer son más vivos ahora, se aprecian el naranja rojizo y el dorado. Las magistrales pinceladas que forma la camisa de lino que lleva adquieren un nuevo relieve y las sombras de la parte superior de los muslos son ahora más profundas, más atrayentes si cabe.

—Hola —dice Jack en respuesta a mi suave carraspeo para no molestarlo. Parece tan complacido de verme que me derrito—. Qué agradable sorpresa.

—Presswick me ha echado del despacho —respondo—. El director Hendy y ella están en una reunión improvisada y se me ocurrió venir a verte.

—Acércate un taburete. Puedes quedarte todo el tiempo que quieras.

Voy a buscar el taburete y cuando regreso, Jack sigue limpiando con su algodón, suavizando el cabello de la bañista, y avanza en dirección al rostro.

—¿Qué quieres saber? —me pregunta y yo me encojo de hombros.

—Lo que quieras contarme. No sé mucho sobre restauración, sinceramente. Estaba estudiando en la facultad de Historia del Arte en Estados Unidos hasta que... bueno, hasta que tuve que volver.

El pelo de la mujer no es tan oscuro como yo creía. Es más pelirrojo con algo de dorado. Jack sigue limpiando la frente.

—¿El motivo de tu vuelta es una de esas cosas por las que no debería preguntar?

—Sí —contesto yo con aspereza—. Y no estamos en una clase sobre Philippa Hapwell, de todos modos, sino sobre restauración de obras de arte.

—Queda debidamente anotado. En ese caso, no es algo especialmente complicado de entender. ¿Ves lo borrosa que está la parte que no se ha limpiado?

Asiento. Las partes que aún no ha tocado se ven apagadas y amarillentas, como si las cubriera una especie de bruma dorada que oscurece las sombras y oculta los detalles. Sigue habiendo un velo sobre el rostro de la bañista, y aquí estoy, mordiéndome el labio mientras observo cómo Jack le limpia los ojos.

—Esto es barniz. Se aplica para proteger la capa de pintura, pero con el tiempo se va decolorando y adopta un tono amarillo. Oscurece los colores cálidos y cambia los fríos por completo. Los azules parecen verdes, por ejemplo. Con los años, se han ido superponiendo capas de barniz, y ahora tengo que eliminarlas, pero debo ir con cuidado para no tocar la pintura.

—¿Y cómo sabes cuándo tienes que parar? ¿Cómo sabes cuándo no debes ir más allá porque dañarías el cuadro?

Jack sonríe, pero sigue limpiando sin levantar la vista de la bañista.

—Mucha práctica y algo de intuición.

—¿Y esto qué es? —pregunto, señalando tres manchas en la suave curva que dibujan la pierna de la mujer.

Jack baja la vista.

—Lo llamamos pérdida de elemento. Son aquellas partes de un cuadro en las que la pintura se cuarteó en algún momento y alguien parcheó el daño. Lo más probable es que la pérdida original no fuera tan grande. Lo malo de los parches es que se decoloran y hay que parchearlos a su vez, así una y otra vez, hasta que terminas con una marca horrible mucho más grande que la pérdida de elemento original.

Dejo escapar un suspiro. El daño fomenta más daño. Me suena.

—¿Puedes arreglar algo así?

—Sí —contesta él. El ojo de la bañista ha recuperado la luz y tiene una expresión de nostalgia, como si sus pensamientos estuvieran muy lejos de allí—. Pero tienes que volver a la pérdida original. Raspo la pintura que se ha añadido encima, con mucho cuidado (por si acaso aparece Presswick por aquí) hasta llegar a la pintura y la pérdida de elemento original. Entonces, se rellena la zona de pintura cuarteada con un producto llamado gesso y pintamos encima, pero la reparación será mucho menor, casi invisible, y con suerte no se decolorará, ya que las pinturas de que disponemos ahora mismo son mucho mejores que las que se usaban la última vez que se restauró el cuadro.

El rostro completo de la mujer es visible ahora. Tenía la esperanza de que la mujer del río pudiera arrojar algo de luz, algo de verdad sobre mi hermana o sobre mí misma o sobre el lazo irrompible que nos une, pero lo único que hace es mirar el agua con esa sonrisa agridulce, sus pensamientos siguen siendo un misterio para mí.

—¿Qué es esto? —pregunto, señalando una sutil línea dorada que recorre el hombro de la mujer, como un aura, o el halo de un fantasma.

Jack mira entrecerrando los ojos.

—Es original. Tal vez fuera intencionado o puede que fuera un pentimento, imposible saberlo.

—¿Pentimento?

Jack deja el bastoncillo de algodón, se limpia las manos con un trapo y se aprieta el puente de la nariz con dos dedos, como si le estuviera empezando a doler la cabeza.

—Un cambio realizado por el autor. Significa "arrepentimiento" en italiano. A veces se puede ver la intención original del autor debajo de lo que terminó pintando.

Mi intención original me visita cada noche en la forma de la cama vacía de Ev y a veces me parece que toda mi vida es una serie de arrepentimientos. Arrepentimiento por todas las promesas rotas, aquí y en la Tierra de los Bosques. Arrepentimiento por haber traído a mi hermana a casa; arrepentimiento por haberla abandonado; arrepentimiento por no haber sido lo bastante fuerte como para soportar ni su ausencia ni su presencia.

—¿Te apetece dar un paseo? —pregunta Jack, tomando el bastón de la estructura del caballete donde lo tiene apoyado—. Necesito tomar un poco el aire.

—Sí. Gracias.

Me quedo mirando a la bañista mientras Jack recoge las herramientas de limpieza, tapa los botes de disolvente y tira los bastoncillos de algodón. La mujer del cuadro no me mira a los ojos, no quiere contarme sus secretos, por mucho que yo lo desee. Está ahí de pie, metida en el agua y se dispone a meterse aún más dentro del agua.

—¿Lista? Señora Zhang, señor Haas, salimos un momento a dar una vuelta.

Dejamos atrás el caos de la sala en construcción y varias galerías silenciosas y contemplativas, y salimos por el pórtico de entrada al soleado día. La brisa de comienzos de la primavera sigue siendo un poco fría, pero no me importa porque como el museo es un lugar antiguo lleno de corrientes de aire me he traído un jersey. No hemos hecho más que bajar los escalones cuando Jack me da su abrigo.

—Te lo dejo si lo quieres. Llevo chaqueta y bufanda. Estoy bastante cómodo.

Me pongo el abrigo que huele como la sala de restauración, a limpiadores, disolventes y pintura. Atravesamos Trafalgar Square, dejamos atrás la columna de Nelson con los leones en la base, las fuentes y la hierba del invierno, y salimos al paseo. Jack cojea mucho, pero va mejorando a medida que andamos. Me pregunto si estar tanto tiempo sentado hace que le duela más.

—¿Te duelen? Me refiero a las quemaduras.

—A veces —contesta él—. Pero también se me rompieron huesos que nunca llegaron a soldar bien y eso es peor, depende del tiempo que haga. Supongo que me he acostumbrado. ¿Te duele a ti lo que quiera que te trajera de los Estados Unidos? —Lo fulmino con la mirada, pero él se limita a mirarme—. No hablas de ellos, así que supongo que has vuelto por un asunto complicado, eso es todo.

Saco el colgante del ciervo y acaricio el metal, frío al tacto, el recordatorio de todos mis defectos.

—Mi hermana ha desaparecido. Hace casi... un mes —digo, medio atragantándome con la palabra—. Desapareció del colegio, pero ya llevaba un tiempo pasándolo mal por un montón de cosas. Creo que Scotland Yard ya ha tomado una decisión sobre el asunto, sobre ella, pero no estoy segura. Y, sinceramente, en este momento casi preferiría saber qué ha pasado, porque la incertidumbre es peor aún. Odio no saber qué hacer, si debería llorar o albergar esperanzas, porque con las dos cosas no puedo, y me siento atrapada entre ambas.

Cruzamos la entrada de St. James Park y cambiamos las calles de la ciudad por el césped y los árboles, vestidos de un verde pálido que anuncia ya la promesa de la primavera. Se me antoja que es una traición que llegue la primavera esté o no esté Ev aquí, que los árboles se atrevan a mostrar sus hojas nuevas y las flores florezcan en su ausencia.

Jack no ha dicho nada como sabiendo que hay más, así que prosigo con mi historia porque ya que estamos puede oírla entera.

—Nos peleamos y la abandoné. Me fui a Estados Unidos porque pensaba que no podía seguir viviendo con Evelyn. Nunca dejaré de arrepentirme por ello, porque si me hubiera quedado, ella seguiría aquí. Ya la había ayudado a superar malos momentos en otras ocasiones, y podría haberlo hecho otra vez. Pero decidí irme. Ahora tengo que vivir con ello y me corroe las entrañas.

No veo con claridad, pero como soy una criatura egoísta, no estoy segura de si las lágrimas que me empañan la visión son por mí o por Evelyn.

La mano herida de Jack toma la mía y yo me aferro a ella.

—Hay un pañuelo en el bolsillo del abrigo —dice sin más.

Lo busco y me seco la cara.

—Lo siento mucho. Probablemente sea mucho más de lo que esperabas como respuesta, y ya ves, otra vez he hecho el ridículo.

—Philippa, deja de disculparte. Como sigas haciéndolo, querré besarte para demostrarte que no pasa nada y...

—Lo siento, Jack —repito, pestañeando furiosamente para apartar las lágrimas—. Lo siento, lo siento.

Jack me besa sin darme tiempo a respirar siquiera, y me dejo llevar por la mezcla del olor a pintura y a lavanda, que es mi aroma personal. Los árboles se mecen y susurran a nuestro alrededor, el preludio de la primavera que llegará sin Evelyn, y nunca me había sentido tan feliz y tan deprimida. Mi cuerpo llora la pérdida y clama de anhelo hasta que creo que voy a desintegrarme.

49

LA NIEBLA ENVUELVE LA CIUDAD, Y A MÍ. NO VEO LA SALIDA
y empiezo a olvidar el sonido de la voz de mi hermana, así que decido entrar
en la guarida del león.

Las aceras de Whitehall están más vacías que en plena guerra, cuando
se formaban unas colas delante de la Oficina de Reclutamiento del Ejército
iban de una calle a la otra. Pero el nuevo edificio de Scotland Yard sigue
siendo tan imponente como el antiguo, alto y adusto, con la fachada de
ladrillo sin más adornos. Avanzo por la pasarela durante unos minutos, tratando de no pensar en el intenso dolor de estómago hasta que llego y, tras
inspirar una bocanada de aire húmedo, entro en el edificio.

Todo el mundo está muy ocupado y se muestra impersonal, desde las
secretarias a la hilera de teleoperadores o los inspectores, que se mueven con
la cabeza baja como si el trabajo que los ocupa fuera superior al del resto de
los mortales. Tras preguntar en varios mostradores, me indican que suba
un tramo de escaleras y aguarde en una sala de espera que huele a perfume
barato y humo de cigarrillo. Me siento en una silla y hojeo distraídamente
una revista, tratando de aparentar tranquilidad y despreocupación.

Cuando consigo escudarme tras una fachada de serenidad, aparece el inspector Dawes. Mierda. Esperaba que viniera el inspector Singh, que parece que es el más comprensivo de los dos.

Pero me levanto y hasta Dawes parece momentáneamente distraído por mi glamur, y no sabe si estrecharme la mano que le ofrezco o besarla con galantería. Sonrío mientras nos damos la mano, con una expresión perezosa y enigmática, y el hombre frunce el ceño.

—¿Qué quiere, señorita Hapwell?

—He venido por las cartas de mi hermana —le digo—. Han tenido ya mucho tiempo para leerlas. Me gustaría echarles un vistazo.

Las gruesas cejas del inspector se juntan aún más.

—¿Ahora le importan cuando no se molestó en leerlas siquiera antes? Me parece que es un poco tarde, ¿no cree, señorita?

Me dan ganas de derrumbarme al oír sus palabras, pero ni siquiera pestañeo.

—Discúlpeme, señor, pero usted no sabe nada sobre mí. Preferiría que no juzgara aquello que desconoce.

—Ese es el problema con las chicas como usted —se queja—. Nadie la conoce, ni siquiera usted. Está demasiado entretenida con esos misterios que usted misma crea.

Y sale a grandes zancadas de la sala, supuestamente por las cartas. Me dejo caer en una silla y me tapo la cara con las manos hasta que el sonido de sus pasos en el pasillo me obliga a levantarme de nuevo.

Han abierto todas las cartas y se ha emborronado la tinta de los sobres, pero los recupero como si cada uno de ellos valiera una libra de oro.

—Gracias —le digo y lo siento de verdad—. Por leer las palabras de mi hermana cuando yo no podía. Y lamento ser quien soy, por no haber estado aquí cuando debería, lo crea usted o no. Puede que no me conozca, pero sí debería saber esto: pasaré el resto de mi vida haciendo penitencias por mis errores.

Dawes se queda sin palabras. No puede hacer más que mirarme salir de la habitación, aferrada a las palabras escritas de mi hermana.

En la cama contigua a la de Evelyn, aguardo con sus cartas en mi regazo, pesadas como las consecuencias, una carga dura de llevar como la culpa.

Pero antes de que me entren las dudas, saco la primera de su sobre y aliso las arrugas.

Es una poesía.

Había esperado otra cosa. Ruegos para que volviera a casa, dolorosos recuerdos de la Tierra de los Bosques negro sobre blanco, alegría fingida. Pero lo que me encuentro son unos versos.

> *¡Bella Evelyn, la Esperanza ha muerto!*
> *Siéntate a observar a su lado una hora.*
> *Esta es su librería, esta su cama;*
> *Arrancó ese trozo de geranio,*
> *Que también empezaba a morir, en el vaso;*
> *Poco ha cambiado, creo yo:*
> *Los postigos están cerrados, la luz no entra*
> *Excepto dos largos rayos a través de una grieta en la bisagra.*

Páginas y más páginas de poesía. Cada carta es una ventana hecha de palabras.

> *Ya se divisa entre las rocas un parpadeo de luces;*
> *se apaga el largo día; sube lenta la luna; el hondo mar*
> *gime con mil voces. Venid amigos míos,*
> *aún no es tarde para buscar un mundo más nuevo.*
> *Desatracad, y sentados en buen orden amansad*
> *las estruendosas olas; pues mantengo el propósito*

Traducción libre del poema de Robert Browning, *Evelyn Hope*.

de navegar hasta más allá del ocaso, y de donde
se hunden las estrellas de Occidente, hasta que muera.
Puede que nos traguen los abismos;
Puede que toquemos al fin las Islas Afortunadas,
y veamos al grande Aquiles, a quien conocimos.
Aunque mucho se ha gastado mucho queda aún; y si bien
no tenemos ahora aquella fuerza que en los viejos tiempos
movía tierra y cielo, somos lo que somos:
corazones heroicos de parejo temple,
debilitados por el tiempo y el destino, más fuertes en voluntad
para esforzarse, buscar, encontrar y no rendirse.

Y al final:

Cuando regrese a la tierra
Y todo mi glorioso cuerpo
Abandone el rojo y el negro,
Que una vez llevara con orgullo,
Aunque los hombres pasen por encima
Con falsa y débil lástima,
Mi polvo encontrará una voz
Para responder bien alto:

"Tranquilos, estoy contenta,
Guardaos vuestra pobre compasión,
El regocijo ardió como una llama en mí
Demasiado firme para ser destruida;
Ágil como el junco cimbreante

Ulysses (fragmento), *Lord Tennyson*, traducción de un blog del *Centro de educación
secundaria* de Córdoba, España, http://leereluniverso.blogspot.com/2014/01/
poesia-ulises-fragmento-alfred-tennyson.html

Que gusta de la tormenta que la mece
Sentí más alegría en la pena
De la que vosotros encontraréis en la propia alegría."

Leo febrilmente, buscando a mi hermana, buscando una sola palabra suya. Es como si se hubiera borrado a sí misma y su voz mucho antes de desvanecerse por fin, y lo único que deseo yo es ver una señal, una pequeña chispa de la persona que era.

Y, finalmente, en su última carta lo encuentro.

Querida Philippa:
Te quiero. Te echo de menos. Vuelvo a casa.

Algo es algo. No hay respuestas en estas cartas, pero si no he conseguido encontrar la verdad en otro lugar, no puedo esperar que aparezca en la caligrafía de Evelyn. Aun así, paso el dedo sobre las letras, los círculos y las vueltas de tinta seca, deseando leer en su forma si estaba contenta, si su decisión le había dado la paz.

Evelyn de la Tierra de los Bosques, la que camina entre los mundos, corazón de mi corazón, ¿qué has hecho?

Traducción libre del poema de Sara Teasdale *The answer.*

50

—... *PIÉNSATELO, PHILIPPA. MIS PADRES ESTARÍAN* encantados de que vinieras y tengo tres hermanos mayores a los que les vendría bien un poco de educación.

Millie Green no para de hablar, aunque no le esté haciendo caso. Estamos todas en la mesa de siempre, debajo de la ventana del comedor, pero Ev no está con nosotras. Durante mucho tiempo se ha quedado al margen, pero en un lugar donde yo pueda verla hasta este año. Ahora las cosas han cambiado. Miro alrededor de la enorme sala llena de mesas, desesperada por saber dónde está.

Y la encuentro, sola, en el fondo del comedor, con un libro (seguro que es de poesía) apoyado sobre el salero. Recuerdo cómo era aquel primer año que pasamos en la Tierra de los Bosques, reservada, como si nada ni nadie pudiera tocarla. Tiene el mismo aspecto ahora.

Por eso cuando Millie vuelve a invitarme a que vaya a su casa a Boston después de graduarnos en primavera, no puedo evitar contestar de malas maneras.

—No, gracias —digo con frialdad—. Tengo demasiado que hacer aquí, en Inglaterra. No puedo pensar en cruzar el océano.

Bastante culpable me siento ya por haber enviado una solicitud a una universidad en Estados Unidos. Mientras la rellenaba sabía que nunca pasaría de una bonita idea. Demasiadas cosas me atan aquí. Y la idea se convirtió en decepción cuando llegó la carta de aceptación. Hice lo que tenía que hacer, una bola y tirarla a la papelera.

Una de las chicas dice en broma que me he vuelto una esnob desde que terminó la guerra, pero Millie me mira con preocupación.

Después de cenar, me arrincona en la escalera que va a los dormitorios, con los rulos puestos y un montón de toallas de baño en las manos.

—Lo de antes iba en serio —me dice, bajando la voz de forma significativa para que no la oigan—. Serás bienvenida en mi casa en Boston siempre que quieras.

Me cruzo de brazos y me apoyo contra la pared con actitud indiferente.

—Claro que sí, cariño. Pero yo también decía en serio que tengo mucho que hacer aquí.

Millie deja las toallas en los escalones y se vuelve hacia mí con una seriedad en el rostro que jamás le había visto.

—Philippa, sé por qué no quieres irte. Todas lo sabemos. ¿Crees que no nos damos cuenta? Sabemos cómo es Evelyn, y te hemos visto partirte la espalda por ella durante cinco años. Lo hemos hablado y creemos que tienes que liberarte un poco. Vas a matarte como sigas así y eso tampoco es justo.

Me pongo derecha y clavo en ella una mirada que acobardaría a cualquiera. Debería ser mejor, más amable, pero cuando se trata de Ev, mi corazón es una herida abierta.

—Vete. Déjame en paz. No vuelvas a dirigirme la palabra. No sabes nada sobre mi hermana ni sobre mí, nunca lo sabrás.

Como buena americana, Millie no se inmuta.

—Philippa...

—Vete —le ordeno y aun con reticencias, Millie da media vuelta con las toallas en las manos.

—Si cambias de opinión...

—¿Todavía sigues hablando conmigo?

Desaparece al llegar arriba del todo de las escaleras. Un minuto después, Evelyn aparece por el mismo sitio, como si mi infelicidad la hubiera llamado. Me siento en los escalones y ella se sienta a mi lado. No dice nada, apoya la cabeza rubia en mi hombro. Le rodeo los hombros y nos quedamos allí sentadas hasta que apagan las luces, juntas frente a nuestros mundos.

51

HABITO UN REINO DE LUZ Y SOMBRA. DE DÍA TENGO LA LUMI-
nosidad del museo, lo que aprendo sobre el funcionamiento del Departamento de Conservación y el deseo de no sonrojarme cada vez que Jack me
dirige una de sus discretas sonrisas. Pero eso es todo lo que consigo de él,
sonrisas, cortesía y amabilidad. Nada de besos en el parque ni invitaciones a
cenar. Pero tampoco presiono. Me asusta la habilidad que tengo para dañar
las cosas.

De noche cae la oscuridad de la cama vacía de Evelyn, un reproche constante desde el otro lado de la habitación. Me quedo en el trabajo todo lo que
puedo y doy vueltas en autobús durante horas cuando no me queda más
remedio que irme. Y cuando llego a casa, me acuesto, pero no me duermo,
porque no puedo evitar pensar en cómo podrían haber sido las cosas.

Pero nadie puede parar el avance de la primavera y empieza a hacer calor.
No tardo en cambiar el abrigo por las chaquetas de lana finas para ir a trabajar por las mañanas. Una tarde estoy inclinada sobre mi trabajo pasando
documentos a limpio cuando Presswick levanta la vista.

—Hapwell. Deja de bostezar y tómate un descanso. Sal a la plaza a comer
por una vez. Estoy harta de que me dejes la mesa llena de migas.

Si algo he aprendido, es que no se le puede llevar la contraria a Presswick, así que agarro mi jersey y mi comida, y me voy.

Tras hacer acopio de valor, me dirijo al corredor en mal estado y poco iluminado que lleva a la escalera que sube al estudio de restauración. Hay varios restauradores trabajando hoy, inclinados sobre sus mesas de trabajo, y me doy cuenta de que todos los cuadros que hay en las paredes representan algún tipo de bosque. Se me hace un nudo en la garganta. *Emboscada en el bosque*, de Brueghel; *Olivos en el jardín Moreno*, de Monet; Árboles y maleza, de Van Gogh. El peor es *Orilla de un lago con abedules*, de Klimt. Por sereno que parezcan el prado y los abedules, y las aguas parezcan tranquilas, no puedo dejar de pensar en el círculo de abedules del bosque que rodea el St. Agatha y en el rastro de Evelyn que se perdía al llegar al río.

Me detengo junto a la mesa de Jack, donde trabaja repintando una zona complicadísima no en el lienzo de *Mujer bañándose*, sino en el de *Vista de Dedham*, de Gainsborough. Otro bosque. Más susurros sin palabras.

—¿Siempre organizáis vuestro trabajo de restauración por temática? —pregunto, bajando la voz para que no me oigan los demás en la silenciosa sala—. Es que me parece una extraña forma de trabajar.

Jack se toma un momento para terminar lo que está haciendo y deja a un lado el pincel. Me mira con cara de búho confundido.

—Perdona, ¿qué decías?

Señalo con la mano los cuadros de las paredes.

—Mira. Todos los cuadros son de bosques. ¿No te parece extraño?

Mira las paredes como si estuviera viendo aquellos cuadros por primera vez.

—Pues tienes razón. Sí que lo es. Pero no creo que haya sido a propósito.

—Y la primera vez que vine, había ciervos en todos los cuadros, te recuerdo.

—Ah, sí. Aquella vez me pareció algo curioso.

Noto que se me hace una arruga en la frente.

—¿Crees en las coincidencias?

Jack se limpia las manos en un trapo húmedo y lo aparta.

—En las coincidencias, no, en la Divina Providencia, sí. ¿Sales a comer?

Casi se me había olvidado la bolsa de papel que llevo en la mano y el motivo para haber subido hasta aquí.

—Sí. Presswick está harta de mí. Y se me ha ocurrido venir a decirte que estaré en el parque media hora o así.

—Me vendría bien un descanso. Llevo doblado sobre este lienzo toda la mañana.

Nos paramos en la puerta para que Jack cuelgue el delantal y recoja el bastón del paragüero.

Hay varias excursiones escolares visitando las zonas abiertas y hay más ruido que de costumbre en las galerías, llenas de susurros y risas infantiles. Kitty saluda perezosamente desde el mostrador cuando salimos a la plaza, inundada de sol primaveral, ambientada por el chapoteo del agua de las fuentes bajo la mirada de Lord Nelson, atento en todo momento desde lo alto de su columna.

Dejo la bolsa de la comida y me siento de espaldas a los pilares del pórtico para ver la luz reflejada en el agua de la fuente y las palomas pasear por la plaza. Jack come una manzana con la camisa arremangada que deja a la vista la piel arrugada en unos sitios y tirante en otros de la zona de la quemadura.

—Un penique por tus pensamientos —dice al cabo de un minuto, y yo suspiro en respuesta.

—A mi hermana le encantaba la primavera. Siempre se sentía mejor cuando hacía mejor tiempo y había más luz. No puedo evitar seguir esperando que, algún día, me dé la vuelta y me la encuentre. Tal vez su aspecto sea un poco diferente y tenga una historia que contar, pero será ella y eso significará que todo esto ha terminado y por fin podré dormir por las noches.

Oh, Ev. Me dejaste agotada, pero daría lo que fuera porque volvieras.

—Philippa —dice Jack con voz amable y algo triste—. No sé qué le habrá pasado a tu hermana. Puede que vuelva algún día... o puede que no. Pero, aunque vuelva, las cosas no volverán a ser como antes. Espero... espero que estés preparada para ello. Sea como sea, tu vida de ahora no es como la de antes. Y puede que la diferencia radique en no saber, en aprender a vivir sin mirar atrás.

Me cruzo de brazos con obstinación.

—Jack Summerfield, jamás dejaré de esperar el regreso de mi hermana. No lo haré hasta que sus huesos o los míos estén bajo tierra.

—No te enfades —dice él—. Y espera lo que tengas que esperar, pero no dejes de construirte una vida propia mientras tanto, en la que estés tú y todo lo que tiene para darte. Créeme, sé bien lo que es vivir con arrepentimiento, preguntándose cómo podrían haber sido las cosas. Si solo te centras en eso, vivirás amargada y con una sensación de vacío por dentro, Philippa.

No le digo lo que pienso porque no me apetece pelearme con él, pero lo cierto es que yo he elegido permanecer en ese limbo. Manejé mi vida cuando estuvimos en la Tierra de los Bosques y seguí haciéndolo después, y podría seguir haciéndolo ahora si quisiera. Siento fuego y acero en mi corazón, y ningún mundo acabará conmigo a menos que yo se lo permita.

Pero no merezco ser feliz. No merezco seguir con mi vida después de todas las promesas que he incumplido. Y menos aún, después de traer a mi hermana para abandonarla después con sus demonios. No puedo construir una vida si Evelyn no está viva.

Ni siquiera merezco este momento, estar sentada al sol en este día primaveral en Londres, así que me levanto a toda prisa y salgo pitando hacia el museo.

—Philippa —me llama—. No has terminado de comer.

—Dáselo a las palomas —le digo yo—. Tomaré un café en la cafetería.

Una noche subo a duras penas a mi habitación después del trabajo, y me encuentro con que no está la cama de Evelyn y la mía ocupa ahora el centro de la habitación. También han movido la alfombra de sitio. Como si no hubiera existido nunca. Como si no fuera a regresar.

Esto es infinitamente peor que tener que dormir al lado del recordatorio constante de su ausencia. Bajo a la cocina y entro dando un portazo. Mamá está sentada a la mesa con una taza de té, aunque es tarde, y me mira sobresaltada.

—¡Philippa! Qué susto me has dado.

Tampoco está la silla de Evelyn. Estoy tan furiosa que no puedo hablar. Vuelvo a colocar las sillas como estaban, poniendo la mía donde debería estar la de Evelyn y dejando vacío mi sitio en vez del suyo.

—Oh, Dios mío —suspira mamá—. Ya entiendo. ¿Quieres sentarte, Philippa?

—No, me voy de aquí y no pienso volver.

Salgo de la cocina hecha una furia, seguida por mi madre, y subo corriendo las escaleras a mi habitación. Saco la ropa y los cosméticos de los armarios y lo guardo todo en la maleta.

—Philippa, cariño, deja que te lo explique. Durante años vimos que tu hermana se aferraba a algo, no sabemos a qué. Los tres habéis sido siempre un libro cerrado para vuestro padre y para mí. Pero tenemos ojos. Sabemos que fue eso lo que terminó con tu hermana.

Se acerca y me pone una mano en el hombro, pero yo la aparto.

—Me niego a ver que te ocurra a ti lo mismo.

La rabia y el arrepentimiento amenazan con estrangularme, y no estoy preparada para dar a Evelyn por muerta aún. Puede que esto acabe conmigo; puede que me desmorone por aferrarme a su recuerdo igual que le ocurrió a ella por aferrarse al recuerdo de la Tierra de los Bosques, pero no sé qué otra cosa hacer o qué clase de persona ser.

No pienso renunciar a Ev. No te olvidaré. Me da igual que los demás borren tu recuerdo, pero yo seguiré aquí, fiel hasta el final.

Salgo de la casa sin decir una palabra más.

Está lloviendo y tomo un autobús para no mojarme. Las gotas de los cristales dan a las farolas un aspecto fantasmagórico, una serie infinita de pentimenti, arrepentimientos bañados por la luz y el agua. Me quedo dentro del autobús hasta que me duermo. Despierto sobresaltada, completamente desorientada y aterrorizada.

No puedo pasarme la noche en el autobús, así que me bajo y acudo al único santuario que conozco.

La National Gallery se vislumbra como una alta mole cuando es de noche y sus columnas lanzan sombras alargadas. Subo los escalones y aporreo la puerta hasta que aparece Albright con su uniforme de guardia de seguridad. Sacude la cabeza al verme, empapada y con una pinta muy desaliñada, cargando con una bolsa de viaje, pero me abre igualmente.

Nos quedamos en silencio en el vestíbulo. No estoy muy segura de qué es lo que piensa hacer. Finalmente, deja escapar un suspiro y me hace una señal de que lo siga.

—Los obreros han metido unos sofás viejos en las salas vacías, para sus ratos de descanso. No puede decirse que estén muy limpios, pero si desapareces antes de que empiece el turno de la mañana, lo mantendremos en secreto.

Lo miro, pero ya no queda ni un ápice de orgullo en mi postura o en el charco de agua que he dejado en el suelo del vestíbulo.

—Puede que sean unos días, Albright. ¿Te importa?

—Tal vez les importe a los de arriba, a mí me da lo mismo. Y ojos que no ven...

Siento un gran alivio.

—Gracias. No tenía ningún otro sitio al que ir.

—No pasa nada, señorita. Pero no se lo cuente a nadie.

Albright me lleva a una sala al fondo con los escombros amontonados en los rincones y las paredes llenas de grietas. Hay un sofá con mucho relleno en un lado, aunque parte se le sale por unos agujeros en la gastada tapicería. solo una de las ventanas conserva el cristal, las demás están cubiertas con una especie de toldos. La ventana acristalada contempla el desastre que reina en la Sala 10.

Las lonas de protección me sirven de almohada y manta. En cuanto Albright se va, me duermo profundamente.

Y sueño.

Lluvia gris. Mar gris. Cielo gris.

Evelyn está a mi lado y Cervus frente a las dos cuando le rompo el corazón a mi hermana porque no puedo irme sin ella.

Cuando despierto al amanecer, la lluvia sigue golpeando el techo de metal prefabricado. Me arreglo en uno de los pequeños cuartos de baño para empleados. El espejo me devuelve una imagen atormentada de mí. Me parezco a Ev.

Recurro a aplicarme el maquillaje y la barra de labios con más cuidado de lo habitual. Me perfumo para enmascarar el olor a polvo de yeso. Me cepillo el pelo hasta que brilla y me pongo mis zapatos rojos de tacón con hebillas de plata. Cuando levanto la vista de nuevo, el rostro del espejo es una máscara perfecta que impide vislumbrar a la chica perdida que se oculta detrás.

52

AL FINAL ES MI MALDITO ESTÓMAGO EL QUE SE RINDE.
Al llegar la primavera de nuestro último año juntas, Ev se interna en el bosque
una y otra vez, y no soy capaz de mantener la comida dentro.

Viene a verme la enfermera y el médico del pueblo que huele a rancio. Me
dicen que tengo una úlcera y me dejan en la enfermería una semana. Dicen
que es para minimizar el estrés y que tengo que dejar de esforzarme tanto. Mis
incondicionales se reparten el trabajo de los diversos comités y clubes que supervi-
so, y me dejan allí con un libro y mis pensamientos como único entretenimiento.

No me recupero tan rápido como le habría gustado al médico. ¡Pues claro!
Aquí encerrada estoy muerta de preocupación por Evelyn. Al menos hasta que
recibo la visita de un grupo de lo más pintoresco.

Max, Georgie y Millie Green aparecen una tarde en la puerta de la enferme-
ría. Menos mal que me he arreglado el pelo y me he pintado los labios, aunque
poco puedo hacer con el hecho de llevar pijama a las tres de la tarde.

—Hemos venido por Ev —dice Max sin más mientras se sientan a mi alre-
dedor, apresándome en el centro—. La hayas pedido o no, es hora de un poco de
ayuda, Philippa. Tienes que liberarte un poco y confiar en que, en tu ausencia,
pasará lo que tenga que pasar. Millie nos ha contado que te han aceptado en una
universidad estadounidense. Deberías ir.

Para mi infinita vergüenza, me cubro la cara con las manos y me echo a llorar.

—No puedo. No puedo. Le prometí que la cuidaría y no quiero volver a romper una promesa.

Como último recurso, hacen venir a la propia Evelyn. Entra descalza en la enfermería una tarde, oliendo a bosque y a aire fresco de primavera, con unas margaritas entretejidas con la trenza, se sienta a un lado de la cama y me toma la mano.

—Philippa, deberías ir —me dice con un brillo de esperanza en los ojos—. Estaré bien. Sé que no siempre estoy en mi mejor momento, pero puedo vivir sola hasta que llegue el momento de volver a casa.

Se parece mucho a la chica que era. A Evelyn de la Tierra de los Bosques, de corazón y voluntad fuertes, y que amaba el Gran Bosque con toda su alma. A la chica que lo único que quería hacer en la vida era cultivar la tierra y aun así fue capaz de matar por mí.

Pero sé lo mucho que se ha extendido la oscuridad en su interior. Como también sé que cuando vuelva el invierno, recordará la verdad, que nunca regresará a casa. Que Dios me asista, pero se lo digo, porque tendrá que recordarlo y porque no puedo soportar que me digan que me vaya.

—Evie, no vas a volver. Ninguno de nosotros. El propio Cervus lo dijo —le digo y no puedo mirarla cuando pronuncio las últimas palabras.

Los ojos se le llenan de lágrimas.

—¿Por qué hablas así? El corazón que pertenece a la Tierra de los Bosques siempre encuentra el camino a casa. ¿Acaso mi corazón no pertenece a la Tierra de los Bosques?

Trago saliva un par de veces, intentando que desaparezca la frustración.

—Naciste aquí, igual que Jamie y yo. Nuestro lugar está aquí, juntos.

Desde que volvimos y hace años ya, solo en una ocasión ha estado a punto de reprocharme mi gran error, no que casi traicionara a los habitantes del Gran Bosque, sino que no fuera capaz de dejarla allí. Yo no podía vivir en su mundo, así que decidí traerla de vuelta y ahora ella no puede vivir en el mío.

Susurra algo y retira la mano.

—No te oigo, cariño —digo a la vez que me incorporo ligeramente y me inclino hacia delante.

—Deberías haberme dejado allí —dice finalmente—. No deberías haberme traído contigo. Hiciste mal.

Al principio no puedo hacer más que callar e intentar respirar. Jamás me perdonaré por las cosas que he hecho y siempre me maravillará la grandeza de corazón de mi hermana, hasta el punto de pasar por alto mi responsabilidad en su infelicidad. Pero no me ha perdonado, solo había enterrado el dolor en lo más profundo, como las raíces de un viejo roble. Las dos estábamos consumidas por dentro cuando llegamos a aquella playa.

—Evelyn, lo siento mucho —digo, retorciendo las sábanas en las manos—. Jamás pensé que pasaría esto. Cuando estábamos en la Tierra de los Bosques te echaba mucho de menos, pero aprendí a vivir con ello. solo pretendía cumplir mi promesa y protegerte.

—Quiero que te vayas —me dice, irguiendo la espalda, espléndida con esas flores en el pelo—. No creo que sea lo mejor. Quiero que te vayas, Philippa. Deja de decidir por mí. Deja de ayudarme. Tengo que aprender a vivir yo sola y si me caigo, me caigo. Pero no te necesito y no te quiero aquí. Será mejor para las dos que te vayas.

He vivido muchos momentos malos en mi vida. He conocido la desesperación y la vergüenza, la pena y el miedo, pero en este momento mi corazón magullado ha terminado de romperse y me duele mucho, tanto que podría morir.

Lo único que me queda ya es mi orgullo. Recojo los vestigios desparramados a mi alrededor como un manto y clavo en mi hermana una fría mirada.

—Me iré entonces. No veo razón para quedarme donde no me quieren. Millie me ha pedido que vaya a visitar a su familia en Estados Unidos, y me esperan en la universidad.

—Bien —dice Evelyn, sonriendo suavemente, antes de asestarme el golpe definitivo—. Lo único que yo deseaba era recordar, Philippa, y tú te empeñas en que olvide.

Se levanta y se va sin hacer ruido, descalza. Me quedo mirándola, pero no dejo que la parte de mí que es más sentimental le pida que vuelva.

53

—LO SIENTO.

Las palabras me sacan de mis pensamientos cuando Jack Summerfield entra cojeando en el despacho de Presswick y se sienta en la silla vacía.

—No debería haberte sermoneado. No es lo que necesitas ahora mismo. ¿Qué necesitas, Philippa? Quiero ayudarte.

Me llevo una mano al pecho y toco el ciervo de plata que reposa sobre mi clavícula.

—¿Me lo preguntas en serio? No te ofrezcas si no lo dices en serio.

Jack se inclina hacia delante y asiente, mirándome con sinceridad en esos ojos castaños.

—Lo digo en serio. Dime qué puedo hacer.

Debería encargarle alguna tarea, para que crea que ha hecho algo. Pedirle que me rellene el termo de café o que me lleve a dar un paseo. No debería decirle la verdad, pero lo hago.

—Tengo que ir a Yorkshire. Ev estuvo allí en Navidad, de visita en casa de un amigo. Le pediría a mi hermano que me acompañara, pero está en plenos exámenes y no quiero interrumpirlo. Y también iría sola, pero me da miedo.

Tengo que rebajarme para admitirlo. Miro el taco de papeles que tengo delante hasta que Jack alarga la mano y toma la mía.

—Tengo coche y unos días libres —dice sin más—. ¿Crees que Presswick dejará que te tomes un día si se lo pides? Podríamos salir el sábado temprano y estaríamos allí a la hora de la comida. Buscamos un hostal para pasar la noche y volvemos el lunes. Tendrías el domingo para hacer las averiguaciones sobre Evelyn que necesites. ¿Qué me dices?

—¿Por qué eres tan amable? —le pregunto, mirándolo asombrada—. Soy sarcástica y poco fiable, y no dejo que las personas entren en mi vida si no los necesito para algo. Es lo único que puede decirte sobre mí. ¿Por qué lo haces?

Jack se levanta y rodea el escritorio. Deja el bastón y muy despacio y con mucho cuidado de no hacerse daño con la prótesis, se arrodilla delante de mí.

Casi me atraganto. En la Tierra de los Bosques, nadie se arrodillaba si no era para jurar servir al Gran Bosque en período de guerra. He oído infinitos juramentos de este tipo y visto morir a muchos hombres. Yo hice el mismo juramento, que luego incumplí, aunque fuera en espíritu, cuando no con actos.

—¿Sabes lo que veo cuando te miro, Philippa Hapwell? —Esta vez, me toma las dos manos entre las suyas—. Desde que te conozco, que hace mucho tiempo, he visto que eres una persona leal, valiente y decidida a ver lo bueno de los que te rodean. Muestras compasión hacia los demás, pero para ti no tienes.

Aparto la vista y junto los labios porque tengo miedo de echarme a llorar otra vez delante de él. Creía que ya no me quedaban lágrimas, pero Jack Summerfield parece haber encontrado un pozo inagotable de ellas.

—Deja que te ayude —me dice—. No tienes que hacer esto tú sola.

Me giro hacia él y asiento.

—Está bien, pero ¿me harías otro favor antes?

Jack sonríe.

—Lo que sea. No tienes más que pedirlo.

—Llevo días esperando que vuelvas a besarme.

Se yergue sobre las rodillas y posa su boca sobre la mía. Es verdad que no merezco esto, no merezco la inmensa felicidad de haberlo conocido, pero ahora que me he rendido, no pienso renunciar a ella.

El sábado antes del amanecer, Jack y yo nos encontramos fuera del edificio de ladrillo en el que vive en una habitación de alquiler. Abre la puerta del garaje donde guarda un coche Morris Minor muy bien cuidado.

Me aferro a mi termo de café como si me fuera la vida en ello y aun así estoy medio dormida a la luz grisácea del amanecer cuando Jack enciende los faros delanteros y emprendemos el viaje. Las calles están relativamente vacías tan temprano en fin de semana, y no tardamos dejar atrás la ciudad y salir a campo abierto.

—Hay una manta en el asiento trasero —dice Jack la tercera vez que bostezo disimuladamente. Me cubro los hombros y apoyo la cabeza en un brazo, doblado sobre el borde de la ventanilla, pero no puedo dormir. Me angustia pensar en lo que pueda averiguar en Yorkshire y me pone nerviosa estar en este coche silencioso y sólido junto a este joven igualmente silencioso y sólido.

En vez de dormir, me dedico a contemplar los pueblos por los que pasamos, con sus casas aún dormidas y sus tiendas y los restos de sirenas antiaéreas. Construyo castillos en el aire, imaginando cosas imposibles, como que encontraré a Evelyn al final de este viaje, que estará en algún lugar de Yorkshire, que esta conexión es la que verdaderamente importa, todo eso me produce paz.

Estoy tan absorta en mis pensamientos que tardo mucho en darme cuenta de que Jack tararea mientras conduce, pero lo hace tan bajito que casi no se le oye. Me incorporo con un suspiro y él me mira con una sonrisa.

—Buenos días.

—¿Cuánto llevamos? —pregunto. Acabo de darme cuenta de que Jack lleva un mapa extendido sobre una rodilla, y de que no estoy siendo de mucha ayuda como copiloto.

—Aún no llevamos ni la mitad del camino —contesta él, mirando el mapa—. Estamos llegando a Kettering, si quieres paro. No me importaría comer algo, seguro que tú también tienes hambre.

—No, pero me tomaría otro café.

Jack frunce el ceño, pero no dice más que:

—Decidido entonces. Pararemos a comer algo.

Me muerdo el labio porque no sé si estoy en posición de hacer sugerencias, pero él se da cuenta.

—Venga, dilo, no te lo guardes.

—¿Podemos parar solo un momento a comprar unos sándwiches y nos los comemos en algún lugar tranquilo? Creo que no podría estar mucho rato sentada en un pub, eso es todo.

Jack asiente.

—Por supuesto. Será por campo en Inglaterra. Seguro que encontramos un sitio que nos guste.

Paramos en un pub en Kettering y pedimos sándwiches y café. Aunque no hay mucha gente, tenía razón: no me siento capaz de soportar el ruido y la gente. Me siento al lado de Jack a esperar, pero no puedo dejar de mover el pie compulsivamente hasta que se acerca un poco más a mí y me roza el hombro con el suyo. No estoy segura de por qué lo hace, si para no dejar demasiado peso sobre su pierna mala o para tranquilizarme, pero su cercanía hace que me sienta menos perdida. Me quedo quieta hasta que nos dan nuestros sándwiches, perfectamente envueltos en papel.

Seguimos un poco más hasta que Jack para el coche a un lado del camino, en una zona despejada y plana. Mires en la dirección que mires, no se ven más que campos, setos y ovejas pastando.

—¿Te parece bien este sitio?

Respondo con una sonrisa y salgo del coche. Extendemos la manta sobre la hierba entre los setos y la carretera, convirtiendo la hora de la comida en un pícnic. Tomo un sándwich por complacer a Jack y lo mordisqueo sin mucho convencimiento, pero me ha rellenado el termo de café. Nos lo pasamos mutuamente mirando cómo retozan los corderos recién nacidos alrededor de sus madres. El aire sigue siendo fresco, pero yo no tengo frío con el jersey, la bufanda y los calcetines de lana.

—Philippa, ¿qué es lo que esperas encontrar en Yorkshire? —me pregunta Jack al cabo de un rato—. Es que no me gustaría que te llevaras una decepción, eso es todo.

Dejo el temor en el suelo.

—Sinceramente, no lo sé. Y entiendo que es estúpido por mi parte esperar encontrar algo siquiera, pero no puedo dejar de buscar. Se lo debo a mi hermana, le debo hacer todas las preguntas que haya que hacer, buscar hasta debajo de las piedras.

Jack sonríe.

—Espero encontrar algún día alguien que crea en mí la mitad de lo que tú crees en tu hermana.

Arranco un puñado de hierba y dejo que el viento se lleve una a una todas las briznas.

—La dejé sola cuando no debería haberlo hecho. Soy quien más culpa tiene, aunque la gente no lo quiera admitir. No solo los pintores tienen momentos de arrepentimiento.

Jack se recuesta en el suelo, apoyado sobre las manos y me mira entornando los ojos bajo el sol de la tarde.

—Si creyera que me harías caso, te diría que no puedes hacerte responsable de las elecciones que toman los demás. Pero sé que no hay manera de hacer que cambies de opinión.

—No —digo, entornando yo también los ojos—. Me temo que puedes añadir la obstinación a la lista de defectos.

Permanecemos allí sentados un poco más, mirando las ovejas y disfrutando del sol, y deseo poder quedarme aquí para siempre, capturar este momento frágil y pasajero de felicidad, y guardarlo para siempre. Pero al final, se forman nubes que viajan hacia el este y la brisa se convierte en viento frío, y tenemos que volver al coche porque se pone a llover.

Los limpiaparabrisas se mueven a doble velocidad. Levanto las rodillas hacia el pecho y me tapo los hombros con la manta que conserva algo del olor de la hierba cuando unos barracones abandonados con las ventanas selladas con tablones surgen a un lado del camino. El edificio está rodeado por una valla alta coronada de alambre de espinos. El conjunto parece cerrado al público y tiene un aspecto amenazador.

Los nudillos de Jack se ponen blancos de tan fuerte como sujeta el volante.

—Lo siento —digo, aunque no sé muy bien qué es lo que siento. Todo, supongo. Que la vida sea con frecuencia una forma larga y lenta de morir—. Es imposible olvidar la guerra, ¿verdad? Cuando crees que lo has hecho, aparece algo que te la recuerda. Un lugar como este o un viejo folleto o no te das cuenta y te terminas tu ración de azúcar demasiado rápido.

—Yo no necesito ninguna de esas cosas —dice Jack, levantando la mano izquierda—. Llevo siempre conmigo el recordatorio.

Durante un buen rato, el único sonido que se oye es la lluvia y el rítmico movimiento de los limpiaparabrisas.

—Puedes preguntarme qué me asó —dice Jack finalmente—. La gente siempre quiere saberlo.

Yo sacudo la cabeza.

—No necesito saberlo. A menos que tú quieras contármelo.

Jack se encoge de hombros.

—Prefiero que lo sepas, aunque te advierto que es una historia muy corta y muy poco heroica.

Me arrebujo en la manta y lo miro conducir, sus cicatrices visibles a pesar de la escasa luz.

—Cuéntamelo entonces.

—Muy bien —contesta él, con la vista fija en la carretera y la lluvia—. Me alisté al día siguiente de cumplir los dieciocho, pasé unos cuantos meses entrenando y después nos llevaron a Italia. Llevaba allí dos semanas cuando me encontré atrapado en un edificio durante un bombardeo.

No quedó en pie mucho, y lo que quedó, se incendió. Ese es el motivo de que sea como soy ahora. Me pasé el resto de la guerra en un hospital para convalecientes.

—Y, por supuesto, el paso siguiente natural al hospital fue la National Gallery —digo yo con tono seco.

Jack me mira de reojo.

—Antes de la guerra quería ser pintor. Después, por razones obvias, decidí que quería dar una nueva oportunidad a objetos dañados. De manera que me dediqué a estudiar mientras estaba en el hospital, tampoco se podía hacer mucho más, y completé mis estudios en tiempo récord, y, después, Presswick me contrató. No había razón para conseguir el trabajo con tan poca experiencia, pero ya sabes cómo es Presswick.

—Por supuesto —contesto yo, abrazándome las rodillas y apoyando la barbilla en ellas, sin dejar de mirar su rostro de perfil, sus manos en el volante—. Creo que tienes razón, no fuiste un héroe, pero sí valiente.

Jack ladea la cabeza tratando de encontrar sentido a mis palabras.

—¿Y cuál es la diferencia?

—Los héroes hacen cosas extraordinarias, cuando podrían haber elegido no hacerlo. Las personas valientes soportan las circunstancias que les ha tocado vivir y se esfuerzan en hacer bien las cosas. El mundo está lleno de personas valientes, que tratan de salir adelante. Y, sinceramente, no creo que los héroes merezcan mayor recompensa al final. A veces se requiere más valor para aprender a vivir de nuevo cuando creías que tu vida había acabado que para entregar tu vida.

Jack se para en el arcén, bajo la tromba de agua que está cayendo, y se vuelve hacia mí.

—¿Y tú a qué grupo perteneces, Philippa? ¿Al de los héroes o al de los valientes?

—A ninguno —respondo, sacudiendo la cabeza—. Ya te lo he dicho. No soy más que una chica que intenta enmendar sus errores.

—Entonces será mejor que no me consideres un valiente —me advierte—. Es cuestión de testarudez. No me rindo fácilmente. Nunca lo he hecho. No me confundas con algo que no soy.

He cometido muchos errores en mi vida, pero sé que este no es uno de ellos.

—Como quieras —digo—. Llámalo testarudez si quieres, pero desde donde yo estoy, tu testarudez y coraje se parecen mucho.

—¿Alguna vez me dejarás ganar una discusión? —dice con una sonrisa torcida, y no puedo evitar sonreír yo también.

—No es muy probable, pero tú tienes la culpa. Nadie te ha pedido que me pongas en tu lista de artículos dañados que debes restaurar.

Guardamos silencio un momento mientras escuchamos el siseo de los limpiaparabrisas y el murmullo de la lluvia.

—Philippa —dice Jack al cabo de un rato—, independientemente del coraje que pueda tener, las personas no son cuadros. No puedo borrar tus preocupaciones, por mucho que quiera. Pero sí puedo estar contigo cuando los soluciones, todo el tiempo que me dejes.

Se mira las manos en el volante, una con las cicatrices de la guerra y la otra esbelta y perfecta.

—La verdad es que me gustas mucho, más que nadie que haya conocido en mi vida. Que Dios me ayude, pero siempre me han gustado las cosas difíciles, y no creo que pueda llegar nunca a conocerte del todo, aunque me pasara la vida intentándolo. Así que si crees que estoy aquí porque estás hecha añicos, te equivocas. Estoy aquí porque esos añicos forman un conjunto que no me canso de mirar.

Me inclino hacia él y beso con suavidad el lado quemado de su rostro.

—Jack Summerfield, júrame que no me dejarás. Sé que ahora crees que no lo harás, pero no es la primera vez que hago que las personas cambien de opinión, sobre cosas que daba por hechas, y no estoy segura de que pueda seguir viviendo sin ti.

—Podrías vivir sin mí perfectamente, Philippa. Te las arreglarías —contesta él, buscando mi mano y entrelazando sus dedos con los míos—. Pero te prometo que no pienso ir a ninguna parte. Estoy aquí.

Seguimos conduciendo y siento que el miedo florece dentro de mí, para hacerle compañía a la culpa. Sé que Jack es un hombre de fiar. En quien no confío es en mí misma, alguien a quien arrancaron de este mundo para devolverme a él después y que no pudo quedarse con su hermana después de todo. Alguien que se deja ahuyentar por unas cuantas palabras irreflexivas.

De Jack sí estoy segura, mientras que yo soy desleal, alguien que incumple sus promesas. Alguien que se va.

54

EL HOSTAL DE EDGETHORN HALT ES UNA CONSTRUCCIÓN
con el tejado de paja, techos bajos y una chimenea en un extremo. Los bancos para sentarse son estrechos, hay poca luz, la escalera es muy inclinada y las habitaciones bastante espartanas. En resumen, es como uno esperaría de un hostal rural en mitad de la nada.

Duermo mejor de lo habitual, sin la preocupación de que me pillen acampando en una sala en obras del museo, y cuando me levanto estoy ansiosa por ponerme en camino.

Este es el sitio. No se me ocurre un lugar más apropiado para averiguar la verdad sobre mi hermana. Si no encuentro las respuestas aquí, estaré de nuevo en la orilla del río, donde su rastro se pierde.

Desayunamos. Jack, tostadas con mantequilla y yo café solo y tostadas con mantequilla, que pide y vigila que me las termino como un halcón. Al terminar, salimos al coche en mitad de la lluvia. No digo nada mientras salimos de Edgethorn hacia la campiña, mordiéndome un padrastro hasta que Jack me coge la mano.

No tardamos en llegar al pie de la colina donde está la granja de los Harper. Me asomo a la cortina de lluvia y veo que es el tipo de lugar que le gustaría a Ev: de piedra, sin pretensiones, igual que los valles que lo rodean.

—¿Preparada? —pregunta Jack y yo asiento.

El coche sube diligentemente el sendero de entrada y aparcamos en el patio. Sacamos los paraguas del asiento trasero y nos acercamos a la puerta sorteando los charcos. Me detengo un momento en el escalón de la entrada tratando de calmarme y llamo. Se oyen voces dentro. Miro a Jack nerviosa.

Abre finalmente la puerta una joven muy delgada con una mata de pelo rojo que se le escapa por debajo del sombrero de domingo. Frunce el ceño al vernos.

—Hola. Lo siento mucho. Los invitaría a pasar, pero salíamos a la iglesia y probablemente no nos interese lo que quiera que vendan. Buena suerte.

Se retira para cerrar la puerta y me quedo petrificada, con el corazón martilleándome las orejas y un nudo en el estómago. Es Jack quien levanta la mano para detenerla.

—Esta es Philippa Hapwell, la hermana de Evelyn. Esperaba poder hablar con su familia.

—Oh —dice ella, consiguiendo dotar a una sola sílaba de dieciocho significados diferentes. Entonces se gira y grita por encima de su hombro—: ¡Mamá, pon la tetera! Papá, quítate el abrigo, Annie, ve a buscar a Tom. Acaba de llegar la hermana de Ev, así que no vamos a la iglesia.

—Oh, no, no pretendíamos molestar —le ruego—. Podemos volver más tarde. No pasa nada.

—Tonterías —dice la chica, invitándonos a pasar sin dejar que diga una sola palabra más.

Llegamos a una enorme cocina de granja con sus suelos de losas y una larga mesa a un lado. La señora Harper, también pelirroja, pero con alguna que otra cana, está poniendo a hervir una tetera sobre la cocina de leña. Hay cosas por todas partes: cacharros y ollas de hierro forjado, y cebollas y ajos secos colgando de las vigas del techo, botellas y plantas en macetas y fotos enmarcadas en el alféizar, abrigos en el perchero de la pared, y, sin embargo, no da la sensación de una cocina atestada, sino hogareña y confortable.

—¿Menta o Earl Grey? —nos pregunta. Yo me pego más a Jack porque veo a Evelyn aquí, sentada en uno de los bancos a la mesa. Estaría mirando la relajada forma de comportarse de esta familia con los codos en las rodillas y la barbilla en las manos, dejando que la sensación la cubriera como una ola.

—Earl Grey, por favor —murmuro.

—Soy Meg —dice la chica—. Seguro que es a Tom a quien quieres ver y enseguida viene. Annie ha ido a buscarlo al establo. Sentimos terriblemente lo ocurrido, por cierto.

—Gracias.

La señora Harper se gira hacia nosotros cuando la tetera empieza a pitar.

—No seáis tímidos, por favor. Sentaos y poneos cómodos. Meg, no te quedes ahí parada dándoles conversación. Saca unas galletas.

La chica desaparece en lo que imagino que será la despensa y en ese momento se cuela en la casa una racha de aire húmedo y entran una niña y uno chico alto y desgarbado con el pelo rojo. La niña, Annie, se agarra a la mano de su hermano y lo mira con incertidumbre, sin saber cómo se tomará este la súbita intrusión en el hogar de los Harper.

Y es cierto que Tom Harper no parece nada contento de tenernos en su cocina. Se separa de Annie y se mete las manos en los bolsillos.

—Y bien, ¿qué es lo que quieren? —masculla.

La señora Harper deja la bandeja en la cocina con un tintineo de porcelana.

—Thomas Albert Harper, cuida tus modales o ayúdame...

—Lo siento, mamá —contesta, encogiéndose de hombros—. Ya he hablado con Scotland Yard, no sé por qué han venido.

Se sienta en un banco y yo lo imito, levemente consciente de que Jack cruza la cocina para ir a ofrecerse educadamente a ayudar a la señora Harper con las tazas.

—¿Cómo estaba? —pregunto Tom en voz baja—. Es lo único que quiero saber. Lo que hizo cuando estuvo aquí en Navidad, si estaba feliz. Daría lo que fuera por saber que estaba feliz.

Tom palidece bajo las pecas y se pasa la mano por el pelo.

—Ojalá pudiera decir que sí, pero estaba muy mal. Se desmoronaba y yo solo intentaba que se recompusiera, pero no lo logré.

Sacudo la cabeza y noto que la culpa que llevo dentro me ciñe el cuerpo como si fuera una banda de hierro.

—No deberías haber tenido que intentarlo.

Tom mira a su madre y sus hermanas, y a Jack.

—¿Puedo hablar un momento contigo a solas? Ya que has venido hasta aquí, creo que deberías oírlo.

—Claro.

—Mamá, vamos un momento al establo —dice, y su madre asiente con la cabeza. Jack me mira con gesto interrogante y yo me encojo de hombros.

El patio de adoquines resbala con la lluvia y camino con cuidado, aunque me he puesto los zapatos con menos tacón que tengo. Dentro del establo hay un olor dulce y polvoriento a heno. Una hilera de plácidas vacas lecheras come en la penumbra. Nos paramos junto a la puerta, que Tom deja abierta para que entre un poco de luz.

—No hay forma suave de decir esto —me dice Tom, con la angustia escrita en sus facciones—. Pero yo tengo la culpa de que desapareciera tu hermana. Supongo que sabes que fui la última persona a la que vio aquella noche. Si hubiera prestado más atención o dicho alguna otra cosa, puede que aún estuviera aquí.

Se sienta en una bala de heno de la fila que tienen pegadas a la pared, pero yo me quedo de pie, sin poder moverme. Conozco el dolor de este chico. He vivido con él durante largas noches. Es una amarga carga para llevar a hombros toda la vida, alojada en los rincones de tu alma. Y no puedo ver sufrir a otra persona por pecados que son míos y solo míos. No lo haré.

Debo comportarme como la persona que era en la Tierra de los Bosques, antes de irme por el mal camino. Reúno hasta la última gota de confianza en mí misma y orgullo, y me aferro a ello hasta que me impregno bien de ambos. Le tiendo una mano que él toma antes de mirarme con su rostro inocente oscurecido por la angustia.

—Tom Harper, tú nunca tuviste la culpa.

Las palabras salen de mis labios claras y nítidas como una campana en el silencio del establo. Si alguna vez tuve la capacidad de hablar con decisión e ingenio, recurro a ambos ahora, para lograr que este chico acepte el perdón que le ofrezco tras la inmutable verdad.

—Tú no tenías obligación de cargar con su destino, te lo prometo. Yo debería haber estado aquí, se suponía que tenía que cuidar de ella, la que ha fallado aquí soy yo. ¿Lo entiendes? Mírame. ¿De verdad crees que podrías haber ocupado mi lugar?

Tom pestañea. Puede que lleve un traje arrugado, lleve el pelo recogido y no lleve la capa de maquillaje que me protege del mundo, pero el recuerdo de la magia resuena en mis venas.

—No lo sé —tartamudea él—. Pero debería haber hecho algo. Debería haber visto sus intenciones.

—Seis años —le digo—. Ese fue el tiempo que estuvo luchando con sus demonios, y el tiempo que yo he estado a su lado. Y ni siquiera yo acertaba siempre con las palabras que necesitaba o lograba impedir que tomara según qué decisiones, aunque me las arreglaba la mayoría de las veces. Pero a ti te enviaron a las trincheras con poco más que tu buena voluntad como única arma, y dejaron que libraras una guerra que yo había abandonado. Los soldados de infantería no son los responsables de una derrota, al menos de donde yo vengo, sino que es su general quien tiene la culpa.

Tom no parece contento con mi respuesta.

—¿Me estás diciendo que yo no tengo la culpa, sino que la tienes tú? No me parece muy justo.

—La vida no es justa —le respondo yo con amargura. La mía no lo ha sido, desde luego, mucho antes de que Ev llamara en la oscuridad a otro mundo y Cervus nos invocara desde allí para ayudarnos a cruzar el vacío intermedio. Me saco el colgante de plata de debajo de la blusa y lo presiono con los dedos—. Tom, te lo suplico. No dejes que esto te haga más daño del que ya te ha hecho. La única persona que te culpa eres tú.

—Pensaré en ello, te lo prometo —contesta él, volviéndose hacia la casa, pero yo lo detengo con una palabra.

—Espera. ¿Te dijo Evelyn... algo sobre mí? ¿Tal vez te dejó una nota?

Se vuelve y me mira con lástima en su rostro honesto.

—No, lo siento.

—Bueno, tenía que preguntar.

—¿Vienes?

—Enseguida.

Sale a la lluvia y yo me dejo caer en una bala de heno, cansada física y mentalmente. He venido hasta aquí en busca de absolución, y en vez de recibirla, la he dado.

55

DEBERÍA HABERLE DICHO A JAMIE Y A NUESTROS PADRES
que me iba a ir antes. Lo habría hecho si hubiera tenido el valor. Pero no lo
hice y ahora estamos todos aquí sentados, en la mesa del desayuno, con un muro
invisible entre Evelyn y yo cuando me pregunta qué día me voy.

Ev no se da cuenta de la ola de sorpresa que recorre la mesa. Se limita a
morder su tostada mientras espera mi respuesta a su pregunta sobre mi vuelo a
Nueva York.

—Dentro de dos semanas —contesto—. Pero puedo tomar un taxi. No hace
falta que me llevéis en coche.

—¿Es que el curso empieza antes en Estados Unidos? —pregunta Evelyn con
tono apagado—. Me parece un poco pronto.

Remueve el té metódicamente, una y otra vez.

—Permiten que los estudiantes de fuera se instalen la semana anterior, pero
he pensado quedarme unos días con la familia de Millie antes.

Evelyn se queda mirando el plato sin tocar y a Old Nick, que tiene el hocico
grisáceo apoyado en sus rodillas.

—¿Te gustaría salir a dar un paseo cuando recojamos la mesa? —pregunto,
desesperada—. Podríamos ir al parque a dar de comer a los patos y pasar la
mañana juntas las dos.

—Creo que no —espeta ella—. Tengo muchísimo que hacer. Le debo una carta a Georgie y sigo tratando de ponerme al día con todo lo que me perdí cuando estuve... enferma.

—Está bien. Si cambias de idea...

—Sí, claro.

En cuanto Ev sale de la habitación, mis padres y Jamie se vuelven hacia mí con ojos como platos y no me queda más remedio que confesar. Son un encanto, claro, sonríen, se alegran y arman mucho escándalo con que tendría que habérselo dicho antes. Pero lo cierto es que no les habría dicho nada si Evelyn no me hubiera forzado. Había albergado la secreta esperanza de que mis planes se quedaran en nada.

Que me pediría que me quedara.

Durante los siguientes quince días aprendo lo fácil que es que dos personas que viven en la misma casa y duermen en la misma habitación apenas se hablen. Evelyn y yo no nos decimos nada hasta que llega el día de irme y me estoy despidiendo de la familia en la puerta.

—¿Dónde está Evie? —pregunto, pero realmente no puedo quedarme mucho más.

Jamie frunce el ceño.

—¿No estaba en vuestra habitación? Aquí abajo no está.

—No. —El pulso comienza a latirme muy rápido y noto un dolor nervioso familiar en el estómago—. No la he visto...

La puerta se abre con un suave clic y cuando me doy la vuelta, veo a Evelyn de pie en el umbral, enmarcada por el sol matutino, que arranca destellos a su pelo dorado. Cuando entra, veo que lleva un ramo de margaritas enorme en los brazos.

—Es egoísta comprarte flores como regalo de despedida, lo sé —dice—. En realidad, me las voy a quedar yo, porque no puedes llevarlas en el avión.

La abrazo fuerte, me da igual dónde terminen las flores.

—Lo siento —susurro, pero Ev le quita importancia negando con la cabeza.

—No lo sientas. No quiero atarte como unos grilletes.

Cuando retrocedo un poco y la sostengo por los hombros, me escuecen los ojos y tengo un nudo en la garganta porque mi hermana, con quien he atravesado mundos y vivido guerras tiene una sonrisa en el rostro que brilla como el sol.

Conozco esa sonrisa porque yo misma la he estampado en mi rostro en muchas ocasiones y al verla ahora es como si me hubiera robado la expresión.

Jamie, mamá y papá hacen comentarios sobre las flores y su alivio al ver el buen aspecto que tiene Evelyn es palpable. Hacemos otra ronda de adioses, aunque sé que ya voy tarde y me meto en el taxi.

Evelyn aguarda de pie en los escalones mientras el taxista mete las maletas en el coche y la última imagen que tengo de la casa es con ella en la puerta, diciéndome adiós con la mano y una brillante sonrisa en el rostro. Al doblar la esquina, me tapo la boca con la mano intentando contener el sollozo.

Yo solo me he puesto una máscara de felicidad radiante como la de mi hermana para ocultar un dolor tan profundo que no podía hablar siquiera de ello con la esperanza de que nadie pudiera ser testigo de mi enorme pena y suavizar de paso los bordes afilados del dolor.

—Arriba la cabeza, bonita —dice el taxista—. Siempre es duro despedirse de la familia, pero lo superarás. No me cabe la menor duda.

—Gracias —le digo, sonriendo entre las lágrimas.

Una sonrisa resplandeciente como el sol, una sonrisa que es a la vez refugio y jaula.

56

EL VIAJE DE VUELTA A CASA ES LENTO Y PASAMOS LA NOCHE en el camino, todo muy decente, habitaciones separadas y nos encontramos en el comedor del hostal a la hora de la cena. Dejamos para el lunes por la mañana la última parte del viaje, la más corta, y llegamos a Londres con tiempo para ir a dejar el coche a casa de Jack y hacer a pie el corto trayecto hasta el museo.

—Tienes visita, Philippa —dice Kitty desde el mostrador cuando entramos—. Un chico. Bastante guapo, por cierto. Está esperándote. ¿Se nos permite entretener a caballeros jóvenes en horario de trabajo?

La fulmino con la mirada.

—¿Y ese joven tiene nombre? —pregunta Jack con tono inexpresivo.

No se me ocurre quién podrá ser. Tenía bastantes conocidos antes de irme a Estados Unidos, pero no he visto a ninguno de ellos desde que volví.

—Jamie.

El pulso se me acelera. No lo esperaba. Si está aquí significa que tiene noticias.

—Es mi hermano —digo, intentando mostrarme calmada—. Si ha venido desde Oxford, es que se trata de una emergencia. ¿Puedes decírselo a Presswick, Jack?

—Por supuesto. Y si necesitas cualquier cosa, Philippa, ya sabes dónde estoy.

Jamie está delante de mi némesis, *Mujer bañándose*. Un vistazo me basta para sentir que se me cae el alma a los pies, directo hasta la sala de referencia en el piso inferior. Lo que quiera que haya venido a decirme no es bueno y no quiero oírlo.

Pero tampoco es la primera vez que me lanzo de cabeza a una situación dolorosa, con paso firme y la cabeza alta. Pongo las manos en los hombros de mi hermano y le doy un beso en cada mejilla.

—Cariño, qué agradable sorpresa. ¿Damos un paseo?

Saco a Jamie del vestíbulo antes de que los guardias o Kitty oigan nada de nuestros problemas.

—¿Qué pasa? —le pregunto sin aliento en cuanto estamos en la calle—. ¿Qué ha ocurrido? No me hagas esperar más.

El rostro de Jamie es una ruina.

—Hay... Han encontrado un cuerpo, Philippa.

Me quedo petrificada, como si así pudiera hacer que retrocediera el tiempo a antes de oír las palabras.

—¿Lo saben mamá y papá?

Jamie niega con la cabeza.

—No. Pedí a los investigadores que me informaran a mí en caso de que hubiera algo más. Quieren que alguien vaya a ver para confirmar si es o no es ella, y me pareció mejor no decir nada hasta estar seguros.

—Claro.

Aun cuando está destrozado, mi hermano siempre hace lo mejor.

Se mete las manos en los bolsillos y se queda mirando el suelo con tristeza.

—Creo que no puedo hacer esto solo, Philippa. Por eso he venido. Lo siento.

—Venga ya, no digas eso —contesto yo, aunque por dentro siento que me muero muy lentamente—. Has hecho bien en venir. Lo haremos juntos, como lo hemos hecho todo siempre.

Solo que antes éramos tres para ocuparnos de las cosas y ahora solo quedamos dos.

Intento no pensar, no sentir, mientras nos metemos en el taxi. Llegamos a una sala de espera poco iluminada con un olor a productos químicos muy desagradable, no como los disolventes, los limpiadores y la pintura del museo.

El inspector Singh está allí y me alivia que sea él y no Dawes. Nos acompaña por un pasillo a otra sala donde aguarda una mesa de acero con un cuerpo tapado con una sábana.

Jamie está blanco como un muerto.

—No puedo... —dice entre náuseas—. ¿Dónde está el cuarto de baño?

El inspector señala un pasillo y mi hermano sale corriendo.

Me quedo allí sola, en esa habitación iluminada con la fuerte luz de los fluorescentes, en compañía del inspector y un cuerpo que podría ser el de Ev. Dejo escapar un suspiro tembloroso y doy un paso al frente.

—Muéstremela.

—¿No quiere esperar a su hermano, señorita? —pregunta el inspector con mirada comprensiva.

—No. Muéstremela.

Solíamos sentarnos en el jardín de atrás a hacer cadenas de margaritas. Después llegó la guerra y nos enviaron lejos de casa, y las dos emprendimos el viaje, juntas. Evelyn me apretaba la mano con fuerza aquella noche de oscuridad y muerte en la que Cervus nos invocó desde la Tierra de los Bosques. Allí se volvió amor y luz y risa, toda ella era belleza y espíritu salvaje, y yo hice todo lo que pude por protegerla de todo sufrimiento.

Luego, de vuelta en Londres, cuando su luz temblaba y se reducía su resplandor, cuando parecía que se iba a apagar por completo, siempre encontraba la manera de encender de nuevo la llama.

Evelyn, corazón mío.

El inspector Singh levanta la sábana.

Cuando Jamie sale del cuarto de baño con cara de no sentirse bien, lo estoy esperando en la puerta.

—Vámonos —digo sin más—. No era ella.

Echo a andar por el pasillo, pero él no me sigue.

—¿Estás segura, Philippa?

—Sí —espeto y me vuelvo hacia él—. Estoy segura. Se parecía un poco a ella, pero no era ella.

Jamie no se da por vencido.

—¿Crees que debería verla yo también solo para asegurarnos? Sé que no quieres que sea ella...

—¡Te digo que no es ella! —grito, porque es eso o empezar a llorar—. Tenía una cicatriz larga de una vez que se hizo un corte porque quería tener el mismo aspecto que cuando estábamos allí. Yo misma se la cosí, Jamie, porque si la enfermera se enteraba, la habrían mandado a unos de esos lugares horribles en los que encierran a las personas que no saben manejarse en sociedad. Así que no se te ocurra decir que no estoy segura de que esa pobre chica muerta no es Ev.

Me doy media vuelta y salgo por la puerta enfurecida. Hay un autobús en la parada y me subo sin importarme adónde vaya. Ver el aspecto que tiene una chica ahogada me ha destrozado y me arrepiento profundamente de por todos los errores que he cometido.

Lo siento, Evelyn.

Lo siento.

Lo siento.

Lo siento.

57

EL MUSEO HA CERRADO SUS PUERTAS CUANDO REGRESO, pero Albright me abre al cabo de un rato golpeando insistentemente la puerta. Voy directa al despacho de Presswick, me quito el jersey y me pongo a pasar a limpio un documento tras otro como una loca. Pensar es lo peor que puedo hacer ahora mismo.

Pasa un rato largo cuando caigo en la cuenta de que se oye el sonido arenoso de un disco de jazz en un gramófono. Estoy acostumbrada a que el único sonido después de horas de trabajo sea el silbido sin melodía de Albright. Atraída por la música como un metal atraído por un imán, dejo lo que estoy haciendo y salgo al pasillo en dirección a las escaleras que llevan al estudio de restauración. La puerta está abierta y sale luz del interior. Me asomo.

Entre los armarios y las taquillas donde se guarda el material de restauración, veo a Jack sentado de espaldas a la pared, con un libro en una mano y una cerveza en la otra. Tiene las piernas estiradas por delante de él, aunque un lado de sus pantalones está plano y vacío por dentro de la rodilla para abajo. Seguro de su intimidad a esas horas, ha dejado el bastón y la prótesis a un lado.

Llamo suavemente para no asustarlo.

—¿Puedo pasar?

Jack levanta la cabeza, pero antes de que pueda decir nada, cruzo la sala, me quito los tacones y los tiro descuidadamente junto a su prótesis. Y me siento a su lado.

Jack saca un termo de su bolsa y me lo da.

—Te quedas aquí tantas horas todos los días que se me ocurrió quedarme a esperarte por si venías antes de volver a casa. ¿Malas noticias?

—Sí y no —contesto, desenroscando la tapa del termo y haciendo una mueca de asco al oler la manzanilla con miel. Llega el sonido de un piano y una trompeta que acompañan a Ella Fitzgerald en el estribillo de "I Hadn't Anyone Till You"—. Scotland Yard hizo venir a mi hermano de Oxford porque habían encontrado un cuerpo.

Silencio.

—Lo siento, Philippa —me ofrece al cabo de un momento.

—No era ella —respondo yo, reclinándome sobre la pared con los ojos cerrados, aunque sigo viendo la cara de la chica muerta—. Leí en el informe que había junto al cuerpo que se había ahogado. Fue horrible, Jack. Quienquiera que fuera, llevaba tanto tiempo dentro del agua que no parecía un ser humano. Si Ev...

Hago una pequeña pausa antes de seguir.

—¿Qué lees? Dime que es, por favor. Quiero pensar en cualquier otra cosa, no consigo sacármelo de la cabeza.

La voz de Jack es todo calma, un ancla en la tormenta.

—El último de Poirot.

—¿Te gustan las de misterio? —La voz de Ella se derrama sobre mí como la luz de la luna. Aguardo a que se lleve el horror del día.

—Sí. Me gusta la forma en que lo soluciona todo al final, tan redonda. Me dieron una caja en el hospital y me ayudaron a no pensar en mis problemas.

—Es justo lo que yo necesito —digo desde mi propio rincón de oscuridad—. ¿Te importa leer en voz alta?

Las voces de Jack y de Ella se entrelazan en un contrapunto de jazz y asesinatos, y me quedo dormida, sin soñar, exhausta por fin, hasta que Jack me susurra suavemente:

—Philippa, es tarde. Deberíamos irnos a casa.

Sigo medio dormida. Jack ha debido ponerse la prótesis en algún momento mientras yo dormía. Vuelvo a ponerme los zapatos, Jack me ayuda a levantarme y recorremos los pasillos del museo juntos. Debería decirle que se me ha olvidado algo y que tengo que volver, porque si no la puerta se cerrará al salir y tendré que volver a llamar para que me abra Albright, pero no quiero despedirme de él aún. No quiero afrontar nuevamente la soledad. Así que salgo a la fresca noche con él y cuando empiezo a temblar, me rodea los hombros con un brazo. Estamos de pie en lo alto de los escalones de entrada al museo.

—Yo vivo aquí al lado. ¿Quieres que te acompañe al autobús?

—No, estoy bien. Buenas noches.

—Buenas noches entonces.

Bajo corriendo los escalones en dirección a la parada del autobús. Cuando vuelvo la cabeza y veo que Jack ya no está, regreso y subo los escalones del pórtico.

Pero Jack no se ha ido, sino que está apoyado contra la puerta, con las manos en los bolsillos y una expresión confusa en el rostro.

—Me he fijado en que nunca te vas a casa, Philippa. ¿No tienes un sitio en el que vivir?

Me rodeo la cintura con los brazos, tratando de no desmoronarme.

—Claro que sí. Vivo aquí.

Jack da un paso hacia mí.

—Mira, puedes venir a mi casa si quieres, solo por esta noche, hasta que encontremos una solución mejor. Yo dormiré en el sofá. Pero no podemos hacer ruido. A la casera le daría un ataque si me ve llegar a casa con alguien.

Recorremos a pie el corto trayecto hasta su casa, atravesando las sombras de St. James Park y las calles desiertas. Su apartamento es muy pequeño. Tiene solo dos habitaciones, una de ellas con el espacio justo para un sofá, un lavabo y una diminuta cocina eléctrica portátil, y en la otra está la cama y una mesilla. Como me he dejado mis cosas en el museo, me presta un pijama de rayas sin decir una palabra y se encierra en el dormitorio.

Al cabo de un momento, llamo a la puerta.

—Pasa —dice y así hago. Está de espaldas a mí, con la cabeza agachada, terminando de abrocharse los botones de la camisa del pijama.

—Deja que te vea —le digo con suavidad. Se da la vuelta lentamente.

Todo el lado izquierdo de su cuerpo está cubierto de quemaduras, la piel suave en algunos puntos y arrugada en otros. Jamás he deseado a nadie tanto, tenerlo y abrazarlo, tal vez para toda la vida, pero cuando levanta la vista, tiene los ojos tristes.

—Lo siento. No hay gran cosa que mirar, lo sé. Si alguna vez cambias de opinión sobre mí, Philippa, no te lo tendré en cuenta, espero que lo sepas.

Avanzo hacia él y pongo las manos sobre su piel desnuda. Él inspira bruscamente y lo beso y él me devuelve el beso hasta que le quito la camisa del pijama.

Pero cuando termino de desabrocharme el cuello de la blusa, noto una corriente de aire y el clic de la puerta al cerrarse.

Bajo las manos, frustrada, al ver que se cierra la puerta y oigo la voz amortiguada de Jack al otro lado.

—No puedo, Philippa. Ahora no. No soy lo que se dice un hombre moderno y... Bueno, que tengo la absurda idea de que algún día te pediré que te cases conmigo. Más pronto que tarde, espero.

Apoyo la frente en la puerta y suspiro.

—Venga ya, Jack. Si ni siquiera me has pedido que salgamos a cenar.

—Estaba esperando el momento adecuado —dice él—. Además, no creo que estés en condiciones de tomar ninguna decisión esta noche.

Estiro las manos y me sacudo la tensión de los brazos. Las cuencas vacías de los ojos de la chica ahogada me miran fijamente en el torturado caos de mi mente y no soy capaz de apartar la imagen, por mucho que lo intento.

—Tienes razón. Te prometo que me comportaré. ¿Me dejas al menos que te lleve la camisa y prepare una taza de té?

La puerta se abre y le entrego la camisa con actitud remilgada.

—Lo sien... —empiezo a decir, pero Jack me pone un dedo en los labios.

—No lo sientas. Tomemos ese té.

Después del té me siento, de repente, extremadamente cansada, incapaz casi de mantener los ojos abiertos. Me duermo en la cama de Jack Summerfield, sola, y en mi sueño no aparece ninguna playa gris ni ninguna chica ahogada, tan solo olor a pintura y lienzo.

58

—NO ES MUCHO, PERO ES SUYO SI LO QUIERE —DICE LA SEÑO-
ra Hammond, bien dispuesta casera de Jack, con las mejillas sonrosadas
como una manzana y el pelo rubio entreverado de canas. A primera hora de
la mañana, Jack me sacó a escondidas del edificio y me obligó a llamar al
timbre, para poder presentarme como una amiga que buscaba un sitio para
vivir.

Es una habitación diminuta, justo debajo del alero, con una cama, un
armario y un lavamanos antiguo con jarra y palangana, que la señora Hammond me llenará durante los días que esté. El cuarto de baño y el aseo son
compartidos, y se encuentran justo al lado de la habitación de Jack. A esto
he llegado en mi espera y mi infinito arrepentimiento: una chica que paga
alquiler, pero que en realidad vive de la caridad, escondida en los rincones
de las vidas de los demás, porque en realidad se compadecen de mí, porque
ven que me estoy cayendo a pedazos.

—Es justo lo que necesito —digo con una sonrisa luminosa como el
mismo sol—. ¿Podría quedarme sola un momento?

Los oigo hablar en voz baja en el pasillo, la casera, nerviosa, Jack, tranquilo y convencido.

—¿Cuánto tiempo cree que se quedará?

—No lo sé. El tiempo que necesite.

—¿Es buena inquilina?

—Por supuesto, señora Hammond. Trabajamos juntos, ¿sabe? Respondería por ella en cualquier parte.

Cuando se van, me acerco al armario y echo un vistazo en el interior. Al abrir la puerta, salen rodando unas bolas de naftalina acompañadas por olor a cedro. Está vacío, hay sitio más que de sobra para mis escasas posesiones.

Por primera vez me pregunto si Evelyn se sintió así, como si su existencia dependiera de la compasión, de la menguante buena voluntad, siempre en el límite, en la frontera sombría entre los mundos.

—Evie, cariño —susurro en la silenciosa buhardilla—. Cuánto te echo de menos.

Al día siguiente, cuando me dirijo al estudio de restauración para recoger a Jack para ir a comer, me está esperando en la puerta. El saludo que llevo preparado muere antes de salir de mis labios.

—¿Qué pasa? ¿Ocurre algo malo?

Jack se pasa la mano por el rostro al tiempo que sacude la cabeza.

—Nada, Philippa, pero prométeme que no vendrás por el estudio en unos días.

—¿Por qué? —pregunto, sintiendo como si me ahogara.

—Tú prométemelo.

Pero lo empujo y me abro paso hacia el interior. Tengo que cubrirme la boca para evitar mi sollozo angustiado que está a punto de salir.

Tres pinturas cuelgan de la pared del fondo. Cada una representa una única figura femenina. En la primera, la mujer está sentada en un bote, a punto de zarpar; su rostro es un estudio del dolor y la pena: *La dama de Shalott*, de Waterhouse se dirige hacia su muerte. La segunda pintura representa a una mujer flotando boca arriba en el agua, dejándose llevar por la corriente, los ojos vacíos hacia el cielo: *Ofelia*, de Millais, que entró voluntariamente en el río.

Y entre las dos, en una representación simple y carente de artificios, *Encontrada ahogada*, de Watts. La figura solitaria y sin vida aparece tumbada boca arriba en la orilla del Támesis, medio cuerpo aún dentro del agua mientras a lo lejos se eleva la ciudad de Londres.

Jack me toma del brazo y me saca del estudio pasando por las salas más tranquilas hasta llegar a la calle. Lo oigo hablar a lo lejos, palabras sin sentido, que solo buscaban ofrecer consuelo. Pero es como si de nuevo acabara de despertarme en mi habitación de Nueva Inglaterra, a oscuras, y estuviera escuchando la voz de Jamie al otro lado del océano. Estoy de pie en la orilla del río Went con Hobb, sintiendo los fríos dedos del agua cerca de mi cabeza. Estoy sentada en el establo de los Harper, ofreciéndole esperanzas a Tom que no soy capaz de albergar para mí misma. Estoy llamando a la puerta del baño y forzando la cerradura para entrar y encontrar a Evelyn en un charco de sangre con una cuchilla en la mano más afilada que la verdad.

Oímos un tumulto en el extremo más alejado de la plaza y se filtra entre mis recuerdos. Bajo la mirada confusa cuando la gente se abre paso a empujones desde el extremo de la plaza. El aire se llena de exclamaciones de asombro.

No puede ser cierto, pero un ciervo se pasea por la calzada, plantando con sumo cuidado sus pezuñas hendidas sobre el pavimento. Un macho de gran altura, con el pelaje rojizo y una impresionante cornamenta que porta como una corona. Tiene un brillo en los ojos que dice que se siente fuera de lugar y le asusta, y yo conozco esa mirada porque la he llevado mil veces.

Bajo corriendo los escalones antes de que Jack me detenga. Los peatones se alejan del animal, temerosos de lo que les pueda hacer con los cuernos y se apartan a mi paso como las olas que lamen una roca.

Quedamos uno frente al otro en un hueco libre, alejado de los viandantes, y se forma una especie de confusión animal cuando la criatura sacude la cabeza que hace que el corazón me dé un brinco.

—Ven aquí —murmuro, tendiéndole la mano—. ¿Te has perdido?

Sin dudarlo, el ciervo avanza hacia mí y pega el elegante hocico a mi palma. Le rodeo el cuello con el brazo y nos dejamos caer en el suelo, uno junto al otro. Oigo la exclamación asombrada que se eleva entre la gente y sé que tengo la mirada de la Tierra de los Bosques, que por un instante me he convertido en una criatura mágica e intocable, la chica que saltaría entre los mundos.

El ciervo reposa su enorme cabeza en mi regazo y yo poso la mano en el hueco que hay entre sus cuernos.

—Esperaremos juntos —le digo—. Hasta que encuentres tu destino o te encuentre él a ti.

Parece que no tenemos que esperar mucho. Se oyen pasos apresurados en la dirección que traía el ciervo y aparece media docena de personal del zoológico, uno con un rifle y otro con un cubo de grano. El ciervo y yo nos levantamos al unísono, con la misma elegancia con la que nos sentamos antes. Me mira y yo le susurro al oído.

—Vete tranquilo, cariño. Y gracias por venir.

Le doy un beso en el hocico y permanecemos allí un momento, frente contra frente, antes de que desaparezca de un salto. Los del zoo se quedan por allí, confusos, pero entonces la mujer que lleva el cubo lo agita y el ciervo la sigue educadamente, como si fuera una mascota. Al llegar al borde de la plaza, se vuelve a mirarme.

Levanto la mano y el ciervo alarga el cuello y brama. Su llamada grave y profunda reverbera por todos los rincones de la plaza.

Al momento, dobla la esquina y desaparece de mi vista.

La gente que queda aún empieza a hablar de nuevo y más que verlo, siento que se vuelven a mirarme cuando subo de nuevo los escalones hasta Jack.

Él me mira y su rostro parece turbado.

—Philippa Hapwell, ¿quién eres?

Suspiro y apoyo la cabeza en su hombro.

—Llevo haciéndome la misma pregunta mucho tiempo.

La sala de restauración está vacía. Es tarde y los otros restauradores se han ido a casa hace ya rato. Me quedo de pie delante de la pared del fondo, mirando las pinturas.

La Dama de Shalott está sentada en su barca, sujetando con una mano la cadena que la sujeta al muelle. Va vestida de blanco y se lee la desesperación en su rostro. A su alrededor se extiende el tapiz en el que tejió imágenes de las vidas que anhelaba vivir. En la proa de la embarcación hay tres velas, dos apagadas, y la llama de la restante se agita peligrosamente con el viento. Quiero preguntarle quiénes son esas velas, quién de nosotras es la que sigue encendida y quiénes se han apagado ya, pero se niega a mirarme a los ojos.

Ofelia es peor. Flota de espaldas en el agua y puede que su vestido fuera blanco en algún momento, pero el agua hace que se vea gris. Hay varias flores flotando a su alrededor, como si hubiera recogido las flores de su propio ramo funerario de camino al río. Sus ojos abiertos miran fijamente al cielo, sus labios fríos están entreabiertos. Me gustaría ver alivio en su expresión. Ansío ver la paz, el descanso, la calma por fin, pero no hay nada de eso. Su rostro es una máscara que no da cuartel en la muerte. No descubre ningún secreto, por mucho que desee conocerlos.

Me demoro un poco más delante de ella, reticente a seguir hacia la última pintura, pero al final doy un paso y me enfrento a ella.

La pintura de Watts titulada Encontrada muerta no es bonita, pero sí evocadora. El arco de piedra del puente. La orilla desnuda e incómoda. La claridad que ilumina el cuerpo tendido boca arriba en la arena como si la luz emanara de ella. La ciudad en sombras, a lo lejos, despreocupada. La expresión serena y tranquila de la mujer, y la perfección de sus rasgos. No se parece en absoluto a la pobre chica que vi en Scotland Yard, la escena estéril y antiséptica, una ahogada a la que le han sacado los dientes.

Tampoco aquí soy capaz de leer la verdad porque en mi interior hay un monstruo con colmillos que no deja de corroerme el estómago, los pulmones, el corazón.

59

SUEÑO CON UN CÍRCULO DE ABEDULES QUE ESTÁ A LA vez en este mundo y en otro. En él, Evelyn está de pie frente a mí y Cervus, a su lado. Camino hacia ellos, pero una repentina niebla envuelve el claro y cuando se pasa, ya no están. El círculo entero ha desaparecido y me quedo sola en la orilla de piedras, observando las aguas negras que se yerguen y se aferran a mis tobillos como ansiosas garras.

En la orilla opuesta están mi familia, Jack, Presswick y todas las personas que conocí en St. Agatha, pero una pequeña embarcación llega desde arriba, dejándose llevar por la corriente. Evelyn está en ella, vestida de blanco y me tiende una mano. La corriente es más fuerte cuanto más dentro del agua estoy. Se arremolina alrededor de mis rodillas, mi cintura, mis costillas, mis hombros y devora hambrienta mi pelo, mi cuello, mis labios...

Lo último que veo cuando el río se cierra sobre mí es el rostro de Evelyn, mirándome desde la superficie, su mano aún extendida hacia mí.

60🗝

LOS TULIPANES CASI HAN FLORECIDO POR COMPLETO EN ST.
James Park y los pájaros jóvenes están atareados en las ramas cuando me
siento en mi sitio y Presswick me acerca un sobre.

—No es para pasar a limpio —dice, observándome con fijeza—. Ha
venido a tu atención.

Lo abro. Hay dos páginas dentro, una es un papel de carta escrito
con una caligrafía conocida y la otra es una invitación impresa en papel
grueso.

> *Querida Philippa:*
>
> *Espero que no pienses que tu padre y yo no hemos ido a verte al
> museo porque estemos enfadados contigo. Lo cierto es que lo único que
> deseamos es que vuelvas a casa. Sin embargo, desde la guerra sabemos
> cómo comportarnos con vosotros, y desde que desapareció Evelyn nos
> asusta dar un paso en falso.*
>
> *No quiero presionarte, Philippa, pero cuando estés lista, nos
> gustaría verte. Si no es en casa, podríamos encontrarnos en cualquier
> otro sitio. Adjunto la invitación que han enviado de St. Agatha.
> Nosotros hemos recibido otra. Van a celebrar un servicio con velas en*

memoria de tu hermana, al que tu padre y yo tenemos intención de
asistir. Sería muy importante para nosotros que Jamie y tú vinierais.
Decidas lo que decidas, esperamos que seas feliz. Esperamos que
estés bien.

Te quiere,
Mamá

La invitación tiene fecha y hora, dentro de dos semanas. Me quedo mirando ambos papeles hasta que Presswick levanta la vista de su trabajo.

—¿Qué es?

—Una carta de mi madre y una invitación para un servicio de funeral para mi hermana.

Presswick se quita las gafas y me dirige una mirada larga y penetrante.

—¿Vas a ir?

—No se me ocurre nada más desagradable y significaría tomarme otro día libre, dentro de dos viernes.

—Buena chica —dice Presswick con tono aprobador—. No te arrepentirás de ir, te lo prometo.

—¿Puedo salir un momento?

Presswick asiente y retoma lo que estaba haciendo.

Atravieso una de las salas de referencia y subo al piso de arriba, rebosante de obras maestras. El ambiente está tranquilo, reina un silencio expectante. Ocurre lo mismo en la planta principal, y me pregunto si será la calma que precede a la tormenta que está a punto de estallar fuera.

La *Mujer bañándose*, de Rembrandt, me espera. Me paro enfrente justo cuando una pareja mayor pasa al cuadro de al lado, y me acerco al cordón de seda que nos separa.

Ahora que la han limpiado, la luz que la ilumina es más clara. Resalta los toques de color dorado de su pelo, los pliegues de su camisa, las ondas del agua según avanza. Sigo sin poder decir qué es lo que piensa, pero es fácil ver por su expresión lo que no siente.

No tiene miedo. No está agitada. Su postura expresa calma y una actitud deliberada. Está en paz y se levanta la camisa de lino como haría una reina con sus regios ropajes. Puede que no sepa qué se dispone a hacer —puede que no sepa si está triste o contenta—, pero sí sé que está en el río por voluntad propia. La orilla no es una sorpresa para ella. Y mira las aguas como miraría a un viejo amigo.

Me detengo en el mostrador central de vuelta a mi sitio. Kitty me saluda con languidez y yo me apoyo en el mostrador.

—¿Te importa que use el teléfono?

—*Mi casa es su casa* —bromea Kitty, pasándome el aparato. Marco y espero la señal.

—¿Diga? —dice la voz de Jamie al otro lado.

—Jamie, soy Philippa.

—Lo sé.

—¿Lo sabes?

—Sí, he recibido una invitación de St. Agatha. Supongo que tú también.

Cambio de postura, tratando de que Kitty no me oiga mientras reparte guías a los visitantes.

—¿Vamos a ir?

—No quiero —admito—, pero creo que tengo que hacerlo. No te estoy pidiendo que vengas.

Jamie guarda silencio un momento.

—Pues claro que voy a ir, Philippa. Te espero en la estación el próximo viernes. Va a ser horrible, pero la unión hace la fuerza y todo eso.

—Hasta el viernes, entonces.

—Hasta el viernes.

61

NO LE DIGO NADA A JACK HASTA EL MISMO VIERNES POR LA mañana, cuando nos encontramos, él vestido para ir a trabajar y yo para tomar el tren. He bajado de la buhardilla y estamos desayunando muffins y huevos, y una taza de té en el sofá porque no hay sitio para una mesa y sillas.

—Me voy al funeral de Evelyn —le digo sin pensármelo, porque no hay forma de que el tema salga en la conversación. Jack, con la taza en la mano, se detiene cuando se la lleva a la boca para beber. La deja a un lado y me mira a los ojos.

—¿Quieres que vaya contigo?

Alargo la mano y le acaricio la cara. Sí, quiero. Claro que quiero. Pero este es el último de mis pentimenti, el último de mis arrepentimientos, y debería hacerlo sola.

—Eres un encanto por ofrecerte, pero mi hermano estará allí. Me quedaré en el hostal del pueblo y volveré el sábado.

Jack vacila.

—¿De verdad? —pregunta al cabo de un momento y percibo un mensaje silencioso en su pregunta.

No está seguro de que vuelva. En su interior empieza a preguntarse si me desvaneceré; si un día desapareceré cuando se dé media vuelta. Y ya viví preguntándome lo mismo durante bastantes años como para saber que no le deseo a nadie es incertidumbre.

Me inclino hacia delante y lo abrazo fuerte. Pasados unos minutos, él hace lo mismo.

—No voy a irme a ninguna parte —digo. Estoy al borde de las lágrimas porque en mi interior siento que me preparo para un terrible adiós. La preparación empezó con una llamada telefónica a las tres de la madrugada y ha ido creciendo desde entonces, ha ido ganando fuerzas a través de bosques pintados, chicas ahogadas y ciervos en Trafalgar Square—. Te prometo que volveré a ti.

Necesito que sea verdad, pero las palabras me saben a ceniza. ¿Cuántas promesas he hecho e incumplido?

—Bien —dice Jack con un carraspeo—. Porque llevo tiempo queriendo preguntarte algo.

Me aparto con los ojos como platos. Jack sonríe de oreja a oreja.

—Philippa Hapwell, ¿querrás... cenar conmigo cuando vuelvas?

Sacudo la cabeza y sonrío, aunque tengo los ojos húmedos.

—¿Cómo? ¿Eso es todo? Pensé que ibas a pedirme lo otro.

—No quiero que te asustes.

No he vuelto a besarlo desde la noche que me trajo a su apartamento por primera vez. Me he comportado como una buena chica, pero no me aguanto más y lo beso en serio, con una promesa: la que acabo de hacerle con palabras, que volveré, que esto no es más que una breve separación.

Pero cuando nos despedimos y me siento en el tren, viendo pasar el espléndido paisaje primaveral, siento un frío que podría congelar los bosques durante cien años. Y por ir adonde voy a hacerle frente a los fantasmas de Evelyn, me permito recordar un día que odio recordar.

62 ⌁

FIEL A SU PALABRA, JAMIE ME ESPERA EN LA ESTACIÓN. EL camino a St. Agatha es un túnel de verdor. Las ramas de los árboles que cuelgan sobre el sendero filtran la luz de la tarde con motas de verde. No sabría decir si estoy en la campiña inglesa o en el Gran Bosque.

—¿Te importa conducir un poco más? —pido a Jamie cuando estamos ya cerca del colegio, porque aún falta una hora para que dé comienzo el servicio de funeral y no estoy preparada. Jamie se desvía por un camino lateral y nos adentramos en el campo, subiendo y bajando colinas verdes donde pastan las ovejas hasta que las sombras empiezan a alargarse y el sol se esconde ya entre las copas de los árboles más altos. Cuando ya no podemos posponerlo más, subimos por el sendero de grava del St. Agatha y Jamie aparca cerca del edificio de los dormitorios.

La gente va entrando ya en el comedor: chicas de uniforme, adultos con ropas oscuras, el personal docente del colegio. Me pregunto si habrán llegado ya nuestros padres. Lamento haberlos abandonado, aunque no estoy muy segura de que hubiera podido soportarlo en su casa. Me arrepiento de demasiadas cosas.

Jamie y yo entramos y cae sobre nosotros el ambiente lúgubre y final que tanto temía. Hay velas encendidas en candelabros de pared y también en el frente de la sala. Las sillas están dispuestas en filas con lazos blancos. Hay fotos de Evelyn en una mesa al frente y alguien, Georgie, probablemente, ha escrito con sumo cuidado una docena de poemas de Sara Teasdale con su caligrafía curvilínea en hojas de papel grueso.

Cuando se me acerca la primera chica que me resulta vagamente familiar, siento que me transformo en la persona que era cuando estaba en el colegio, siento que me ahogo. Se muestra atenta y tranquila. Cada palabra y cada gesto meticulosamente calculado para ocultar a la verdadera Philippa, y para asegurar que mis defensas son inexpugnables. El problema es que llevo muchos meses sin comportarme así y no estoy segura de poder volver a ser ella. Sonrío y asiento, y me disculpo un momento para salir del comedor justo cuando el Ogro pide a todos los presentes que tomen asiento.

Me alejo un poco, a la vista de todos, pero un poco apartada de las últimas personas que van llegando. Me apoyo en la pared de fría piedra. No me sorprende ver que Jamie ya está fuera, aunque sí me sorprende verlo fumar.

—No sabía que fumabas —le digo. Jamie da una última calada y aplasta la colilla contra la pared.

—No fumo, o ya no. Lo dejé cuando me fui de St. Joseph. Esta es una ocasión especial.

—Estamos llenos de secretos, ¿no crees?

Aún no es de noche, pero empieza a caer la luz. No veo bien su expresión, pero el tono de mi hermano es inusualmente amargo.

—Yo soy un libro abierto comparado con vosotras dos. Mamá y papá están en la primera fila. Me han dicho que ya no vives con ellos.

—No.

—Podías habérmelo dicho.

Me quedo callada porque Jamie no debería lanzarme piedras así. Él siempre ha tenido el lujo de distanciarse de Ev y sus problemas, de buscar su propio camino, de labrarse su propia vida.

—¿Cómo estaba de mal, Philippa?

—Bastante mal —respondo. Quiero irme a casa. Quiero sentarme con Jack Summerfield en el sofá de su diminuto apartamento, beber té y leer novelas de misterio con sus finales redondos. No debería haber venido a este lugar donde el dolor, el arrepentimiento y algo peor se me agarra a los huesos como si no quisiera soltarme—. A veces creí que iba a perderla. Hice todo lo que pude para impedir que se desmoronara.

La llama de una cerilla ilumina el anochecer. Jamie se enciende otro cigarrillo.

—No puedo creer que nunca me dijeras nada.

—Lo siento. Siento no haberte dicho nada y siento haberme ido. Son cosas que ya no puedo arreglar, ¿no crees?

Jamie no responde. Una camioneta ruinosa entra en el patio y una familia que me resulta familiar sale del vehículo. Son cinco que forman una barrera protectora en torno a un chico alto y desgarbado con pecas, con el rostro muy pálido, pero decididamente menos infeliz que la última vez que lo vi.

—Ese es Tom Harper —me dice Jamie, aunque ya lo conozco—. Será mejor que me acerque. Yo tengo la culpa de que se viera implicado en todo esto.

—No es culpa tuya —lo riño suavemente—. No tenía por qué quedarse al lado de Ev. Él tuvo elección, no como nosotros.

Jamie suelta una risa lacónica y áspera.

—Nadie tiene elección en lo que a Ev y a ti respecta. Las dos sois como la gravedad. Es imposible liberarse cuando te atrapa.

Se dirige al patio y le estrecha la mano a Tom. Los veo alejarse juntos, pero no los sigo. No puedo dejar reposar, no puedo decir unas últimas palabras de despedida sobre ella que sé que no son ciertas y hay algo hechizante en la forma en que se ha levantado el viento en la arboleda cercana. Suspira entre las ramas frondosas y no puedo resistirme a su llamada. Me quito los tacones y atravieso la pradera descalza en dirección a la verja trasera y sus goznes oxidados, para encaminarme al bosque cada vez más oscuro.

63

EL BOSQUE POR LA NOCHE ME DESNUDA, RETIRA TODAS LAS
Philippas que he sido y me deja como soy en esencia, Philippa Hapwell, una
niña perdida que vaga en la oscuridad. No estoy asustada ni apenada, tan
solo estoy callada y vacía.

Sigo el camino conocido que atraviesa el bosque que frecuentaba Evelyn.
Muchas noches salí tras ella, un guardián invisible que vigilaba sus excursiones entre los árboles. Aún sigo sus pasos, camino los tramos que ella caminó,
tratando de llegar lo más lejos posible para ver dónde se pierde su rastro.

Cuando el círculo blanco de los abedules resplandece en la oscuridad un
poco más adelante, reduzco el paso, vacilo antes de entrar. Me dijeron que
su rastro terminaba en el río, pero pasó tanto tiempo aquí que seguro que
dejó algo de ella aquí.

Un olor a almizcle flota en el aire, un olor salvaje que recuerda a la tierra
del bosque y a madera en descomposición y a flores silvestres escondidas. La
luna casi llena se asoma entre las nubes y cuando por fin entro en el círculo, inunda el claro de luz plateada, que se refleja en la pálida corteza de los
árboles, sus finas hojas, la hierba cubierta de rocío.

Pero no queda rastro de mi hermana en toda esta belleza. Me dice tan
poco de ella como las pinturas del museo o los versos elegidos con mucho

cuidado por ella misma. Se siente un bochorno tenso y los árboles tiemblan como si estuvieran esperando algo.

Atravieso, reticente, la hierba hasta el sendero estrecho que serpentea entre la maleza. Los abedules se oscurecen y tiemblan. Alargo la mano para acariciar la suave corteza. Sobre mi cabeza, las ramas se estremecen. Echo a andar hacia el río descalza, en silencio.

Formas fantasmales recorren el bosque. Podrían ser sombras o recuerdos o una cierva blanca pastando a la luz de la luna. Las hojas se arremolinan con la brisa a lo largo del sendero, se agarran a mi falda, me rodean los tobillos como gatos juguetones. La electricidad que flota en el aire aumenta hasta que empieza a llover, gotas frías y dispersas. Me arrebujo en el jersey y sigo.

El brezo se me engancha en las medias, las ramas me tiran del pelo. Sonidos fuera de lugar se cuelan entre los árboles, el tintineo de unas campanillas. Una hoja roza mi cara en una suave caricia.

El bosque antes dormido, despierta.

Avanzo por el sendero del río, no muy segura de si podría parar, aunque lo intentara. Se me hace un nudo de frío miedo en la garganta que me impide tragar, respirar, pero sigo adelante entre los susurros, la lluvia, los fantasmas del bosque. Ya debería estar llegando al río, al lugar en el que el Went va muy cargado y la corriente es peligrosa.

Las hojas me envuelven como una nube, un manto, una guardia de honor y me sostienen. Una pálida luz resplandece delante de nosotros.

Unos pocos pasos más y ya estoy.

Conozco este lugar.

64

LOS ÁRBOLES SE ARQUEAN POR ENCIMA DE MI CABEZA Y LAS gotas de lluvia se engarzan en mi pelo como si fueran joyas. Me quedo de pie un momento entre las sombras de los árboles y contemplo la playa de arena gris que se abre ante mis ojos, la espuma de las olas grises, el cielo gris. Sobre el mar, las nubes se apartan y la luna arranca destellos al agua que se extiende hasta el horizonte.

Salgo del refugio del bosque a la arena gris. Cuando me detengo y miro hacia atrás, veo que las hojas se juntan y adoptan la forma de una chica. Me saluda con la mano y momento después desaparece con una ráfaga de aire.

Las olas lamen la orilla cuando me acerco al agua. Más adelante, en lo alto, se eleva el Palacio de la Belleza en su acantilado solitario, con sus cristales y la pizarra húmeda resplandecientes. Sale humo de las chimeneas y una cálida luz ilumina el interior de una de las habitaciones del piso superior.

Subo la pendiente zigzagueante y en la pradera de flores que hay justo delante de la verja, me espera Cervus. Parece más pequeño que antes, y el pelaje de su hocico es más gris, pero sigue manteniendo la roja cabeza orgullosamente alta. Cuando lo miro, siento que se abre un vacío inmenso en mi interior, el deseo de conocer la verdad para encontrar por fin la paz, mi hogar.

—Pequeña —dice Cervus con ese sonido salvaje de la Tierra de los Bosques, música que fluye por mi sangre—. ¿Por qué caminas entre los mundos sola de noche?

Su cornamenta es una corona plateada a la luz de la luna y sus ojos, dos oscuros pozos insondables.

—¿Dónde está mi hermana?

La pregunta que llevo haciéndome meses rueda por mi lengua. Las palabras son poderosas, una invocación que insta a decir la verdad a aquel que responde.

La luz lanza reflejos multicolores sobre los flancos de Cervus y el limpio olor a bosque inunda el aire. Hace años, vidas, que lo conozco y nunca me había parecido tan sobrenatural.

—El corazón que pertenece a la Tierra de los Bosques siempre encuentra el camino a casa —dice.

Retrocedo un paso para poner distancia entre ambos.

—Esa no es una respuesta. Quiero saber dónde está ahora. Quiero saber qué le ocurrió. Necesito saberlo.

—¿Estás segura? —su voz es suave, pero la pregunta me asusta.

Me rodeo con los brazos, tratando de aferrarme a lo que siento en este lugar que pensé que nunca volvería a ver, hablando con una criatura que podría no ser real.

—Yo... —empiezo.

Una dulce voz procedente de la entrada en penumbra me interrumpe.

—Philippa.

Y los miles de añicos de mi corazón roto se unen de nuevo cuando Evelyn sale de entre las sombras.

Está tranquila, emana una seguridad en sí misma que no había vuelto a ver desde que estuvimos aquí. Lleva la cabeza descubierta y el pelo suelto le cae por la espalda, una cascada de oro en un mundo de plata. Jamás la había visto tan hermosa.

—Evelyn —susurro. Camino por la pradera y me detengo frente a mi hermana. De repente me da miedo tocarla y que desaparezca, que todo este deseo se esfume—. ¿Qué pasó? —pregunto, y Evelyn sonríe, una sonrisa cegadora como la luz del sol.

—Atravesé los mundos, Philippa. Ya lo había hecho antes.

Cervus y ella siempre han sido así: enigmáticos, cortados por el mismo patrón. Cuando yo opto por las evasivas, lo hago para ocultar lo vulgar y corriente que soy detrás de todas mis bravuconadas y mi glamur. Cuando Evelyn y Cervus no responde, lo hacen porque saben que los demás no ven el mundo como ellos.

Con la pregunta flotando aún entre las dos, reúno una vez más todo el valor que puedo. La rodeo con mis brazos y veo que es de carne y hueso, que es real.

—Oh, Evie —digo, cuando por fin me salen las palabras—. Cuánto te he echado de menos.

Me devuelve el abrazo y me da un beso en la mejilla. Casi me había olvidado ya de esta versión de mi hermana, la que está completa, perfecta, radiante de felicidad.

—Dijiste que no volveríamos —le digo a Cervus—. Nos lo dijiste en esta misma playa.

El ciervo baja la cabeza en silencioso asentimiento.

—Dije que no podía volver a invocaros, pero el corazón de tu hermana pertenece a la Tierra de los Bosques y supo encontrar el camino a casa.

Tomo las manos de Evelyn entre las mías, no quiero soltarlas.

—Han pasado seis años desde que nos fuimos. Ev aguantó todo ese tiempo en nuestro mundo y sufrió. Todos lo hicimos. ¿Cómo es posible que estemos ahora aquí?

—Yo quería venir antes —dice Evelyn—. Pero siempre había algo que me retenía allí. Una parte de mí quería quedarse y encontrar un sentido a mi vida, aunque solo fuera por Jamie y por ti y por mamá y papá. Así que lo intenté una última vez cuando tú no estabas y no pude, Philippa, simplemente no pude. Ya no encajamos, tu mundo y yo.

Los ojos se me llenan de lágrimas.

—No vas a volver, ¿verdad? —le pregunto. Ella mira hacia el horizonte, más allá de la pradera de flores hacia el inexplorado Gran Bosque.

—Sabes que no puedo. Y yo sé que tú no puedes quedarte, así que ni siquiera te lo preguntaré.

Una parte de mí quiere negárselo, quiere jurarle que sí podemos estar juntas y que no volveré a dejarla sola. Pero yo no soy un habitante de los Bosques. Al contrario que le ocurre a Evelyn, el corazón que late en mi pecho no es un corazón de los Bosques.

—¿Qué harás aquí tú sola? —pregunto, porque no puedo irme sin saber en lo más profundo de mi ser que estará bien.

—¿Yo sola? —repite ella, riéndose—. Tengo más amigos aquí de los que jamás hice en el otro mundo, Philippa. Trabajaré en los jardines del Palacio de la Belleza con Alfreya, plantaré árboles jóvenes en el corazón del bosque con Vaya y acompañaré a Cervus en la vigilia de la noche más larga. Puede que incluso convenza a Héctor para que me enseñe a navegar. Hay miles de cosas que hacer aquí, y si alguna vez las termino, me sentaré bajo los árboles y ya está.

Bajo la vista hacia el suelo porque no soy capaz de mirarla a los ojos.

—Lo siento mucho, Evelyn. Jamás debí obligarte a regresar.

Mi hermana me levanta la cara por la barbilla para obligarme a mirarla.

—No pasa nada, Philippa. Soy más de lo que tú crees y ya no hay necesidad de preocuparse. Me he labrado mi propio camino y ahora puedo seguir adelante yo sola.

—Tienes razón.

Mi hermana está frente a mí ahora, enraizada al suelo de otro mundo y siempre ha sido más de lo que yo creía. Siempre ha sido Evelyn de la Tierra de los Bosques, la que dejó que su corazón la guiara hasta casa.

Mientras que yo no soy más Philippa Hapwell, y mi corazón no pertenece a ningún país en particular. Pertenece a todo el mundo que he amado. Una gran parte de mí está aquí y si la dejo atrás, jamás volveré a estar completa. Pero sería aún menos si me quedara. La mayor parte de mí permanece en el mundo en el que nací, y también es hora ya de que yo encuentre mi camino a casa.

—¿Estás preparada, pequeña? —pregunta Cervus—. ¿Quieres que te envíe de vuelta?

Abrazo a Evelyn por última vez y le beso el reluciente pelo.

—Prométeme que serás feliz.

—Seré la persona más feliz del mundo, pero el Gran Bosque estará un poco más solo sin ti. ¿Le dirás a Jamie que he vuelto a casa? Y, otra cosa más, Philippa... —dice, sonrojada—. Hay un chico. Tom Harper. Si pudieras encontrar la manera de hacérselo más fácil, y también a mamá y papá, y a Georgie, te lo agradecería.

—Lo haré. Encontraré las palabras, te lo juro.

Una potente racha de viento nos golpea, trayendo consigo el olor del bosque. No puedo quedarme, este es el adiós definitivo.

Evelyn asiente y se pone seria cuando Cervus avanza hacia mí. El gran ciervo echa la cabeza hacia atrás y brama con tanta fuerza que el sonido sacude la tierra que piso y levanta una tormenta que hace que vibren todas las ramas del Gran Bosque. La intensidad del sonido aumenta hasta que parece que el mismo cielo se partirá.

Evelyn también habla, aunque sus palabras apenas se oyen con el bramido de Cervus; es su despedida para mí.

Pensé en ti y lo mucho que amas esta belleza,
Y pasear por la playa sola
Oí las olas romper con mesurado fragor
Mientras tú y yo oímos una vez su sonido apagado.

A mi alrededor estaban las dunas reverberantes, más allá
La plata fría y resplandeciente del mar.
Las dos cruzaremos la muerte y los años pasarán
Antes de que vuelvas a oír ese sonido conmigo.

Cuando el eco de sus voces unidas amaina, vuelvo a estar en los límites del círculo de abedules, frente al claro vacío, mojándome bajo la lluvia. No hay magia en estos árboles más allá de la brujería de la primavera, del nacimiento de retoños y hojas nuevas, y todo lo que crece en la tierra, y me gusta ese carácter ordinario.

Vuelvo por el bosque, que está pletórico de vida con sus insectos, aves nocturnas y ranas chillonas. Antes de salir de la protección de los árboles, me detengo un momento al borde de la pradera y miro hacia el St. Agatha, ese edificio de piedra que irradia luz, y hacia el sonido de las jóvenes voces que elevan su canto. No se entiende bien lo que cantan, pero es bonito, un sonido lleno de esperanza que no esperaba encontrar cuando me levanté esta mañana.

Todo irá bien,
Y todo irá bien,
Y toda clase de cosas irán bien.
Desde el Cielo hasta la Tierra se oirá el estribillo,
Todo irá bien.

Cuando la música termina, abandono el bosque y entro en el mundo.

Traducción libre del poema de Sara Teasdale, *I thought of you.*
Traducción libre del poema de Juliana de Norwich, teóloga, *All shall be well.*

RECONOCIMIENTOS

HAY DOS MUJERES INCREÍBLES EN LA INDUSTRIA EDITORIAL
que fueron esenciales para la creación de este libro. La primera es Alice Jerman, un alma gemela y una delicia de editora que me deja meterme en vericuetos y conservar todas las formas de escritura británica que mi corazón desea. No hay nadie con quien pueda pasar dos horas en el teléfono y piense que han sido diez minutos. Si ha nacido alguien en este mundo con un corazón de Woodlands, Alice, pienso que eres tú.

La segunda es Lauren Spieller, una agente verdaderamente extraordinaria que representa mi trabajo con toda la determinación y energía que ofrece en cada aspecto de la vida. Nunca tuve un agente de ensueño durante el proceso de búsqueda, pero ciertamente la tengo ahora. Es un gran privilegio trabajar contigo Lauren. Creo que formamos un equipo invencible.

Antes de que la Luz entre los mundos encontrara un lugar para editarse, Jen Fulmer y Joanna Meyer creyeron en él.

Las mejores socias críticas del mundo son una plataforma sensata para todas mis ideas, literarias o no. No sé a dónde estaría sin nuestros grupos de chat, que cubren todo, desde la complejidad de escenas de batalla, los hábitos para dormir de los bebés, hasta las marcas de harina sin gluten. Jen y Joanna, no lo hubiera podido hacer sin su ayuda en el camino.

Gracias también a Barry Cunningham y Rachel Leyshon de Chicken House Books por su apoyo y conocimiento a través del proceso editorial, y a Brent Taylor de Triada por su representación vehemente y entusiasta sobre derechos internacionales. Gracias también a Navah Wolfe, quien encendió la idea para este libro.

Del lado que no se ve, tanta gente me ofreció aliento y apoyo moral, al escribir, preguntar y revisar. Mi mejor amiga americana, Ashley, quien es posiblemente la única persona que dirá «Laura, eres la mejor persona que conozco». Mis hermanas maravillosas, Amy y Breanne, quienes toleraron mi forma de ser tan singular por tanto tiempo y tomaron interés en mis raros pasatiempos. Me amaron cuando era solamente un pedazo de piedra de Marte. Mis padres —Mamá, siempre sé si una idea es buena si te gusta. Gracias por salvarme del monstruo de la lavandería, y creer en que yo podría hacer esto. Papá, solo el hecho de que dijiste que leerías voluntariamente un libro cuando este saliera es un testamento de cuando me apoyas.

Gracias eternas a mi pequeña familia peculiar. Mis niñas son la razón por la que empecé a escribir en primer lugar, y una constante fuente de inspiración. Yo caminaría entre mundos por ustedes dos. Tyler, mi esposo trofeo y hombre lobo, no hay nadie con quien me divierta más. La vida es muy aburrida cuando no estamos juntos. Vamos al Crucero Viking River por el resto de ella lado a lado.

Y por último, gracias a ti, querido lector, por viajar con Ev y Philippa.

Sentí un refugio al hablar con ustedes.

RECURSOS EN ORDEN
DE APARICIÓN

POEMAS EN *LA LUZ ENTRE LOS MUNDOS*

An End, [Un final]
    Sara Teasdale

Let the Light Enter, [Deja entrar la Luz]
    Frances Harper

There Will Come Soft Rains, [Vendrán lluvias suaves]
    Sara Teasdale

I Lost a World, [Perdí un mundo]
    Emily Dickinson

Ulises
    Alfred, Lord Tennyson

Snowfall, [Copo de nieve]
    Sara Teasdale

The Heart of a Woman, [El corazón de una mujer]
    Georgia Douglas Johnson

They Dropped Like Flakes, They Dropped Like Stars [Caían como copos, caían como estrellas]
Emily Dickinson

Hope, [Esperanza]
Emily Brontë

Evelyn Hope
Robert Browning

The Answer [La respuesta]
Sara Teasdale

I Thought of You, [Pensé en ti]
Sara Teasdale

All Shall Be Well, [Todo estará bien]
Julian of Norwich

ARTE EN *LA LUZ ENTRE LOS MUNDOS*
Mujer bañándose,
Rembrandt Harmenszoon van Rijn

Perro persiguiendo a ciervo
George Stubbs

Paisaje con Ascanio asaeteando el ciervo de Silvia
Claudio de Lorena

Muerte del ciervo de Silvia
Pedro Pablo Rubens

Monarca del valle
Sir Edwin Landseer

Las dos hermanas
Pablo Picasso

Emboscada en el bosque
   Jan Bruegel el viejo

Olivo en el jardín moreno
   Claude Monet

Matorral
   Vincent Van Gogh

Orilla de un lago con Abedules
   Gustav Klimt

Vista de Dedham
   Thomas Gainsborough

La Dama de Shalott
   John William Waterhouse

Ofelia
   Sir John Everett Millais

Encontrada ahogada
   George Federic Watts